W0183164

Comédie new-yorkaise

DAVID SCHICKLER

Comédie new-yorkaise

traduit de l'anglais (États-Unis)
par Jacqueline Huet et Jean-Pierre Carasso

ÉDITIONS DE L'OLIVIER

L'édition originale de cet ouvrage est parue
chez The Dial Press en 2001
sous le titre : *Kissing in Manhattan.*

ISBN 2.87929.299.9

© David Schickler, 2001.

© Éditions de l'Olivier / Le Seuil
pour l'édition en langue française, 2002.

Le Code de la propriété intellectuelle interdit les copies ou reproductions destinées à une utilisation collective. Toute représentation ou reproduction intégrale ou partielle faite par quelque procédé que ce soit, sans le consentement de l'auteur ou de ses ayants cause, est illicite et constitue une contrefaçon sanctionnée par les articles L. 335-2 et suivants du Code de la propriété intellectuelle.

Avec mes remerciements et mon amour
pour mes parents
Jack et Peggy Schickler
et pour mes trois sœurs
Anne Marie, Pamela et Jeanne

Le baiser de deux baisers est comme deux tigres
qui parlent de l'infini avec leurs dents.

TESS GALLAGHER

Checkers et Donna

Donna ne voulait pas faire la connaissance de Checkers. Ça ne collait pas.

– Checkers ? dit Donna. C'est un nom d'homme, ça, Checkers ?

– Il est bizarre, reconnut Lee.

Lee et Donna vendaient de l'immobilier à Manhattan. Elles avaient la trentaine. Elles partageaient un bureau dans Bleecker Street.

– Checkers, Donna se mettait le nom en bouche, pour voir. Checkers, Checkers.

– Il est craquant, dit Lee.

– Checkers, c'est un nom de chien. Ou de petit truand.

Donna fixait les yeux sur l'écran de son ordinateur. Une liste des prix à SoHo y était affichée.

– Il est bizarre mais craquant, dit Lee.

– Un petit truand dans un film.

Donna portait un tailleur et des pompes impressionnantes.

– Même pas une *nemesis.* Rien d'aussi suave. Un petit truand point barre.

– On n'est pas dans un film, dit Lee. On est dans la vraie vie.

– Comment tu le connais, ce Checkers ? demanda Donna.

Il était cinq heures moins dix, un jeudi. Le bureau de Donna et Lee était au vingtième étage. Il avait une baie vitrée orientée au sud et, chaque soir un peu avant cinq heures, Donna et Lee se plantaient devant cette fenêtre pour regarder le coucher de soleil sur les fleuves. Lee, qui était lesbienne, adorait surtout l'East River. Donna adorait l'Hudson.

– Je me rappelle pas, dit Lee avec un haussement d'épaules. On rencontre tellement de types.

Elles regardaient New York, qu'elles découpaient en morceaux à longueur de journée, morceaux qu'elles s'arrachaient pour les vendre.

– Checkers comment ? dit Donna.

– Comment ? dit Lee.

– Checkers comment. Qu'est-ce qui vient après Checkers ? C'est bien son prénom, Checkers, non ?

Lee commençait à être agacée. Elle avait de longs doigts gracieux mais de petits yeux de fouine.

– Écoute, je le connais pas. Tout ce que je sais, c'est que son nom n'a rien à voir avec le jeu de dames *. Ça, il l'a bien précisé.

– Hmm.

Lee s'entêta :

– Il est craquant. Il lui faut une femme.

Donna éclata de rire.

– Ça, je m'en doute.

Lee fronça les sourcils. Elle vivait seule, comme Donna.

– C'est ce qu'il a dit. Mot pour mot. Checkers a dit : « Lee, il me faut une femme. » Il parle comme ça, Checkers.

Donna portait les cheveux coupés court et dégradés en pointe sur la nuque et elle avait un petit creux entre les omoplates depuis l'âge de seize ans.

– Quand est-ce qu'il l'a dit ? Qu'il lui fallait une femme, quoi.

Lee soupira.

* *Checkers :* le jeu de dames. *(N.d.T.)*

– Hier soir. Dans un bar. Checkers a dit ce qu'il a dit et je lui ai parlé de toi.

Donna et Lee, à elles deux, valaient trois millions et demi de dollars.

– Quel bar ? demanda Donna.

– Flat Michael's, dit Lee.

Le Flat Michael's était un bar-restaurant de l'East Village d'où la poésie était proscrite.

– Pourquoi moi ? demanda Donna. Pourquoi parler de moi à ce Checkers ?

Lee soupira de nouveau. Donna était le genre de femme dont on parle aux hommes. La couleur de ses cheveux évoquait une paysanne médiévale. Elle n'avait pas l'habitude de se passer la langue sur les lèvres mais sa poitrine était rebondie et sa taille svelte.

– Ce Checkers, dit Donna, qu'est-ce qu'il a de si craquant ?

– Il est craquant, c'est tout, dit Lee.

Donna ferma les yeux. Elle imagina un espion, ou un crétin. Elle s'attarda sur la possibilité qu'un homme affublé du nom de Checkers ait du poil sur les phalanges.

– Allez, d'accord, dit-elle. Je veux bien.

– Génial, dit Lee. Il sera au Flat Michael's à huit heures demain soir. Il t'attendra à une table.

– Alors vous avez tout arrangé ? Il ne va même pas m'appeler ?

Narquoise, Lee secoua la tête.

– Checkers a dit qu'il savait que tu allais accepter.

Donna émit un grognement.

– Pour qui il se prend ?

– Il se prend pour Checkers, dit Lee avec un haussement d'épaules.

– Un type aussi présomptueux, je ne sais pas s'il va me plaire.

– Essaie toujours, dit Lee.

Donna avait grandi à Manhattan. Fillette, elle faisait de la danse classique chez Mlle Vivian, dans l'Upper East Side. Mlle Vivian examinait attentivement le corps de Donna pour voir si elle avait la vocation de la danse classique. Mlle Vivian était une experte, elle savait tout de la voûte plantaire, des mollets, des seins et du maintien des jeunes femmes. Selon la légende, Mlle Vivian avait du sang gitan et pouvait lire le destin d'une jeune fille dans ses membres et ses attitudes. Jezebel Hutch, par exemple, avait grandi avec Donna et suivi les cours de Mlle Vivian pendant sept ans, jusqu'au jour où Mlle Vivian lui avait tapé sur l'épaule en disant :

– Toi, tu es astronaute.

Jezebel avait gloussé. Elle avait douze ans.

– Quoi ?

Le visage de Mlle Vivian était resté de marbre.

– Tu es astronaute. Tu iras dans la lune à bord des appareils que construisent les hommes. Ce sera très noble, mais tu ne danseras pas.

Les traits de Jezebel s'étaient affaissés.

– Mais...

Mlle Vivian avait montré la porte en disant :

– Adieu.

Jezebel était partie en sanglots dans les bras de sa mère, Jennifer Hutch. Jennifer avait traité Mlle Vivian de salope dérangée. Mais le lendemain, elle lançait Jezebel sur Einstein et le calcul intégral.

Quant à Donna, elle avait tenu chez Mlle Vivian jusqu'à seize ans. De fait, ce fut deux jours après le seizième anniversaire de Donna que Mlle Vivian la convoqua dans son bureau.

– Toi, tu appartiens à un homme, dit Mlle Vivian.

Donna retint son souffle. Trois mois plus tôt, elle avait embrassé un garçon affreux qui s'appelait Harold. Harold était du Queens.

– Ton corps est destiné à appartenir à un homme. C'est ta vocation.

Les yeux de Donna s'emplirent de larmes.

– Harold est seulement un copain, mademoiselle.

Mlle Vivian garda les yeux fixés sur le mur.

– Tu ne danseras pas.

– Il a... il m'a même pas pelotée, balbutia Donna.

– Adieu, dit Mlle Vivian.

Donna pensait avoir fait la preuve que sa prof s'était trompée. Étudiante à l'université de New York, elle avait couché avec deux garçons – l'un était timide, l'autre libyen –, mais l'un et l'autre étaient restés à mille lieues de posséder son âme. De vingt-cinq à vingt-sept ans, pendant qu'elle montait son affaire avec Lee, Donna avait vécu avec Charles, qui fumait la pipe et bossait dans une grande librairie d'occasion. Charles était gentil, mais il avait des pellicules et tendait à menotter Donna aux gros appareils ménagers pendant les relations sexuelles. Quand elle en eut marre de ces deux aspects de la personnalité de Charles, Donna le quitta. Elle avait vécu seule depuis, si l'on excepte un nomade par-ci par-là, qui ne faisait jamais de vieux os.

Depuis deux ou trois ans les hommes lui inspiraient surtout de la pitié. Leurs yeux semblaient toujours affamés ou éteints. Ils gagnaient de l'argent et se croyaient pourtant obligés de sauter à l'élastique ou de gravir les montagnes du Tibet. La force incroyable de leurs biceps et de leur rire, Donna avait bien l'impression que les hommes ne s'en servaient jamais à fond contre les femmes. À ses yeux, c'était de la lâcheté. Elle voulait un homme qui lui tomberait dessus, s'écraserait sur elle – psychologiquement, sexuellement, entièrement, quotidiennement – sans jamais s'excuser.

Convaincue que nul homme ne pourrait l'impressionner, elle avait tenté le coup avec une femme, Maxine. L'expérience fut désastreuse, en partie parce que Maxine avait treize chats et traitait Donna comme le quatorzième. Maxine voulait que Donna se pelotonne contre elle, ou la lacère de ses griffes avant de s'éloigner, indifférente, dans la nuit. Donna avait largué Maxine au bout de deux semaines.

Homme ou femme, nul ne disposait apparemment d'assez de puissance pour jeter son dévolu sur Donna. De frustration, elle se mettait parfois toute nue, tard le soir, et montait sur son lit pour danser. Mais sa danse n'avait plus rien de classique. Plus rien de gracieux ni de structuré. Cela se présentait ainsi : Donna agitait frénétiquement et en tous sens sa chevelure, ses bras et ses seins. Elle lançait la jambe, piétinait sur place en grognant et ses cuisses se couvraient de sueur. Parfois, saisissant la tenue élégante qu'elle avait portée ce jour-là, elle réduisait la soie ou le coton en lambeaux. Au plus fort de ces accès de rage, tandis qu'elle vociférait et gesticulait, Donna s'attendait à voir les paroles de Mlle Vivian se réaliser. Elle s'attendait à ce qu'un homme – un homme aux pieds fourchus, avec une tête de bouc, peut-être – ouvre à la volée la porte de sa chambre et la monte en rugissant. Elle se battrait contre cet homme avec ses ongles, avec son intelligence, avec tout son corps. Elle aurait beau supplier, exiger l'indépendance, l'homme la forcerait et entrerait en elle sans merci, et Donna, haletante, pantelante, finirait par sourire.

Le vendredi soir, Donna prit la ligne F pour aller au Flat Michael's. Lee se déplaçait toujours en taxi mais Donna avait peur des automobiles. Elle avait grandi en ville et n'avait pourtant jamais passé son permis. Cela ne lui facilitait pas la vie mais sa méfiance à l'encontre des voitures, en quoi elle voyait les instruments d'un destin funeste, l'emportait sur toute autre considération. Dans les films, leur coffre renfermait des cadavres ou elles explosaient dès qu'on leur tirait dessus. Dans toute l'île de Manhattan, on voyait sans cesse des portiers faire monter des femmes dans des taxis avec des sourires de conspirateurs. Où allaient toutes ces femmes ? se demandait Donna.

Le métro était plus sûr. Comme une bonne piste de danse, il était encombré mais anonyme. Quand on était en route pour faire la connaissance d'un type affublé du nom de Checkers, le métro vous donnait le temps de réfléchir à votre parfum et à votre humeur. Donna portait une petite robe légère et des escarpins noirs.

– Vous êtes sexy, dit un vieux à Donna.

Le vieux était assis avec une vieille, probablement sa femme. La femme lisait un journal, ignorant le vieux.

– Ça alors, dit Donna.

– Pour moi, vous ressemblez à une jeune femme dans une pub pour les blue-jean, dit le vieux avec un sourire inoffensif.

Donna montrait du doigt le journal que tenait la femme.

– Ça alors, je la connais !

La femme leva les yeux sur Donna puis les reporta sur le journal. En première page, il y avait une photo prise à Cap Canaveral. On y voyait quatre hommes et une femme vêtus tous les cinq d'une combinaison spatiale boursouflée.

Le vieux se racla la gorge.

– Pas une pub pour les cigarettes, notez bien. Pour les blue-jean.

– C'est Jezebel Hutch, affirma Donna. Elle est de Germantown. On a grandi ensemble.

La vieille considéra la photo.

– Alors elle est astronaute, murmura Donna. Elle a réussi.

Le vieux se racla de nouveau la gorge, plus fort.

– Dieu sait que les cigarettes ont vraiment rien de sexy, proclama-t-il.

Quand Donna arriva au Flat Michael's, elle avisa un homme assis seul à une table près de la vitrine. La vitrine donnait sur la Quatrième Rue Est. Sur la table, il y avait une bougie.

– C'est vous, Checkers ? dit Donna en tendant la main. C'est moi, Donna.

Checkers se leva. Il sourit, serra la main de Donna, puis la fit asseoir.

– Je pensais que vous seriez noire, dit-il en se rasseyant.

Checkers avait trente-trois ans. Il avait les yeux bleus et ses fins cheveux bruns lui descendaient négligemment jusqu'aux épaules. Il était grand. Il portait un pull marin irlandais, un pantalon de toile blanche et des sandales. Il tenait un verre de bière brune.

– Je vous demande pardon ? dit Donna.

– Je pensais que vous seriez noire, dit Checkers. Donna. *Donna*, ça fait afro-américain.

Checkers haussa les épaules.

– Je m'attendais à voir une négresse.

Donna le dévisagea.

– Vous en faites pas pour ça, dit Checkers. Vous êtes superbe.

Donna prit une inspiration.

– Lee ne vous a absolument rien dit de moi ?

– Elle m'a dit que vous vous appelez Donna et que vous êtes superbe. Elle a raison.

Donna examina Checkers. Il tenait sa bière et considérait Donna de l'air d'un homme content de tenir une bière et de considérer une femme. Pas dépravé, pensa Donna, content, voilà.

– Un verre vous ferait du bien, dit Checkers.

– Oui, dit Donna. Oui, bien sûr.

– Notre serveur est équatorien, dit Checkers en faisant un signe vers le bar. Il s'appelle Juan.

Un petit gros sortit de derrière le bar et radina d'une démarche pataude. Il avait le teint et les yeux caramel et arborait un sourire radieux.

– Oui, madame, dit Juan en touchant l'épaule de Donna. Pour vous, un verre, exactement, dit-il avec un fort accent. Un verre pour le plaisir. C'est ça ?

Donna commanda une vodka avec de la glace et du citron. Juan l'apporta, la déposa devant Donna.

– Plaisir, dit Juan. C'est ça ?

Il s'éclipsa.

– Il y a du monde, dit Donna en jetant un regard circulaire.

Donna n'avait jamais mangé au Flat Michael's. Elle avait pris un verre au bar, où il n'y avait pas de téléviseur, un comptoir de bois et des sièges. Tout était d'une grande simplicité au Flat Michael's. Les propriétaires étaient brasseurs et sur les poignées de la tireuse on lisait simplement : Blonde, Pilsner, Brune. Ils se fournissaient en vins dans un vignoble dont ils taisaient l'origine et en alcools dans des distilleries inconnues. Les étagères derrière le bar ne portaient que des bouteilles sans ornement dont les étiquettes proclamaient Vodka, Gin, Bourbon, ou Chardonnay,

Chianti, Porto. En règle générale les clients ne pinaillaient jamais sur ces boissons. Quand on demandait un sherry de marque ou un champagne d'une année particulière, on était prié de partir.

La salle à manger n'était pas différente. Les tables étaient en bois et, sur chacune, une bougie blanche était allumée. Les chaises étaient en bois elles aussi et la carte ne comportait que dix plats chaque soir. La liste de ces plats était inscrite à la craie sur une ardoise géante, sans prix ni garniture. Ce soir-là, la carte était : Truite, Langue, Anguille, Veau, Moussaka, Pousses, Agneau, Cervelle, Nouilles, et Serpent.

– Il y a du monde, confirma Checkers.

Checkers et Donna disaient vrai, il y avait du monde au Flat Michael's. La salle était pleine de clients qui, contrairement au restaurant lui-même, se distinguaient tous par le soin du détail. Il y avait un couple assis à deux tables de Checkers et Donna, un homme et une femme, lui coiffé d'un feutre, elle vêtue de soie. Cet homme et cette femme – l'un avait pris l'Agneau, l'autre le Serpent – parlaient de leur couple à haute et intelligible voix, discutant par le menu des questions d'entente et de sexualité. Parallèlement, quatre skinheads au crâne orné de motifs au rasoir, penchés sur une autre table, festoyaient de Cervelle qu'ils arrosaient de Schnaps.

Il y avait un habitué, un jeune comptable du nom de James Branch, qui dînait seul à une table éloignée du bar. Il avait des yeux bleus un peu somnolents et des dents régulières et, selon son habitude, il parlait à voix basse, répétant le nom de son entrée en attendant qu'on la lui apporte.

– Moussaka, chuchotait James. Moussaka.

Tout en chuchotant, James Branch admirait aussi une paire de boucles d'oreilles d'opale au creux de sa paume.

Enfin, à une table d'angle, était assise une femme vêtue d'une robe violette, vaporeuse. Elle ne mangeait que des Nouilles et ne buvait que de l'eau mais possédait une beauté terrible. Son visage était pâle et mélancolique et sa gorge avait quelque chose de douloureux. Ses chevilles, nues et fragiles, semblaient sur le point de se résoudre en poussière.

Parmi tous ces gens, Checkers et Donna, qui se voyaient pour la première fois.

– Truite, dit Checkers quand Juan vint prendre la commande.

– Veau, dit Donna.

– Plaisir, dit Juan, et il s'en fut.

Checkers prit une gorgée de bière.

– Je n'ai jamais essayé le veau, ici, dit-il. J'espère qu'il vous plaira.

Donna sourit, son premier sourire de la soirée. Essaie toujours, se dit-elle.

– J'espère aussi, dit-elle.

– Je ne voudrais pas que vous soyez affligée, dit Checkers.

– Je vous demande pardon ?

Du menton, Checkers indiqua les inconnus, les autres clients.

– Manhattan est plein de gens, dit Checkers. Des gens qui pour un repas qui ne leur plaît pas deviennent aussitôt affligés.

– Affligés, dit Donna.

– Et si ce n'était que Manhattan. Dans le monde entier, dit Checkers en se passant la langue sur les lèvres. Le monde est plein de gens qui pour un repas qui ne leur plaît pas deviennent aussitôt affligés.

Donna réfléchit. Elle n'était pas bête.

– Déçus, peut-être, dit-elle.

– Oh, non, dit Checkers du tac au tac. Ils sont affligés. Absolument.

– Hmm, fit Donna.

Checkers la dévisagea.

– Les gens prennent la bouffe très au sérieux. C'est effarant. Vous avez des oreilles intelligentes.

Donna qui sirotait sa vodka faillit s'étrangler.

– Je vous demande pardon ?

Checkers fronça les sourcils.

– Arrêtez de me demander pardon à chaque fois que j'aborde un nouveau sujet. Vous avez des oreilles intelligentes, voilà, c'est tout. Comme celles d'un elfe, ou d'une loutre.

Donna prit le temps de digérer cette information. Son vis-à-vis trouvait qu'elle ressemblait à une loutre.

– Ah, vous savez bien ce que je veux dire, bon sang. Non ?

– Bah, fit Donna en se forçant à sourire. Après tout, Checkers avait de la gueule avec ce pull. Et il avait de longues jambes. Vous aimez les elfes et les loutres, au moins ?

Checkers la dévisagea.

– Vous adoptez la démarche du flirt traditionnel.

– Je vous demande pardon ?

– Vous me demandez pardon ? dit Checkers. Pardon ? Que je vous pardonne ?

– Excusez-moi, dit Donna.

Puis elle regretta aussitôt de l'avoir dit.

– La démarche du flirt traditionnel, dit Checkers. Vous savez : je dis que vous avez des oreilles intelligentes, comme celles d'un elfe ou d'une loutre, et vous vous sentez obligée de demander si j'aime les elfes et les loutres. Comme si les elfes et les loutres étaient forcément mignons, ce qui sous-entend que vous êtes mignonne aussi. Bon, les loutres, je vous l'accorde, mais ça ne manquait pas de vilains elfes dans les histoires que j'ai lues, vous savez ? Des elfes difformes, avec des panards monstrueux. Mais vous inquiétez pas, allez. Je vous ai déjà dit que je vous trouve superbe, quoi. Qu'est-ce que je peux dire de plus ?

Les sourcils levés de Donna ne laissaient aucun doute sur ses sentiments.

– Quelque chose me dit que vous n'êtes pas près de vous taire.

Checkers éclata de rire.

– Je savais que vous étiez futée.

Donna apprit deux ou trois trucs. Checkers était né en Allemagne de parents américains et militaires. Il avait grandi à Washington, Minneapolis, San Diego, et Wheeling, dans l'ouest de la Virginie. Il avait des articulations de contorsionniste, bossait comme chasseur de têtes et conduisait un vieux coupé Plymouth Duster gonflé.

– À Manhattan ? demanda Donna.

Checkers cligna des yeux. Son regard s'était attardé sur le cou et les seins de Donna, ce qui semblait un bon signe à cette dernière. D'un autre côté, suivant le contour de sa mâchoire gauche, il avait une vilaine cicatrice qui semblait sculptée au couteau.

– Vous avez l'air de croire, dit Checkers, qu'une Plymouth Duster gonflée serait plus à sa place dans le jardin d'un plouc de Virginie ?

Donna se racla la gorge.

– Je ne sais pas.

– Ce que vous ne savez pas non plus, dit Checkers, c'est que ma Plymouth Duster gonflée ronronne comme un chaton. Elle a huit cylindres, des sièges confortables, et, pas plus tard que la semaine dernière, une de mes clientes dans la fleur de l'âge a dit combien elle trouvait « rafraîchissante » ma Plymouth Duster gonflée au milieu des taxis et des limousines de notre grande métropole. C'est le mot que ma cliente a utilisé. Rafraîchissante.

– Je n'aime pas les voitures, dit Donna.

– Ce n'est pas une voiture. C'est un rafraîchissement gonflé, dans la fleur de l'âge.

Donna se demandait qui pouvait bien être cette cliente. Checkers se radossa à son siège. Sa Truite et le Veau de Donna ne s'étaient pas matérialisés.

– Je parie que vous êtes un certain genre de nana, dit Checkers.

– Nous en sommes toutes là, dit Donna.

– Je parie que si un mec au volant d'une bagnole de macho ralentissait à votre hauteur dans la rue pour vous dire « Ziva eh, la bombe ! » vous êtes le genre qui sourirait même pas.

– C'est probable, dit-elle.

– Je parie que si le mec devenait franchement grossier et vous proposait une petite partie de jambes en l'air vous ne lui souririez toujours pas. Vous seriez au-dessus de ça, trop raffinée pour lui.

– On ne peut rien vous cacher.

Checkers assena une claque sur la table. Il semblait en colère.

– Mais merde, vociféra-t-il.

Donna fut surprise. Elle avait cru qu'il s'agissait d'une conversation.

– Mais merde, reprit Checkers. Pour qui vous vous prenez, vous les femmes ?

Donna fronça les sourcils.

– Vous croyez que les hommes sont subtils ? Vous croyez qu'on est tous heureux comme des rois d'adopter la démarche du flirt traditionnel, d'inviter une fille à dîner pour lui faire la conversation ? Je te jure !

La diva et les skinheads se tournèrent vers Checkers.

– Vous ne comprenez donc pas ? poursuivit Checkers, les yeux rivés à ceux de Donna. Vous ne comprenez pas ce qu'il y a de parfait à ce qu'un mec dise « Ziva eh, la bombe » à une nana parce que c'est tout ce qu'il peut dire ?

Donna dévisageait Checkers. Lui qui avait jusque-là été tout sourire et décontraction arborait un air grave. Donna ne savait que dire. Elle pensa partir mais Juan parut, portant un plateau.

– Plaisir, expliqua-t-il. Dîner.

– Comment vous vous êtes fait cette cicatrice à la mâchoire ?

Checkers mangeait sa Truite avec vitesse et efficacité. Il maniait ses couverts comme un chirurgien.

– Dans une bagarre au couteau, dit-il, avec un plouc de Virginie.

Une bagarre au couteau, songea Donna. Il n'est pas question que je rentre avec ce type.

– Et votre prénom ? demanda-t-elle. Il vous vient d'où, lui ?

Checkers regarda sa montre.

– Pas mal. Vous avez tenu soixante-sept minutes sans le demander.

– Pardon, dit Donna mais c'est pas courant comme prénom, tout de même.

Il y avait de la musique dans la salle du Flat Michael's. Un morceau de guitare basse, sans aucun autre instrument.

– Je m'appelle Checkers, dit Checkers. Ça n'a rien à voir avec le jeu de dames. C'est le prénom que mes parents ont inscrit sur mon acte de naissance.

– Ils ne vous ont jamais expliqué pourquoi ? dit Donna.

– C'est comme ça qu'ils voulaient m'appeler. C'est un truc qui ne dépend pas de moi.

Donna mangeait son Veau.

– Il y a des choses qui dépendent effectivement de moi, dit Checkers.

– Quoi, par exemple ?

– Par exemple, je veux être heureux. Je ne veux pas être affligé. Je veux une femme.

Incroyable, songea Donna.

– C'est pour ça que je voulais faire votre connaissance, expliqua Checkers. Lee a dit que vous étiez belle. Je lui ai répondu : « Parfait, une belle femme, c'est ce que je cherche. » Vous voyez ?

– Vous parlez comme ça à tout le monde ? demanda Donna.

– Oh, arrêtez. Je pourrais adopter la démarche du flirt traditionnel, mais bon sang, regardez-vous. Regardez vos lèvres et vos pommettes.

– Checkers, dit Donna. Je vous en prie.

– Regardez les petites moustaches de duvet à la commissure de vos lèvres.

Donna rougit. Les femmes ne sont pas censées avoir de moustaches.

– Elles sont presque invisibles, dit Checkers. Elles ont l'air... je sais pas. Gentil.

– C'est vrai, dit un des skinheads.

Donna baissa brusquement la tête. Elle posa ses couverts.

– Arrêtez, je vous en prie, chuchota-t-elle. Arrêtez de parler... de mon visage.

Checkers baissa la tête pour que son regard croise celui de Donna.

– Alors dites quelque chose. Avec une bouche comme la vôtre vous pourriez dire toutes sortes de belles choses.

Donna garda la tête baissée.

– Il faut que j'aille aux toilettes, dit-elle.

Dans les toilettes, Donna imagina le genre de femmes que Checkers avait eues. Elle imagina des serveuses, des sirènes, des agrégées de philo. Elle se demanda si la bouche de Checkers sentait la fumée.

– Essaie toujours, se dit-elle dans la glace. Tu as trente-deux ans. Allez, quoi.

À dix-neuf ans, Donna sortait avec un garçon qui approchait la trentaine, et qui avait la passion du saut en chute libre. Donna l'avait profondément aimé. Elle ne comprenait ni ses batailles contre la gravité ni sa musique country. N'empêche, elle s'était entièrement consacrée à lui et il lui offrait des iris le premier de chaque mois. Donna pensait que c'était l'homme de la prophétie de Mlle Vivian, l'homme auquel elle appartiendrait. Mais cet homme lui avait joué le mauvais tour de mourir – de mourir horriblement, dans un accident de parachute. Il s'était écrasé au sol, au lieu de s'écraser sur Donna.

– Allez, quoi, dit Donna à la glace. Il aime tes lèvres, chuchota-t-elle. Allez, quoi, ma fille.

Quand Donna revint à la table, elle avait manqué quelque chose. Checkers riait. Il parlait avec Juan, le garçon, et riait comme une baleine.

– Qu'est-ce qu'il y a ? dit Donna.

– Écoutez, hoqueta Checkers, hors d'haleine à force de rire. Dites-le, Juan.

– C'est des sauces qui arrivent, dit Juan.

Checkers explosa de nouveau.

– C'est ça, « des sauces qui arrivent ».

Checkers s'essuya une larme au coin de l'œil.

– Des choses. Il veut dire c'est des choses qui arrivent !

– Oui, dit Juan. Des sauces qui arrivent.

– Il ne peut pas prononcer chose, ricana Checkers. Il dit sauce, à cause de son accent.

Donna se rassit. Elle essaya de concentrer son attention sur Checkers, son cavalier, essaya de lui sourire. Mais Checkers ne regardait que Juan.

– Essayez lentement, Juan, dit Checkers. Concentrez-vous.

– Oui, dit Juan.

– Chchchose, dit Checkers en le regardant joyeusement. Chchchose. Chchchchose.

– Sauce, dit Juan.

– D'accord, Checkers, dit Donna.

Cela signifiait : ça suffit.

– Chchchose, dit Checkers.

– Sauce, dit Juan.

Checkers n'en pouvait plus. Il donnait des claques à la table. Son rire s'était transformé en jappements. Donna voyait son diaphragme se soulever. Tout le monde les regardait.

– Arrêtez, implora Donna.

Elle avait peur. Le rire, comme les voitures, l'effrayait parfois.

– Hou là là, gémit Checkers.

– Arrêtez.

Donna avait élevé la voix. Vous gâchez tout, songea-t-elle. Arrêtez.

Juan leur souriait à tous les deux, aux anges, tout disposé à continuer.

– Hou là là, fit Checkers suppliant, chassant Juan d'un geste.

Juan s'en fut.

– Il sait pas, dit Checkers avant de souffler pour se maîtriser. Chose et sauce. Il n'entend pas la différence.

– C'était cruel, dit Donna, de vous moquer de lui.

Checkers se reprit. Il vida sa bière, la deuxième. Les assiettes avaient disparu.

– Fallait être là quand ça a commencé, dit Checkers.

Mais Donna n'était pas là. Elle le regarda avec courroux. Checkers tenta de s'expliquer :

– C'est des choses qui arrivent, dit-il.

Il n'y avait pas de dessert. La bougie était à demi consumée.

– À quoi pensez-vous ? demanda Checkers.

– À rien.

Donna finit sa vodka. Elle pensait à ce que c'était qu'être couchée sous un homme, son poids sur le sien. Elle pensait à Charles, avec ses bouquins et ses menottes. Elle pensait à son parachutiste, à la façon qu'il avait de tirer sur sa chemise.

– Vous pensez que je fais des trucs bizarres. Vous pensez que je suis bizarre.

Donna fit oui de la tête.

– Vous ne comptez pas me revoir.

Donna secoua la tête.

– Pourquoi ? Parce que je me suis moqué de Juan ?

Le couple marié, les skinheads et la diva étaient partis. La guitare basse baissait peu à peu. Il ne restait que le jeune comptable qui regardait toujours les boucles d'oreilles d'opale dans sa paume. À l'extérieur, dans la Quatrième Rue Est, novembre approchait.

– Il n'y a pas que ça, dit Donna.

– Ben pourquoi, alors ? Vous voulez que je sois affligé ? Vous voulez être affligée, vous ?

Donna soupira sous l'effet d'un vieux désespoir.

Les hommes sont des portes, songea-t-elle, des portes qu'ils me ferment au nez.

– C'est seulement que... je n'arrive pas bien à vous parler.

– Et alors ?

Checkers semblait stupéfait.

– Moi j'arrive très bien à vous parler. C'est moi qui parlerai.

– Je regrette, dit Donna. Je veux rentrer chez moi, c'est tout.

Checkers la considéra. Le Flat Michael's se vidait.

– Je suis chasseur de têtes, dit doucement Checkers. Je passe mes journées à trouver aux gens une vie qui leur convient. Vous ne croyez pas que...

– Je ne peux pas l'expliquer, dit Donna, frissonnant presque. Je veux rentrer chez moi.

Dans la rue, il faisait froid. Des feuilles et des détritus tourbillonnaient dans le vent. Checkers et Donna marchaient côte à côte, sans parler.

– Ce n'est pas la peine de m'accompagner, dit Donna.

Checkers regarda le ciel. Il pensa à ce qui se passait quand il était seul dans son appartement la nuit, qu'il dormait. Il savait qu'à un moment donné il se recroquevillait en chien de fusil, parce que c'était ainsi qu'il s'éveillait tous les matins : recroquevillé, en hibernation.

– Voilà une station de métro, dit Donna en la montrant du doigt.

– Je suis garé près de la prochaine, dit Checkers. Au coin de Broadway et de Lafayette. Allez, quoi. Encore cinq cents mètres de votre vie et voilà. Ensuite, cassos.

Ils continuèrent à marcher. Un chat blanc hirsute les observait du haut d'une gouttière. Quelque chose sentait le caoutchouc. Avachi sous un porche, un SDF dégingandé avec un œil au beurre noir accordait une guitare.

– Noël approche, dit Checkers.

– On dirait.

Donna regardait ses escarpins marteler le trottoir. La station de métro apparut.

– Bon, dit Donna. Merci pour le dîner.

De la tête, Checkers indiqua l'est.

– Je suis garé au coin.

Leur haleine était visible.

Donna tendit la main.

– Heureuse de vous avoir connu.

– Soixante secondes, dit Checkers. Restez où vous êtes soixante secondes, c'est tout.

Donna avait horreur de l'état dans lequel elle était.

– Écoutez, Checkers, la soirée est finie.

Checkers s'éloignait déjà au petit trot.

– Soixante secondes, vociféra-t-il dans son dos.

Il disparut au coin de la rue.

On oublie, songea Donna.

Elle se dirigea vers le métro. Puis elle s'immobilisa.

Il n'y a rien à essayer, se dit-elle. Elle ne bougea pas, cependant. Elle resta là, immobile, et leva les yeux sur les étoiles qui n'étaient que de tristes amas de gaz.

Jezebel est là-haut, pensa Donna. Jezebel, avec ses mollets parfaits, est là-haut, suspendue comme une conne.

Moi aussi, je suis une conne, pensa Donna, avec un frisson. Une conne sans manteau.

– Et puis merde, dit Donna.

Elle marcha jusqu'à l'escalier du métro. Une voiture freina. Un avertisseur couina.

– Eh, poupée ! cria une voix.

Donna se retourna. Une Plymouth Duster bleu nuit était rangée le long du trottoir à cinq ou six mètres d'elle. La vitre côté passager était abaissée, et par la fenêtre Donna vit Checkers derrière le volant, qui la dévisageait.

– Ziva eh ! La bombe ! vociféra Checkers.

– Je n'irai pas avec vous, dit Donna.

Checkers abaissa la vitre côté conducteur. Penché à l'extérieur, il adressa des signes aux passants.

– Eh, fit-il en montrant Donna du pouce. Y a quelqu'un avec ce joli petit lot, là ? Elle est maquée, ou quoi ?

– Arrêtez ça, Checkers, dit Donna, les bras croisés sur la poitrine. Je sais que c'est vous. Je comprends.

– C'est pas une bombe ? vociféra Checkers. C'est pas la super nana ? C'est pas le vrai canon ?

Deux voitures étaient coincées derrière la Duster qui leur bloquait le passage. L'une était un taxi, l'autre une Honda.

– Bouge de là ! hurla le chauffeur de taxi.

– Checkers, dit Donna.

Checkers reporta son attention sur Donna. Il écarquilla les yeux, leva les sourcils, donna des coups d'avertisseur. Il fit hurler son moteur, poussant des cris de lycéen. Il se glissa jusqu'à la fenêtre côté passager.

– Dis voir, ma belle, fit Checkers, la langue pendante comme un chien. T'as des yeux mortels ! Et de ces cuisses ! Tu vois ce que je veux dire, poulette ?

Donna fronça les sourcils. Elle brandit le majeur en direction de Checkers.

– Fous le camp avec ton tas de boue ! hurla le chauffeur de taxi.

Il enfonça son avertisseur.

Checkers se lécha le petit doigt et fit un geste d'invite.

– Viens par là, poupée, gronda-t-il. Viens par là faire des cochonneries avec Checkers.

Donna leva les yeux au ciel. Elle agita sa chevelure. Elle avait la chair de poule dans la nuque.

– Amène-toi, quoi, dit Checkers.

– Vous bloquez la circulation, avertit Donna.

Il y eut un grondement et une vibration dans le sol. Une rame entrait en gare.

Checkers se martela la poitrine.

– Viens dans ma love machine, dit-il à Donna. Papa Checkers va faire de toi une femme.

– Ça va vraiment pas la tête, dit Donna.

Le conducteur de la Honda était sorti de sa voiture. C'était un type furibard avec un nœud papillon.

– C'est quoi, cette histoire ? demanda-t-il.

– Papa Checkers va te défoncer que t'en loucheras, brailla Checkers.

Donna étouffa un cri. Elle avait trente-deux ans, une petite robe moulante, la chair de poule et un super rouge à lèvres. Elle vendait de l'immobilier, elle aimait les enfants, elle votait.

– Allez, amène-toi, dit doucement Checkers, tendant la main vers Donna. T'as qu'une envie, c'est d'obéir à papa, non ? Allez, rapplique tout de suite, fillette.

Le type au nœud pap colla son visage dans l'ouverture de la fenêtre côté passager.

– C'est quoi, cette histoire ? beugla-t-il.

Checkers ne tressaillit même pas. Il avait toujours le bras tendu à l'extérieur en direction de la jeune femme.

– Rapplique, chuchota-t-il, et Donna sourit.

Le bain de Jacob

L'origine de la légende du bain de Jacob remonte au 1er mai 1948, jour du mariage de Jacob Wolf avec Rachel Cohen.

La cérémonie eut lieu à la synagogue de la Quatre-vingt-neuvième Rue Ouest et la réception à l'hôtel Plaza. Les mères de Jacob et de Rachel – qui se prénommaient Amy toutes les deux – coordonnèrent ces deux épisodes. Les deux familles étaient depuis longtemps honorablement connues à Manhattan. Plusieurs siècles en arrière, les Wolf avaient été tailleurs en Roumanie. Ils possédaient désormais Wolf's Grandes Tailles dans la Soixante-douzième Rue Ouest, où ils habillaient les éminents, les proéminents et jusqu'aux monstrueux. Le bruit courait que le père de Jacob, Sherman Wolf, avait été le tailleur personnel du maire et des Scapalletti, grands patrons du crime organisé. Quelle était exactement la clientèle de Wolf's Grandes Tailles, le public l'ignora toujours. Mais le public savait que les Wolf avaient partie liée avec des géants, des hommes dont on avait peur de serrer la paluche. C'est ce qui rendit particulièrement scandaleux, à l'été 1943, le fait que le fils unique de Sherman, Jacob Wolf, alors âgé de vingt-quatre ans, eût accepté de devenir auteur de jingles.

– Quoi ? demanda Sherman Wolf en dévisageant son fils. Qu'est-ce que tu me sers là ?

– Je vais écrire des jingles, dit Jacob. Des chansons pour des produits.

– Des chansons pour des produits ?

Sherman mesurait deux mètres. Son fils un mètre soixante-dix.

– Quoi des chansons ? demanda Sherman. Quels produits ? Qu'est-ce que tu me sers là ?

– C'est pour la radio, papa, dit Jacob avec un soupir. C'est pour un conglomérat.

– Quoi encore ? Qu'est-ce que tu me sers là ? Quel condiment ?

Jacob soupira une fois de plus. Le conglomérat était un groupe d'entreprises dont le rapprochement et l'association laissaient Jacob perplexe. Tout ce qu'il savait, c'était qu'un type lui avait offert de le rétribuer pour écrire des jingles. Si le type l'appelait pour dire « Il nous faut une chanson pour un collier de caniche », c'était ce que Jacob écrivait. Si une ode de trente secondes vantant un bain de bouche était requise, Jacob créait une ode de trente secondes vantant un bain de bouche.

– Un conglomérat est un groupe d'entreprises, papa.

Sherman regarda son fils de tout son haut. Ils se faisaient face dans le salon de l'appartement en toit-terrasse de Sherman et Amy dans la Soixante-quatorzième Rue Ouest. Dans l'appartement, il y avait deux toiles originales d'August Macke. Il y avait aussi un piano à queue noir que Sherman avait acheté quand Jacob était enfant. Dès le plus jeune âge, Jacob avait manifesté un certain talent musical et une inaptitude chronique aux disciplines athlétiques, et Sherman espérait donc promouvoir le premier. Certes, son fils était petit et jouait comme un manche au base-ball. Mais peut-être qu'après une formation rigoureuse Jacob pourrait devenir un génie musical au tempérament de feu, une espèce de Mozart juif qui martèlerait ses tragédies au Carnegie Hall ou au Met. Sherman n'était pas ennemi de la culture mais il partait du principe que son seul rejeton mâle aspirerait au pouvoir, à une notoriété de bon aloi. C'était la guerre et tout ce qui pouvait paraître futile scandalisait Sherman Wolf.

– Amy, aboya Sherman, viens ici. Le petit veut entrer dans un condiment.

Aussi Sherman et Jacob ne furent jamais d'accord sur la profession de ce dernier. En 1944, quand Jacob toucha un gros chèque pour son jingle des copeaux de savon Grearson, Sherman tint sa langue. Il en fit autant pendant la période des madeleines Bedaine de Nounours de son fils en 1946. Mais, à l'automne 1947, Sherman perdit patience en entendant la chansonnette suivante à la radio :

Montrez votre tendresse
Pour ses petites fesses.
Choisissez les meilleures et les plus pratiques,
Prenez Kyper, les couches chic !

– Des couches peuvent pas être chic, fulmina Sherman. Les vêtements pour hommes sont chic. Les costumes, les gilets. Nom de Dieu !

– Ça sonne bien, dit Jacob.

– D'ailleurs, dit Sherman, je connais Mitch Kyper. Il est fagoté comme l'as de pique.

– Des couches chic, expliqua Jacob, c'est une allitération, papa.

Sherman leva les bras au ciel. L'exaspération et la gêne que lui causait Jacob semblaient un décret divin, une malédiction éternelle jetée sur sa vie. Tout ce qu'il demandait, c'était que son fils soit un homme. Un homme, c'est dur au travail, ça joue aux cartes, ça boit du whisky, ça pense aux nichons des bonnes femmes. Un homme, ça paye pour acquérir des choses, et ensuite, si ça n'est pas malade ou mort, ça peut se marrer. Mais un homme ça n'écrit pas de chansons sur le dentifrice ou la brillantine.

– Il lui faut une épouse, c'est tout, dit Amy Wolf à son mari.

En janvier 1948 Jacob Wolf trouva son épouse. À l'immense soulagement de Sherman et d'Amy, c'était Rachel Cohen, fille d'Alex et Amy Cohen de la Soixante-dix-neuvième Rue Ouest. Alex Cohen était le rédacteur en chef des pages sportives du *New York Times.* Sa famille n'était pas dans la presse depuis aussi longtemps que des générations de Wolf coupaient l'étoffe, mais les opinions qu'Alex publiait sur les Yankees et les Giants étaient justes et raisonnables. Alex Cohen, dans l'opinion de Sherman Wolf, n'était pas un homme qui péchait par légèreté. Alex comprenait tout l'honneur qu'il y a à écraser son adversaire, que ce soit Adolf Hitler ou les Red Sox de Boston. Sherman espérait qu'un peu de la noblesse d'Alex s'était transmis à sa fille Rachel – dans la modeste mesure où l'on peut parler de noblesse chez une femme – et il espérait que la noblesse de Rachel déteindrait à son tour sur Jacob.

Quant à Rachel, elle aimait Jacob d'amour. Elle avait vingt-deux ans quand ils s'étaient connus et travaillait comme documentaliste-vérificatrice à la rédaction du *Times.* C'était à Rachel qu'il incombait de découvrir puis de rapporter avec précision à ses supérieurs la taille exacte de Benito Mussolini, la vitesse des battements d'ailes du colibri ou les ingrédients entrant dans la recette de la vichyssoise au Duranigan's de Madison Avenue. De fait, Rachel était au Duranigan's et discutait avec le chef – qui avait donné son accord par téléphone pour publier quelques recettes mais se montrait maintenant avare de renseignements et hautain – quand elle avait remarqué Jacob Wolf qui déjeunait seul dans un coin. Elle avait vu Jacob pendant son enfance à la synagogue de la Quatre-vingt-neuvième, mais elle ne l'avait jamais remarqué. Elle n'avait jamais remarqué sa mâchoire volontaire ni la délicatesse de ses doigts. Elle n'avait jamais surpris la tristesse, la mélancolie naturelle avec laquelle Jacob mangeait un sandwich au corned-beef quand il ne se croyait pas observé.

– Ça alors, chuchota Rachel, Jacob Wolf ?

– Je ne dis rien, dit le chef en secouant triomphalement la tête. La vichyssoise, c'est privé.

Rachel sortit de la cuisine et dériva vers son solitaire – et encore futur – époux, qui leva les yeux et rencontra son regard.

– Privé, tonnait le chef dans le dos de Rachel. Vous entendez ?

Quatre mois plus tard, Jacob et Rachel se mariaient. La noce fut royale. Des cousins affluèrent de Long Island et de Washington. Des roses d'un blanc immaculé aux longues tiges jonchaient le sol de la synagogue. Susan March, amie intime et collègue documentaliste de Rachel, était demoiselle d'honneur. Susan portait une robe qui découvrait des mollets ravissants et bien des invités estimèrent par-devers eux que Susan était plus belle que Rachel.

À la réception du Plaza, sous la direction pleine de discernement d'Amy et Amy, on servit du steak tartare, du champagne, puis un sorbet au citron, et enfin un dîner. Tout le gratin de Manhattan était là, jusqu'à June Madagascar, soprano de Broadway, Jacqueline Hive, qui dirigeait un orphelinat, et des messieurs en habit d'une stature inquiétante. Profitant d'un bref répit dans toute cette gaieté, Robby Jax, le célèbre comique, proposa un toast en souriant de toutes ses dents.

– Mesdames et messieurs, dit Robby en levant son verre de scotch, pour l'amour de l'été, pour l'amour des maris et des femmes, pour l'amour du Cutty Sark et de la danse, pour l'amour de la poitrine sensationnelle de Jacqueline Hive, pour l'amour de vos pères et mères, pour l'amour des juifs, des nuits étoilées et des costumes pure laine bien coupés, mais surtout, Dieu les bénisse, pour l'amour de Jacob et Rachel Wolf... buvons.

La foule poussa des hourras. Des verres s'entrechoquèrent. Le bal fut ouvert, les enfants sourirent et des cadeaux en cavalcade échurent aux jeunes mariés. Tous les cadeaux étaient impeccables. Il y avait des couverts d'argent et des bijoux d'or. Il y avait des bouteilles de vin et des œuvres d'art. Il n'y avait rien d'obscène, de grotesque, de comique ni de personnel : pas de lingerie, pas d'argent liquide, pas de disques de jazz, pas de livres. Tous ces cadeaux suggéraient une existence utile et pourtant luxueuse.

Du haut de ses deux mètres, Sherman Wolf présidait la soirée. Certes, Alex Cohen avait réglé l'addition mais ce n'était que son devoir. Ce fut Sherman qui conféra tout son lustre à la soirée : il planta ses dents dans le steak tartare, il dansa avec des épouses, il serra la main de sa cousine Aïda pour mettre un terme à une vieille querelle familiale. Par-dessus tout, Sherman était heureux. Aucun auteur de jingles complètement maboul n'avait fait son apparition – Sherman avait craint qu'il n'en existât un syndicat – pour chanter des chansons idiotes ou ricaner. On avait loué une limousine qui viendrait à la fin de la soirée se ranger devant le Plaza pour emmener Jacob et son épouse jusqu'à un lieu de villégiature des Adirondacks. Enfin, pièce de résistance de la réception, le gouverneur en personne fit une apparition de quinze minutes. Il embrassa la mariée, martela l'épaule du marié, puis prit Sherman à part pour échanger avec lui quelques mots dans l'intimité.

Au milieu de tant de merveilles, Jacob Wolf, vingt-huit ans, jeune marié, était totalement désemparé. Assis à la table d'honneur à côté de Rachel, il assistait sans joie au déroulement de la soirée. Le Plaza était splendide, bien sûr. Le repas était splendide, et l'éclairage, et les violons, et jusqu'à cette sale gosse de Lucy, sa cousine de New Haven, qui s'était arrangée pour perdre ses joues de bébé et son impertinence et devenir splendide elle aussi. Mais Jacob n'était pas taillé pour la splendeur. Il le savait depuis toujours. Il souriait à ses invités et à ceux de Rachel qui ne leur voulaient que du bien mais, dans son cœur, ces gens le terrifiaient. Contrairement au mythe, ils n'avaient rien de prétentieux, rien de bidon. Ils étaient bel et bien tout ce qu'ils croyaient être. Ils étaient riches, brillants, intelligents et, Jacob le devinait, c'étaient des champions persévérants de toutes les bonnes causes. C'était précisément leur excellence même qui glaçait le cœur de Jacob. Car il se savait un homme ordinaire, plein de défauts. Il gagnait sa vie en écrivant des refrains idiots et guillerets et s'en satisfaisait. Il faisait de longues promenades dans Central Park, non pas tant pour jouir de la nature ou se mettre en forme, mais plutôt sans raison particulière. Il avait choisi Rachel pour épouse parce qu'elle était une proie facile. Elle était venue à lui au Duranigan's et, par le langage du corps et la langue anglaise, lui avait fait savoir qu'elle était disponible. Ils étaient sortis ensemble pendant un mois et Rachel disait des choses qui faisaient rire Jacob. Physiquement, elle ne manquait ni de qualités ni de désirs, Jacob non plus, pourtant ils ne couchèrent pas ensemble avant leur lune de miel. Et sans être folle des jingles qu'écrivait Jacob, Rachel ne les méprisait pas. Dans un mouvement où il entrait peut-être de la joie mais certainement du soulagement, Jacob lui avait demandé d'être sa femme. Rachel avait dit oui aussitôt, et puis voilà.

À moins que... songeait Jacob en observant sa réception. Peut-être la puissance et la vivacité qui nimbaient si exquisément ces invités étaient-elles en sommeil dans le for intérieur de Rachel. Jacob habitait l'immeuble Preemption de la Quatre-vingt-deuxième Rue Ouest et il comptait que Rachel s'y installerait avec lui après la lune de miel. Mais combien de temps s'en contenterait-elle ? Un mois peut-être après le mariage, s'aviserait-elle d'exiger de la magie : un déménagement vers l'Upper East Side, des places pour *Carmen*, des papayes pour le petit déjeuner ? Et si elle décidait soudain que la Californie était une région importante ? Ou se prenait d'une folle envie d'huîtres ? Ou désirait discuter les mérites de Churchill ?

Rachel pressa la main de Jacob.

– Tu as l'air soucieux.

– Mais non, dit Jacob.

– Tu mens. Arrête de te faire du souci.

Jacob regarda sa jeune épouse. Il regarda sa robe étincelante, son décolleté, ses sourcils plutôt laids. Rachel haussa les épaules.

– Je suis une fille comme les autres, dit-elle. Tu n'es qu'un garçon comme les autres.

Merci mon Dieu, pensa Jacob.

La légende du bain de Jacob débuta plus tard ce soir-là, à la montagne.

Le chalet où Jacob et Rachel allaient passer leur lune de miel s'appelait Blackberry House. Il était à mi-chemin de la retraite de milliardaire et de la pension de famille. La maison elle-même était une vaste construction de bois à une heure à peine de la frontière canadienne. La salle commune du rez-de-chaussée était lambrissée et d'une atmosphère studieuse. Elle était décorée de peaux d'ours en guise de tapis, de bois de cerfs et d'un échiquier aux pièces d'ivoire. Mais les chambres à coucher étaient chaleureuses et charmantes avec des édredons sur les lits, des bougies allumées et, dans les salles de bains, des baignoires à pattes de lion en cuivre. Dans celle de Jacob et Rachel – la Blackberry Room – il y avait un rouet ancien et un très grand chien-assis qui donnait sur le lac Raquette. Devant cette fenêtre, sur le toit, dans le clair de lune, il y avait une mouffette.

– Il y a une mouffette, dehors, dit Rachel.

Elle portait encore sa robe de mariée. Du doigt, elle montrait le toit en regardant la nuit. C'était le printemps dans les Adirondacks mais les vitres étaient froides.

– Il est deux heures du matin, reprit Rachel. Il y a une mouffette sous notre fenêtre.

Jacob aurait peut-être dû songer à la consommation de son mariage. Au lieu de quoi, il se demandait comment une mouffette pouvait bien arriver à escalader un bâtiment de deux étages.

– *Mephitis mephitis,* dit Rachel. C'est le nom latin de la mouffette commune.

Rachel avait eu l'occasion de se documenter sur les animaux pour le *Times.*

– Comment est-elle arrivée là ? dit Jacob.

L'homme et sa jeune épouse observaient la mouffette. La mouffette était noir et blanc et, pour l'instant, ne sentait pas mauvais.

Rachel ôta ses chaussures, se massa les pieds.

– Je me demande si c'est vraiment romantique. Une *Mephitis mephitis* devant notre fenêtre pour notre nuit de noces.

Jacob ne répondit pas.

– Je vais prendre un bain, dit Rachel.

Elle passa dans la salle de bains, ferma la porte. Jacob resta à regarder le petit mammifère. La mouffette ne bougeait pas. Campée à un mètre cinquante de la fenêtre, elle avait vue sur le lit nuptial de Jacob et Rachel.

Jacob entendit le gazouillis de la tuyauterie et de l'eau qui coulait. Son épouse, il le savait, se préparait à quelque opération féminine. En y songeant, Jacob décida de se débarrasser de la mouffette.

– Chéri, lança Rachel. Qu'est-ce que tu fais ?

De la vapeur s'échappait de la fente, sous la porte de la salle de bains.

– Rien, dit Jacob.

Ôtant sa belle chaussure de cuir, il en coiffa sa main gauche comme d'un bouclier. De la droite, il ouvrit la fenêtre, lentement, de quelques centimètres seulement. Il sortit la main gauche.

– Va-t'en, mouffette, murmura Jacob en agitant sa chaussure. Déguerpis.

La mouffette regardait Jacob. Elle semblait s'ennuyer prodigieusement.

– Fous le camp, souffla Jacob. Débine-toi.

Il foudroya la mouffette du regard. Il agita sa chaussure avec précaution.

– Allez ouste, dit-il.

Jacob continua d'agiter sa chaussure. Il ne souhaitait pas que la mouffette fasse une chute mortelle, pas nécessairement. Tout ce qu'il voulait, c'est qu'elle se déplace sur le toit, qu'elle aille espionner ailleurs. Mais il s'avéra que la mouffette ne fit ni l'un ni l'autre. Elle se contenta de faire demi-tour pour asperger la chaussure de Jacob.

– Oh, merde.

Jacob sortit la main de sa chaussure, sauta en arrière. Il ferma la fenêtre aussi vite qu'il put, laissant la chaussure à l'extérieur. Mais il était trop tard.

– Aïe, dit Rachel dans la salle de bains.

– J'aurais pas dû, lui lança Jacob.

Il se redressa, se boucha le nez. La puanteur était insoutenable.

– Je crois que tu devrais venir ici, dit la femme de Jacob.

J'ai tout gâché, songea Jacob. J'ai gâché notre lune de miel.

– Allez viens, dit Rachel.

Elle était enveloppée d'épaisses serviettes blanches. Une serviette était entortillée autour de ses cheveux, comme un turban. L'autre, nouée au-dessus des seins, lui descendait jusqu'aux cuisses. Elle avait un genou couronné.

– Faut colmater la porte, dit Rachel.

Elle prit une autre serviette sur une étagère et la disposa devant la fente sous la porte.

– J'ai essayé de me débarrasser de cette saleté, dit Jacob. Elle a aspergé ma chaussure.

Rachel sortait du bain, elle était humide sous les serviettes.

– Excuse-moi, dit Jacob.

– C'est rien, dit Rachel.

L'air était plein de vapeur. La baignoire était encore pleine. Jacob regarda cette femme qui était la sienne, la façon dont elle s'était enveloppée de serviettes. C'était une manière qu'avaient souvent les femmes de s'envelopper de serviettes, une pour les cheveux, une pour le corps. Ce n'était pas original, mais c'était une chose que les hommes ne faisaient jamais. Cela plut à Jacob.

– Hum, fit Jacob en rougissant.

Au fond, sous les serviettes, c'était sa femme.

– Elle n'a aspergé que ma chaussure, ajouta-t-il. Elle ne m'a pas eu.

Rachel gloussa, elle fronça le nez.

– Si, elle t'a eu, dit-elle.

Jacob rit. Rachel rit aussi. Il y eut un silence, ils se regardaient.

– Si tu te mettais dans la baignoire, suggéra Rachel.

Jacob fut pris de panique. Il avait entendu parler de femmes qui font l'amour dans des baignoires.

– Tu crois ? dit-il.

– Tu sens mauvais, dit Rachel. Déshabille-toi et mets-toi dans la baignoire.

Rachel sourit. Jacob interpréta ce sourire comme le signe qu'elle n'avait pas d'arrière-pensées. Il se détendit donc. Il se dévêtit lentement, s'exposant au regard de Rachel. Il entra dans la baignoire.

Rachel ramassa les vêtements de Jacob, les lança de l'autre côté de la porte. Elle la referma et s'agenouilla près de la baignoire.

– Tu vas... hum.

Jacob avait les yeux au niveau de la poitrine de Rachel.

– Tu vas...

– Je n'entre pas dans la baignoire avec toi, dit Rachel.

– Ah, très bien, s'empressa de dire Jacob.

– J'ai déjà pris mon bain.

– C'est vrai.

– Je ne me baigne jamais longtemps.

– Oui. Bien sûr.

Rachel posa la joue sur le rebord de la baignoire. Elle regarda le corps de Jacob dans l'eau chaude et claire. Elle le voyait tout entier.

– Rachel, dit Jacob.

Voilà qu'il était gêné, assis dans la baignoire, de l'eau jusqu'au cou. Il avait l'impression d'être un petit garçon.

Quelques mèches des cheveux de Rachel s'échappèrent de la serviette et s'étalèrent dans l'eau. Elle tendit la main pour caresser le cou de Jacob.

– J'adore ton cou, dit-elle. Ton cou et le contour de ta mâchoire.

Jacob se laissa toucher le visage. C'était sa femme.

– Je t'aime, dit-il.

Rachel poussa un soupir de contentement.

– C'est vrai, dit Jacob.

Rachel cessa de caresser la joue de Jacob.

Et maintenant ? songea Jacob.

Rachel prit un gant de toilette de coton blanc. Elle le frotta sur une savonnette. Le savon sentait l'essence de wintergreen.

– Qu'est-ce que tu fais ? demanda Jacob, gardant les yeux sur le gant.

Rachel frotta le gant jusqu'à ce qu'il mousse. Elle s'en recouvrit la main et la plongea sous l'eau. Elle massa la poitrine de son mari.

– Tais-toi, dit Rachel. Je vais te donner ton bain.

Jacob obéit à sa femme. Il resta coi et elle fit ce qu'elle avait annoncé. Elle donna un bain à son homme.

Au début, Jacob riait. Il avait l'aisselle chatouilleuse et la conscience de sa nudité le mettait un peu mal à l'aise. Mais tandis que Rachel le lavait méthodiquement de la tête aux pieds, Jacob cessa de rire. Sa femme s'appliquait. Elle récura soigneusement son jeune époux. Elle se montra ferme sur les mains – que la mouffette avait souillées – et énergique sur les pieds. Elle s'activa longuement sur le torse, mais traita l'aine avec tendresse. Conquis par ces soins attentifs, Jacob finit par fermer les yeux. Une joie douillette l'envahit. Des semaines durant il avait échafaudé des plans pour cette nuit – pour la conquête du corps de Rachel – mais voilà que ces plans s'estompaient. Il avait encore envie de lui faire l'amour au lit, mais pour l'instant c'était quelque chose de plus simple qui se produisait. Les doigts de Rachel s'occupaient de sa peau, faisaient gentiment sa toilette dans l'eau.

– Tu aimes ça ? murmura Rachel.

Jacob garda les yeux fermés. Il avait la chair de poule et sa bouche s'était ouverte sous l'effet de la surprise. Soudain, il sut avec certitude que jamais encore Rachel n'avait donné de bain à un homme.

– Hmmm, roucoula Rachel toute contente. Tu aimes ça, murmura-t-elle.

Pour l'essentiel, la lune de miel de Jacob et Rachel ne regardent qu'eux-mêmes. Mais un fait sympathique n'en demeure pas moins : après un repas et une promenade dans la forêt, Rachel donna un bain à Jacob chaque soir. Au bout de trois jours, mari et femme étaient accro à ce rituel. Ils en vinrent à le pratiquer avec plaisir non comme un luxe, signe de quelque existence nouvelle et plus douce, mais comme une nécessité. C'était comme si Jacob avait gravi une montagne au long des années et était enfin parvenu à un sommet présentable, où il y avait une femme et un puits. La femme était là pour restaurer les forces de l'homme, étancher sa soif, et l'homme aimait la femme et lui en était reconnaissant. Il n'était pas question d'égalité : Jacob ne donna jamais de bain à Rachel. Il était prêt à s'acquitter tout au long de sa vie d'une série de corvées pour elle, mais là n'est pas la question. Il s'agit du bain : de la légende.

Jacob et Rachel retournèrent à Manhattan. Rachel retourna à ses vérifications et Jacob à l'écriture de jingles. Ils emménagèrent chez Jacob dans l'immeuble Preemption.

Le Preemption se dressait dans Riverside Drive au niveau de la Quatre-vingt-deuxième Rue Ouest. C'était une mystérieuse construction de pierres brunes dont le toit s'ornait de gargouilles, qui dominait l'Hudson comme une tour de guet. À l'intérieur, le Preemption se distinguait par trois particularités. Il possédait le plus vieil ascenseur Otis en état de fonctionnement de tout Manhattan, antiquité à commande manuelle avec des portes d'acajou à chaque étage. Le Preemption possédait aussi un portier bien particulier, un noir du nom de Sender. Sender était grand, décharné et plein de dignité. Il portait un costume bleu de contrôleur des chemins de fer et, selon toute apparence, ne vieillissait pas et ne quittait jamais son poste. Certains locataires lui donnaient à peine la cinquantaine, d'autres l'estimaient plus que centenaire, mais personne ne pouvait le battre au bras de fer. Il avait une cicatrice ovale au milieu du front juste au-dessus des yeux. Tous les ans, à l'approche d'Halloween, on recommençait à chuchoter que Sender était né avec un troisième œil et que les médecins le lui avaient retiré quand ils lui avaient coupé le cordon ombilical.

Signe du destin, la troisième caractéristique qui rendait le Preemption unique était le fait qu'Elias Rook, qui avait conçu l'immeuble et en avait été le premier propriétaire, avait fait installer des baignoires sur pieds dans tous les appartements. Elias Rook avait terminé les travaux en 1890. Mais il ne manquait pas de moyens et, presbytérien de stricte obédience, avait façonné le Preemption en visant l'éternité. En conséquence, les planchers et les boiseries des appartements étaient taillés dans le chêne le plus robuste. Les vitres des fenêtres cintrées avaient plusieurs centimètres d'épaisseur. Mais les baignoires, véritables chefs-d'œuvre, surpassaient tout le reste. Elles étaient en fonte émaillée de blanc avec une tuyauterie et une robinetterie de cuivre. Qu'une documentaliste-vérificatrice du genre de Rachel s'avisât de passer un jour au crible le Preemption, elle aurait découvert une incroyable vérité : jamais, en un demi-siècle, aucun occupant n'avait constaté la moindre trace de rouille dans l'eau, la plus petite rupture de canalisation, le plus infime éclat d'émail dans sa baignoire. Évidemment, avec les années, la plupart des baignoires avaient été converties en douches et celle de Jacob ne faisait pas exception. Le règlement du Preemption interdisant de retirer les baignoires – dont les pieds étaient d'ailleurs scellés –, la plupart des occupants avaient demandé à un plombier d'élever un tuyau en forme de mât et d'y adjoindre un pommeau de douche. Ces gens – la majorité –, ayant ensuite entouré leur baignoire de rideaux de plastique, s'y douchaient rapidement avant de regagner le monde extérieur. Mais de rares Preemptioniens ne firent jamais installer de douche. Ils infusaient lentement dans leurs baignoires, ces chaudrons à l'ancienne, en songeant à Sender, en méditant sur l'ascenseur du Preemption qui lui non plus ne tombait jamais en panne, et ils n'avaient pas peur.

Le jour où Jacob et Rachel Wolf rentrèrent des Adirondacks, Jacob démonta sa douche. À dater de ce jour, chaque soir de leur vie commune, Rachel donnait un bain à Jacob. Elle lui donna un bain le 20 novembre 1953, au soir de la naissance de leur premier fils, Elias. Rachel n'en parla ni à sa famille ni aux médecins du St. Luke's Hospital. Elle se contenta de le faire : elle entra à St. Luke's le matin, mit Elias au monde et fut de retour chez elle à la tombée de la nuit pour donner un bain à son mari.

Rachel s'arrangea aussi pour rentrer donner son bain à Jacob le 8 avril 1956, jour où sa mère mourut d'une rupture d'anévrisme cérébral. Elle donnait son bain à Jacob tous les shabbats comme les jours de fêtes religieuses juives. Elle lui donnait son bain à la pleine lune et pendant toute la durée du championnat de base-ball, elle lui donnait son bain quand elle était en colère et quand il était cruel. Jacob, quant à lui, rentrait pour son bain tous les soirs. Le 30 juillet 1958, le soir où son jingle pour la moutarde Jeremiah fut couronné au Rockefeller Center, Jacob refusa une cinquième bière au Duranigan's pour rentrer en taxi prendre son bain. Le 23 août 1969, dans une chambre du Plaza, Jacob Wolf, quinquagénaire, mit fin à sa liaison avec Melodie Sykes, pianiste de Broadway qu'on surnommait « Trois temps ». Il rentra précipitamment chez lui, secoué de sanglots, et s'installa dans la baignoire en attendant sa femme.

Pendant des dizaines d'années, nul ne connut le secret, les fonts baptismaux privés du ménage de Jacob et Rachel. Leurs parents l'ignoraient. Comme leurs voisins, ou leurs enfants, Elias et Sarah. Ces derniers s'imaginèrent simplement, tout au long de leur adolescence, que leurs parents étaient de chauds lapins. Ils voyaient chaque soir Jacob et Rachel disparaître dans la chambre à coucher attenante à la salle de bains. Quand Elias et

Sarah entendaient l'eau couler dans la baignoire, ils en concluaient que les ébats avaient lieu, et qu'eux-mêmes avaient été conçus dans l'eau chaude. Cela produisit une certaine confusion dans les conceptions adolescentes d'Elias, qui en déduisit que les jeunes femmes étaient au comble de la docilité libidineuse si on parvenait à les fourrer sous une douche et à les humecter en profondeur. Et, bien sûr, Sarah fut d'une disposition d'esprit similaire jusqu'à ses années d'université. Qu'un garçon ou un homme s'avisât de faire couler de l'eau chaude dans une pièce voisine et elle était prise de fou rire ou détalait effrayée.

La légende du bain de Jacob fut portée à la connaissance du public en janvier 1991. Jacob avait soixante-douze ans, Rachel soixante-cinq, on était en pleine guerre du Golfe. La mère de Jacob était morte depuis cinq ans, et son père, le formidable Sherman Wolf, avait quatre-vingt-dix ans. Sherman avait rapetissé de près de trente centimètres. Il vivait maintenant au Benjamin Home, maison de convalescence de l'Upper East Side. Le confort dont jouissaient les pensionnaires du Benjamin Home frisait l'extravagance. Les lits y étaient fermes, dotés de bons cadres de bois, les corridors recouverts de moquette, les infirmières gentilles et dévouées. Sherman Wolf grognait contre les vieilles qui jouaient à la canasta dans la salle commune. Il suivait religieusement le déroulement de la guerre à la télévision et dans les journaux. Pourtant, dans son cœur, Sherman était anxieux. Le monde avait gardé sa Grande Taille, mais pas lui. Les poumons lui faisaient mal quand il inspirait profondément. Il souffrait d'arthrite, d'un début de surdité et d'accès de froid qui faisaient frissonner ses membres. Pour couronner le tout, il y avait un fou en Irak et Sherman était convaincu que ce fou n'allait pas tarder à attaquer le Benjamin Home et, plus particulièrement, lui Sherman, en personne.

– Voyons papa, disait Jacob, personne ne va t'attaquer.

– Quoi ? fit Sherman foudroyant son fils du regard sans comprendre. Qu'est-ce que tu me sers là ?

Jacob allait au Benjamin Home tous les dimanches et fréquemment pendant la semaine.

– Personne ne te fera de mal, papa. Je les en empêcherai.

Sherman dévisagea Jacob avec incrédulité.

– Toi ? marmonna-t-il. Tu ne peux pas arrêter le fou.

– Ne t'en fais pas pour le fou.

Jacob disposa une courtepointe sur les épaules de son père. C'était une courtepointe qu'Amy, la mère de Jacob, avait confectionnée.

– Toi, répéta Sherman en détournant les yeux avec un soupir. Toi, l'auteur de jingles.

Le bain de Jacob devint célèbre à cause de Susan March, la demoiselle d'honneur de Rachel dont elle avait été la collègue il y avait bien longtemps. Elles avaient fait leurs débuts ensemble comme documentalistes-vérificatrices au *Times*. Quand Rachel avait cessé de travailler pour élever Elias et Sarah, Susan March était restée dans la presse. Elle travailla au *Times* pendant cinq décennies, au long d'une carrière traversée par le Watergate, la breakdance, les émeutes de Belfast. À la fin des années soixante-dix, Susan signait un éditorial bihebdomadaire, « Le Journal de March ». Ses éditoriaux couvraient tous les domaines, de la satire politique aux diatribes contre la mode. Le plus souvent, Susan décochait les flèches de sa dérision contre tel ou tel monstre ridicule : célébrité mondiale aux tendances farfelues, ou quasi-inconnu possédé d'une quelconque passion effarante. Ce fut dans « Le Journal de March » que l'Amérique découvrit le premier entretien accordé par Dana Smith, la maîtresse du tueur en série présumé Bobby Bobbington.

– Je ne parlerai qu'à Susan, avait sangloté Dana, et elle s'y était tenue.

Susan March s'était aussi gendarmée contre la crise née en 1986 du traitement des mongoliens par le Danemark – au point, disaient certains, d'avoir retourné le vote du Sénat sur cette question. En résumé, la carrière de Susan avait montré qu'elle savait voir ce qui comptait pour le monde, ou du moins pour l'Amérique. Susan possédait, selon toute apparence, un cœur avisé, une plume aiguisée et ne craignait pas de s'aventurer dans les questions morales les plus risquées.

Le déclic se produisit le matin du nouvel an 1991. Susan March descendait en taxi la Cinquième Avenue. Il était quatre heures du matin. Susan rentrait d'une soirée et elle était ivre. C'était une de ces nuits où l'alcool la rendait réceptive et la déprimait, et Susan considérait d'un regard morne la ville que le taxi traversait à grande vitesse. Il neigeait. Il y avait très peu d'autres voitures. Le chauffeur, qui s'était figuré que Susan était une touriste, lui énumérait les monuments de la Cinquième Avenue.

– Là, c'est la Trump Tower, disait le chauffeur. Là, la cathédrale St. Patrick. Là, un couple qui baise.

Susan tressaillit, cligna des yeux et scruta l'obscurité. Effectivement, sur les marches de St. Patrick, il y avait deux adolescents dans la neige. Le chauffeur avait ralenti pour mieux voir et Susan vit mieux elle aussi. Comme elle aurait aimé pouvoir dire que les adolescents faisaient l'amour, qu'ils célébraient la nouvelle année en s'abandonnant de bon cœur, mais le chauffeur avait raison. Les deux adolescents baisaient. Le visage de la fille était crispé. Le garçon avait troussé la robe et le manteau de la fille sur ses épaules mais son pantalon à lui n'était qu'à mi-cuisses. La nudité, la neige et la douleur n'étaient que pour la fille et Susan s'apprêtait à baisser sa vitre pour crier au viol quand la fille sourit. C'était un sourire hideux, songea Susan : dépravé, grossier, vorace et, bien sûr, sacrilège.

Le chauffeur haussa les épaules.

– Continuons, dit-il.

Rentrée chez elle, Susan ne parvint pas à dormir. Elle ne cessait de penser aux adolescents. Plus jeune, plus impulsive, elle aurait aussitôt pondu un éditorial rageur sur les mœurs du temps, la sexualité, la pudeur, la décence. L'ennui, c'est que Susan elle-même se sentit soudain et complètement indécente. Tous les aspects de la nuit avaient été malsains : pas seulement les adolescents mais la soirée à laquelle Susan avait assisté. C'était une réunion de poids lourds : présentateurs télé, top models, acteurs, quelques journalistes respectés et jusqu'à un certain Mr. Bruce, tueur à gages présumé. Ce qui dégoûtait Susan n'était pas le gin et les cigares, ni la présence d'un tueur, ni d'ailleurs cette fille en rut. Ce qui dégoûtait Susan, c'était d'avoir fait sa vie en profitant de ces choses, de leur avoir conféré une certaine validité en écrivant à leur sujet. Elle avait largement dépassé la soixantaine et ne s'était jamais mariée, n'était jamais allée à Disneyland, n'avait jamais appris à chanter. Elle avait au contraire choisi de prendre dans sa ligne de mire les grandes habitudes de sauvagerie de notre globe : le meurtre, l'extorsion, la haine, les crimes contre les femmes et contre la terre. Elle avait longtemps considéré ces vérités épouvantables. L'ennui, comme l'a dit Nietzsche, c'est qu'à force de regarder l'abîme, c'est l'abîme qui finit par vous regarder. Ce matin de nouvel an, Susan March eut une terrible révélation : elle aspirait à l'ignominie. Quelques fibres de son âme désiraient tuer comme Mr. Bruce tuait, nettoyer des pays au napalm, se faire prendre brutalement par un homme sur les marches d'une église. Non seulement Susan voulait ces atrocités mais elle les voulait si ardemment que jamais elle n'avait érigé de défenses pour s'en protéger. Elle n'avait pas de mari, pas d'enfants, nul baume pour apaiser ses journées. Et son arrogance, l'orgueil qu'elle tirait d'une vie d'indépendance sans compromissions, périt ce matin de nouvel an, du moins Susan le crut-elle, ce qui revient au même.

Susan vomit. Elle sanglota, elle trembla. Elle tenta de se rappeler les paroles d'une berceuse irlandaise et n'y parvint pas. Elle se dévisagea une heure durant dans le miroir de la salle de bains, dégoûtée par les rides qui creusaient son visage, marques de ce qu'elle avait jusqu'alors considéré comme de la sagesse. À neuf heures, Susan était sur son canapé, elle reniflait en s'accrochant à Biter et Beater, ses deux chats, quand le téléphone sonna. Susan n'avait pas la force de parler mais en entendant la voix sur son répondeur elle poussa un soupir de soulagement. C'était Rachel Wolf qui appelait pour lui rappeler leur rendez-vous annuel du nouvel an au Duranigan's autour d'un brunch. C'était un rituel qu'elles observaient depuis vingt ans.

– Je te vois à onze heures, dit la voix enjouée de Rachel.

Le répondeur cliqueta. Susan s'essuya les yeux. Vautrée sur le canapé, Susan se remit peu à peu. Elle réfléchissait.

Brunch, pensait-elle. Brunch, quel mot merveilleux.

C'est si simple, pensait Susan. Elle eut l'impression d'avoir une révélation.

Brunch, pensait Susan. Brunch, tradition, conversation amicale. Une femme de soixante-cinq ans, affligée d'une bonne gueule de bois, pouvait-elle prendre de telles choses comme sujet de sa chronique plutôt que de stigmatiser les misères du monde ?

Susan câlina Biter et Beater. Elle prit une douche.

– Qu'est-ce que tu as fait hier soir ? demanda Rachel.

Elle mangeait des œufs et des pommes de terre assaisonnés d'ail et de persil. Susan, des toasts à la cannelle.

– Une soirée, en ville.

Rachel sourit.

Elle est bien, de visage, pensa Susan. Chaleureuse et saine, appétissante comme ce toast.

– La jet set ? demanda Rachel.

Susan fit oui de la tête.

– Et toi, qu'est-ce que tu as fait ?

Rachel avait les cheveux tout gris mais assez longs pour pouvoir encore les porter tirés en arrière. Une chevelure de jeune femme, pensa Susan.

– Comme d'habitude, dit Rachel.

Susan se pencha en avant.

– Et c'est quoi, l'habitude ?

Rachel sourit.

– Bah, tu sais bien.

Susan fit non de la tête.

– Non, dit-elle d'une voix qui tremblait, non, je t'assure que je ne sais pas.

Rachel regarda son amie. Son expression devint sérieuse. Elle avait deux enfants, cinq petits-enfants. Quand un être aimé était dans l'ennui, ou dans le besoin, elle le voyait tout de suite.

– Bon, Jacob a fait des chateaubriands comme toujours pour le réveillon. On a bu une goutte de vin. Et puis Elias a appelé, et après Sarah.

Susan attendit.

– Et ensuite ?

Rachel hésita. Cela faisait quarante-trois ans qu'ils – Jacob et elle – n'avaient jamais raconté à personne ce qu'ils faisaient tous les soirs. Mais personne n'avait jamais eu besoin qu'on le lui raconte. Et voilà que son amie, voilà que Susan March, avait dans les yeux cette mort noire que Rachel n'avait vue qu'une fois jusque-là : quand Elias avait été hospitalisé en psychiatrie pendant trois mois, la perte d'une femme l'ayant rendu suicidaire. Cette mort, cette brèche dans le désir de vivre, faisait frissonner Rachel pour son amie comme elle avait frissonné pour son fils. Il ne lui en fallut pas plus pour mettre un terme à quarante-trois années de secret.

– Ensuite, dit Rachel simplement, j'ai donné son bain à mon mari.

Et la légende défila. Avec l'insistance d'un enfant, Susan posa des questions. Rachel y répondit. Elle raconta l'histoire de sa lune de miel. Elle raconta la mouffette et le bain. En parlant, elle oublia ses œufs et ses pommes de terre. Elle relata les jours et les nuits de son ménage, sans fioritures, en toute vérité, sans faire de sentiment. Elle expliqua que le bain de Jacob n'avait rien de sexuel, c'était une question de piété et d'amour. Elle avoua même, parce qu'elle pensait que son amie en avait besoin, que Jacob avait eu autrefois une liaison, dont elle avait été au courant tout le temps qu'elle avait duré.

– C'était une fille qui jouait dans un orchestre, dit Rachel. Jacob la voyait à l'heure du déjeuner et ils allaient dans des hôtels.

– Le salaud, murmura Susan.

Rachel se raidit.

– Il rentrait tous les soirs pour son bain.

– Mais il te mentait ! Il te trompait !

Rachel dévisagea son amie qui ne comprenait pas les hommes.

– J'étais tout à lui, dit-elle d'une voix égale. J'étais sa femme, et je l'aimais. Sa liaison s'est arrêtée.

Susan se passa la langue sur les lèvres, ébahie, assoiffée.

– Et tu lui donnes encore son bain tous les soirs ?

– Tous les soirs.

Les yeux de Susan se mouillèrent.

– Ce que c'est beau.

Rachel leva les yeux au ciel.

– Ne pleure pas, voyons.

– Mais c'est si beau, fit Susan March avec un soupir.

Rachel fronça les sourcils. Pour la première fois, elle sentit le danger de ce qu'elle avait dit, et de l'avoir dit à Susan.

– C'est ma vie, voilà tout, dit-elle.

– Mais c'est tellement... tu es... tu es une sainte.

Rachel se redressa.

– Pour l'amour du ciel, Susan. J'aurais rien dû te dire du tout.

Susan saisit la main de son amie. Elle la saisit avec le sérieux, la profonde conviction d'une personne qui déclare la guerre.

– Je suis bien contente que tu l'aies fait, dit-elle en étreignant la paume de Rachel. Bien contente.

Susan March consacra toute une chronique à la légende du bain de Jacob. Y voyant un hommage, elle cita le nom de Jacob et Rachel Wolf en exposant leur intimité aux yeux du monde. Susan estima que cette chronique marquait la naissance de son nouvel espoir en l'humanité. Elle ne s'emporterait plus contre l'irrationnel, le mal, l'épouvantable et l'absurde. Un autre choix s'offrait aux vrais rebelles, écrivit-elle dans « Le Journal de March », celui de la dignité, de la décence, de la correction sans aucun compromis. Comme Jacob et Rachel Wolf, les gens n'avaient qu'à choisir une action simple, correcte, et s'y consacrer quotidiennement, entièrement, sans relâche. C'était la clé du bonheur, écrivit Susan.

– Nom de Dieu, murmura Jacob.

Il était en train de lire le journal, on y parlait de lui, de son bain quotidien.

– Pardon, dit Rachel, implorante.

– Elle donne même le nom de notre immeuble.

La voix de Jacob tremblait de rage. Rachel baissa la tête.

Les Wolf reçurent du courrier. Si Susan March consacrait une chronique entière au bain rituel d'un couple, ce couple et ce rituel méritaient certainement qu'on s'y intéresse et qu'on les loue. Un couple curieux s'arrangea même pour intercepter Jacob dans l'entrée du Preemption.

– Vous pourriez fonder un club du bain conjugal, suggéra le mari.

– Sûrement pas, dit Jacob.

– Votre exemple serait une inspiration pour les gens d'un certain âge, dit la femme.

– Allez au diable, dit Jacob.

Il y eut aussi des critiques. Quelques relations secouaient tristement la tête en croisant Jacob et Rachel, persuadés que les Wolf avaient dissimulé leur perversité pendant des dizaines d'années. On spéculait sur les dégâts que la manie de leurs parents avait pu causer dans la psychologie d'Elias et Sarah, qui s'adonnaient peut-être encore à des rites similaires en compagnie de ceux qu'ils aimaient. Le pire vint de Sherman Wolf.

– Qu'est-ce que tu me sers là ?

Enveloppé de sa courtepointe, Sherman foudroyait Jacob du regard.

– Papa... commença Jacob.

– Non, dit Sherman en brandissant un poing osseux. Il y a un fou en Irak et mon fils prend des bains avec sa femme. Et je lis ça dans le journal.

– Je ne prends pas de bains avec Rachel, expliqua Jacob.

Mais il rougit, alors qu'en dedans il était livide. Les infirmières avaient souri ce jour-là. Elles savaient.

– Elle me donne mon bain, dit Jacob à voix basse.

– Tais-toi donc, dit Sherman.

– Si tu veux, papa.

Sherman se recroquevilla sous sa courtepointe. Il toussa faiblement.

– Tu n'as jamais été un homme, coassa-t-il.

Jacob serra les dents. Il pensa à un jingle qu'il avait écrit autrefois pour un fabricant de cartes de vœux. Il pensa à la boîte de Pandore et au fait que Rachel ne lui mettait jamais de savon dans les yeux.

– Excuse-moi, papa, dit Jacob.

L'agression se prolongea dans l'esprit de Jacob, vira à la paranoïa. Chaque soir, il enjambait encore la baignoire, nu, et Rachel le lavait encore. Elle lui chantait des bribes de chansons qu'il aimait et lui lissait d'une caresse les cheveux en arrière. Mais quelque chose était mort. Jacob le sentait. Qu'ils leur eussent écrit ou non, un certain nombre des habitants de Manhattan les prenaient désormais très au sérieux, Rachel et lui, les jugeaient profonds. Des couples inconnus, qu'ils n'avaient jamais rencontrés, les singeaient, Jacob en était sûr. Des hommes se plongeaient dans l'eau chaude et les femmes qui les aimaient les lavaient. S'il s'était agi d'une pure coïncidence, irréfléchie – un homme et une femme, de l'eau et du savon –, Jacob aurait pu le supporter. Mais il savait ce que voulait le monde. Le monde voulait la gloire. Il voulait que le bain donné par une femme à son mari fût capable de bannir l'adultère, l'impuissance, l'ennui.

– Je ne peux pas. Je ne supporte pas.

Jacob se leva soudain, sortit de la baignoire.

– Quoi ?

Rachel enveloppa son mari d'un peignoir, tenta de le calmer. Jacob allait et venait. Il n'arrivait pas à s'exprimer.

– Les gens, dit-il. Je ne supporte pas les gens.

Rachel étreignit son mari par-derrière, l'immobilisa. Sa nuque était hérissée de cheveux gris. Elle s'y nicha.

– Je t'aime, dit-elle.

Jacob n'allait pas céder si facilement.

– Susan March est une garce qui se mêle de ce qui ne la regarde pas, dit-il.

J'ai tout gâché, songea Rachel.

– Oui, dit-elle.

Ils étaient là, immobiles, Rachel étreignant Jacob. Les genoux un peu cagneux de Jacob dégouttaient.

– Je t'aime, dit Rachel.

Jacob soupira. Il voulait qu'il y eût une dispute. Mais il n'y en aurait pas.

– Je t'assure, dit Rachel.

Les mains de sa femme étaient réunies sur le ventre de Jacob. Il les couvrit des siennes.

– Moi aussi je t'aime, dit-il.

Le téléphone sonna. Jacob sortit de la salle de bains pour répondre.

– Allô ? fit-il.

– Bonsoir, fit le téléphone. Ici, le Benjamin Home. Vous êtes Jacob Wolf ?

Jacob ferma les yeux. Il se prépara.

– Oui, dit-il.

Jacob et Rachel y allèrent ensemble. Le père de Jacob avait eu une attaque. Le côté gauche de son visage et de son corps était paralysé et il ne pouvait plus parler. Mais il entendait encore.

– Je voudrais d'abord le voir seul, dit Jacob à Rachel.

Ils étaient au Benjamin Home devant la chambre de Sherman.

– Très bien, dit Rachel.

Jacob entra.

Sherman semblait bien mal en point. Il avait des tubes dans les bras. La moitié de son visage s'était affaissée : la peau flasque, l'œil retourné dans l'orbite, le côté gauche de la bouche tiré vers le bas. Son œil vivant, le droit, exprimait une frayeur radicale, implorante. Il était fixé sur l'infirmière, une jeune femme assise au chevet de Sherman. Elle chuchotait des paroles d'apaisement à Sherman et, avec un gant de toilette, lui essuyait le menton de la bave qui dégoulinait de ses lèvres infirmes.

C'était tout simple. Jacob s'approcha du lit, prit le gant des mains de l'infirmière.

– Laissez-moi faire, dit Jacob. Je suis son fils.

L'infirmière acquiesça de la tête et partit.

– Papa, dit Jacob.

Pris de panique, l'œil de Sherman roula en tous sens.

– Sherman Wolf, dit Jacob en approchant son visage. Papa.

L'œil de Sherman trouva Jacob. Les lèvres du vieil homme s'efforcèrent de remuer. La bave en jaillit plus fort, coulant jusqu'au cou de Sherman.

– Non, papa, dit Jacob. Pas parler.

Jacob arrangea l'oreiller sous la tête de son père. Il tamponna la bave sur le menton, le cou et l'épaule de son père.

L'œil de Sherman tenta de rassembler ses forces. Il tenta de résister. Mais pour finir il se détendit et le fils passa le gant sur la peau du père, le soignant d'une façon qui allait devenir une habitude.

La Quatrième souris furax

Jeremy Jax voulait être drôle, comme son grand-père. Le grand-père de Jeremy était Robby Jax, le célèbre comique. À soixante-dix ans passés – il se trouve que c'était dans les années 1970 – Robby Jax se produisait encore au Cherrywood's Lounge, dans la Quarante-deuxième Rue, et Jeremy assistait au spectacle en compagnie de ses parents. Jeremy avait dix ans et quand il prenait place sur un des canapés du Cherrywood's, il s'attendait à ce que quelqu'un vienne lui faire la lecture d'un extrait des *Chroniques de Narnia.* La salle était tapissée de bibliothèques. Il y avait aux murs des clous à grosse tête auxquels les messieurs accrochaient leur chapeau. La fumée qui flottait dans l'air avait des reflets bleutés et semblait suspendue à jamais dans la salle, jour et nuit, même quand personne n'y allumait sa pipe. Au Cherrywood's, les dames buvaient du café arrosé d'amaretto et les hommes de la bière anglaise. Lors d'un coup réussi à la table de billard, la boule tombait sans bruit dans l'une des six poches de cuir.

Dans un coin, entre deux bibliothèques, il y avait une petite estrade de chêne et, sur l'estrade, un fauteuil capitonné. Sur ce fauteuil, sirotant un scotch centenaire, était assis Robby Jax. Il s'asseyait vers huit heures le samedi soir, buvait en silence jusqu'à neuf heures, puis prenait la parole. Si l'on venait pour la première fois au Cherrywood's, on ne se rendait même pas compte, au début, que le numéro avait commencé. On s'avisait peu à peu que la femme dont on s'efforçait d'attirer les regards ne vous accordait pas la moindre attention. Elle gardait les yeux fixés sur le vieux monsieur assis dans le coin, celui qui avait les sourcils broussailleux. Tout le monde avait les yeux fixés sur le vieux monsieur et tout le monde commençait à sourire ; l'éclairage de la salle avait baissé.

– Et donc, disait Robby Jax avec un soupir, je dis à Emma Jean Bryce, de Vassar, qu'elle me rappelait une branche de céleri. Et Emma Jean Bryce, de Vassar, me regarda avec le plus grand sérieux et dit : « Je ne sais pas ce que cela signifie, Robert. Franchement, je ne sais pas. »

Robby Jax aspirait une gorgée de scotch, parcourait lentement l'auditoire du regard, rajustait son gilet sur sa bedaine et poursuivait :

– Et je lui ai répondu... je lui ai dit... « Ma chère Emma Jean, un homme peut faire bien des choses à une branche de céleri. Mais il est une chose qu'un homme ne peut faire à une branche de céleri. Cette chose, c'est la cour, ma chère Emma Jean. »

Le public éclatait de rire.

Robby Jax secouait la tête.

– Les jeunes femmes de Vassar, disait-il tristement, sont des branches de céleri virginales.

Le public riait encore.

– Je suis en première année à Vassar, lançait une jeune fille, et je ne suis pas vierge.

– Pas encore, disait Robby Jax.

Le public riait de plus belle.

Jeremy ne comprenait pas comment cela marchait. Rien de ce que disait son grand-père n'était à proprement parler des plaisanteries. C'étaient de courts récits, des petits moments de vie qui sonnaient vrai. Rien ne disait d'ailleurs à Jeremy que son grand-père ne les inventait pas à mesure. Mais, allez savoir comment, le scotch, la fumée et la veste de tweed de son grand-père mettaient les gens de bonne humeur et les faisaient rire.

– C'est quoi, le secret ? demanda Jeremy un soir.

Il avait douze ans. Son grand-père venait de conclure un de ses numéros au Cherrywood's. Il buvait du scotch au bar et parlait à voix basse à une jeune femme en velours noir. La femme avait l'accent du Sud.

– Alors ? dit Jeremy.

– Le secret de quoi ? dit Robby Jax.

– Comment fais-tu rire les gens ?

Jeremy avait les bras croisés. Robby Jax fronça les sourcils. Il aimait Jeremy mais il était veuf et les jeunes femmes en velours ne se présentaient que rarement.

– C'est quoi, le secret ? insista Jeremy.

Robby Jax se pencha vers son petit-fils.

– Détends-toi, petit, chuchota-t-il.

– C'est quoi, le secret ? chuchota Jeremy en retour.

Robby cligna de l'œil.

– Je viens de te le dire. Détends-toi.

Robby se redressa, tendit la paume en direction de la femme.

– Et maintenant, Jeremy, j'aimerais te présenter une des plus parfaites créatures que Notre Seigneur ait mises sur terre. C'est ce qu'on appelle une brune.

La jeune femme gloussa.

– Taisez-vous, Robby.

Se détendre, songea Jeremy. Se détendre, se détendre.

Il médita cela pendant toutes ses années de lycée. Il le méditait pendant qu'il travaillait à la régie des productions de Sourire et

Grimace, le club de théâtre de son lycée. Jeremy aurait bien passé une audition mais la voix lui manquait et se muait en glapissement sous l'effet du trac. Jeremy imaginait qu'après ses dix-huit ans, quand il serait officiellement devenu un homme, sa voix s'affermirait. Sans compter qu'il serait à l'université, loin de Manhattan. Il pourrait alors se détendre et devenir un excellent acteur comique.

L'occasion se présenta à Jeremy au mois d'octobre de sa deuxième année à la fac de Hobart. Il vit des affichettes à travers le campus annonçant le spectacle annuel des étudiants intitulé *Follies* et décida de passer une audition. On demandait des chanteurs, des musiciens, des comédiens, mais le rôle le plus convoité était celui de maître de cérémonie. C'était dans ce rôle que Jeremy comptait faire ses débuts de comique.

Les auditions avaient lieu à la Tanière, le pub étudiant du campus, un jeudi soir. La Tanière était sombre et plein de monde. La plupart des autres soirs, c'était l'établissement où les étudiants venaient rire et s'abreuver. Mais ce soir-là, il était censé être mué en une caverne enchantée, vibrant de tous les sortilèges de l'art.

– Sois pas nul, dit Patrick Rigg.

Patrick était le camarade de chambre de Jeremy, il était venu lui soutenir le moral.

– Je ne serai pas nul, dit Jeremy.

Patrick et Jeremy s'étaient assis dans un coin. Jeremy portait son costume noir, celui qui était assorti à la couleur de ses cheveux. Ce costume, croyait Jeremy, donnait à ses yeux verts un regard jovial et menaçant, le regard d'un homme drôle mais dangereux, comme Lenny Bruce. C'était cette coloration sinistre, cette infime malveillance tapie quelque part en lui, que Jeremy comptait exploiter comme signe distinctif de son style d'acteur. Cependant, petit coup de chapeau à son grand-père, conteur plus traditionnel, Jeremy commanda un scotch au bar.

– Pas de scotch, dit le barman.

– Un bourbon, peut-être ? dit Jeremy.

Le barman ricana.

– Une bière, peut-être, dit-il. Peut-être une Jägermeister ?

Jeremy commanda la Jägermeister, qui lui fut servie dans un gobelet en plastique. Il regagna son coin pour observer la concurrence.

Un jongleur à l'œil vif se produisit sur scène. Un danseur dansa. Trois étudiants grimés en Marx Brothers baragouinèrent et eurent droit à des applaudissements. Une chanteuse épouvantable du nom de Freida oublia les paroles de sa chanson, fondit en larmes et partit en courant.

– Jeremy Jax, dirent les juges. Audition pour le rôle de maître de cérémonie.

Jeremy entra en scène. Il s'installa dans un fauteuil devant la rampe. Il sourit d'un air las au public comme le faisait toujours son grand-père. Il but sa Jägermeister. Il était juste devant une table à laquelle étaient assis trois juges.

– Dites quelque chose, suggéra un juge.

Jeremy acquiesça du chef. Il comprenait ce qu'il avait à faire. Toutefois, il n'avait rien préparé. Il s'était attendu à ce qu'une anecdote spontanée, parfaite, lui vienne aussitôt, mais il n'en était rien. Une minute s'écoula. Jeremy avalait des gorgées de Jägermeister. Détends-toi, se dit Jeremy.

Un juge inscrivit quelque chose.

– Hum, fit Jeremy.

Son cœur s'emballait. Il vit Patrick froncer les sourcils. Des gens s'agitaient sur leur siège en chuchotant. Jeremy regarda fixement le gobelet qu'il tenait à la main.

– Qu'est-ce qu'ils ont tous, avec la bière pur malt ? bégaya-t-il.

La plus conciliante des trois juges sourit.

– On se le demande, lança-t-elle. Qu'ont-ils tous avec la bière pur malt ?

Jeremy ne répondit pas. Il demeura totalement immobile sur son fauteuil. Il avait le ventre et la tête en révolution. Il chercha désespérément une anecdote, n'importe quelle anecdote.

– Jägermeister, dit-il, en allemand, cela veut dire garde-chasse.

Dans le public quelqu'un poussa un soupir. Les secondes passaient.

– Les femmes sont du céleri, bafouilla Jeremy.

Le silence s'abattit sur la Tanière. Patrick Rigg partit. Les gens regardaient fixement le sol.

– Merci, dirent les juges.

Une fois hors de la Tanière, dans l'obscurité d'une clairière, Jeremy retrouva ses esprits. D'instinct, il était sorti en courant pour se retrouver dans l'air d'octobre. Il avait craint de vomir, ou de fondre en larmes ou de grincer des dents. Peut-être était-il sur le point de faire tout cela quand il distingua une silhouette dans le noir à ses côtés. C'était une fille agenouillée par terre, le visage dans les mains. C'était Freida, l'épouvantable chanteuse.

– Eh, murmura Jeremy. Eh là...

Freida leva la tête. Elle avait le visage défait, barbouillé de rimmel.

– T'es génial ? demanda-t-elle en reniflant.

– Quoi ?

Freida montra la Tanière du doigt.

– Enfin, non. T'as été génial ? Là-bas. Sur scène. Est-ce que t'as été génial ?

– Non, dit Jeremy d'une voix dure. J'ai été nul.

À ces mots, Jeremy sentit quelque chose se glacer en lui. C'était une espèce de rage froide, nouvelle pour lui. C'était douloureux mais, curieusement, ça lui faisait du bien. Il se sentit capable de prouesses étonnantes, comme de démolir son grand-père.

– Je m'appelle Jeremy Jax, dit-il, tremblant presque. Je suis mauvais comme un cochon.

Freida frissonna. Elle s'essuya le visage, prit la main du jeune enragé.

Ils allèrent dans la chambre de Freida. Comme si cela allait de soi, par une compréhension implicite entre eux, Jeremy déshabilla Freida. Il le fit violemment, comme Freida s'y était attendue. Puis ils se couchèrent.

Jeremy regarda Freida au fond des yeux en baisant. Il poussa de toutes ses forces son corps en elle, prenant ainsi une certaine revanche sur la soirée. Freida faisait des bruits épouvantables, qui n'étaient guère différents des bruits épouvantables qu'elle avait faits à La Tanière. Quand ce fut fini, ils restèrent allongés. Les mains de Jeremy tremblaient le long de son corps. Freida avait les yeux fermés. Jeremy chercha quelque chose à dire, ne trouva rien. Il se leva donc, s'habilla et partit.

À vingt-trois ans, Jeremy Jax revint à Manhattan. Il avait acquis, entre-temps, une maîtrise de littérature russe, des cheveux grisonnants et un appartement de l'immeuble Preemption dans Riverside Drive au niveau de la Quatre-vingt-deuxième Rue Ouest. Il avait aussi un boulot d'assistant du directeur du Lucas, théâtre de la Cinquante et unième Rue dont il admirait l'histoire.

C'était un théâtre à l'agonie. Il avait régné sur Broadway dans les années 1930, présentant les premières mondiales de plusieurs œuvres célèbres au nombre desquelles *Killing Me Lately* de Hunter Frank et *Eight Boxes* de Dazzle MacIntyre. Ces pièces, et le Lucas lui-même, s'étaient rendues célèbres par leur franchise crue et agressive. *Killing Me Lately* avait d'ailleurs fait l'objet d'une enquête de la police new-yorkaise en 1938 parce que le personnage de la victime était interprété chaque soir par un acteur différent, après quoi cet acteur-là disparaissait de la distribution. Le directeur de l'époque, Sebastian Hye, avait déclaré que c'était un truc destiné à flatter le goût d'un public assoiffé de sang. Et, bien sûr, les New-Yorkais avaient mordu à l'hameçon et étaient accourus en masse.

Au début de la décennie 1990, quand Jeremy Jax y fut engagé, le Lucas avait chu du haut de la gloire de ses premières années. Les installations étaient délabrées. Les sièges de peluche noire auraient eu grand besoin d'une réfection et le plafond était plein d'échos. Ajoutons que le nouveau propriétaire et directeur du Lucas, Michael Hye, ne voulait plus produire d'œuvres terrifiantes et sensationnalistes.

– La satire, fort bien, disait Michael. L'ironie, d'accord. Mais ni existentialisme, ni amoralisme, ni ennui.

Michael était dans son bureau, en conversation téléphonique avec l'auteur du dernier spectacle du Lucas. Dans son réduit attenant au bureau de Michael, Jeremy Jax écoutait aux portes.

– Or, disait Michael, il y a des défauts dans *Des souris et des souris.*

Jeremy poussa un soupir. La première du nouveau spectacle du Lucas, *Des souris et des souris,* devait avoir lieu dans un mois. Elle s'écartait radicalement de la programmation habituelle du Lucas. Dans la pièce, tous les comédiens étaient costumés en souris géantes.

– Le premier acte est bon, disait Michael. C'est le deuxième acte. Qu'est-ce qui motive les souris au deuxième acte ?

Jeremy poussa un nouveau soupir. Depuis son inauguration, le Lucas appartenait aux Hye, célèbre famille du théâtre de Manhattan. Les Hye avaient toujours produit et mis en scène les spectacles et avaient même parfois joué le rôle de conseillers littéraires des auteurs. C'était une relation qui sortait de l'ordinaire mais Lucas Hye, qui avait fondé le théâtre en 1890, étant d'une richesse qui sortait elle-même de l'ordinaire, pouvait se permettre d'être tyrannique. Les Hye contemporains pouvaient se le permettre aussi.

– Parfait, dit Michael Hye au téléphone. Je veux le script révisé demain.

Le téléphone cliqueta. Jeremy soupira une dernière fois.

– J'ai entendu, lança Michael. Qu'est-ce qui te tracasse ?

– Rien, marmonna Jeremy.

Michael s'encadra sur le seuil. Il mesurait un mètre quatre-vingts, comme Jeremy, mais il était plus bouffi, et cinquantenaire. Il avait des rouflaquettes et l'haleine chargée.

– Accouche, Jax, dit Michael.

Jeremy n'avait aucune affection pour Michael. Cependant, Michael le payait bien, les horaires de travail étaient corrects et, lorsque Jeremy assistait aux répétitions, Michael s'enquérait souvent de son opinion.

– C'est seulement, dit Jeremy, que tu sembles chercher à rendre drôle *Des souris et des souris* alors que la pièce n'est pas censée être drôle.

– Une question, dit Michael. Jeremy Jax est-il expert en ce qui est drôle ?

– Non, dit Jeremy.

– Une autre question, dit Michael. *Rhinocéros*, de Ionesco, était-il drôle ?

– Ben... commença Jeremy.

– Non, l'interrompit Michael. Je l'ai vu à Londres en 79. Il y avait vingt personnes costumées en rhinocéros sur scène et pas un rire dans la salle.

Michael mit les mains sur les hanches.

– Les souris ne sont pas drôles. Les souris sont atroces.

– Comme tu voudras, dit Jeremy. Je n'ai rien dit.

À la fac, après sa désastreuse audition, Jeremy avait tourné le dos à la comédie. Il avait trouvé refuge chez Dostoïevski et Tchekhov. Il avait l'impression que les auteurs russes comprenaient la mélancolie. Ils pouvaient se montrer d'une ironie désabusée, mais ils croyaient au diable et l'on n'était pas obligé d'aimer les vêtements noirs ou le café pour saisir leur noirceur. Dans un esprit qu'il considérait comme apparenté à celui des Russes, Jeremy avait endossé la noirceur qu'il avait découverte en lui au cours de cette nuit lointaine, la seule qu'il eût passée avec Freida.

Jamais ils n'avaient établi de relations, Jeremy et Freida. Leur échec les avait réunis une seule fois et ils avaient baisé à cause de cet échec puis s'étaient toujours évités par la suite. Jeremy avait gardé de Freida le souvenir d'une créature tragique, déchirée, une espèce de Karamazov voué à la ruine, une espèce de Faust. Il songeait à elle parfois, en descendant Broadway après le travail jusqu'au Cherrywood's, le quartier général de son défunt grand-père.

Jeremy buvait du Cutty Sark au Cherrywood's, assis au bar, lançant des regards furibonds aux comiques qui tentaient de remplacer Robby Jax sur scène. C'étaient des hommes de trente-cinq, quarante ans, à la calvitie naissante, vêtus de complets-veston corrects. Ils roulaient des yeux et débitaient des bêtises sur les femmes.

– Les comiques ne sont pas des hommes, dit Jeremy Jax.

Il s'adressait à son ancien camarade de chambre de Hobart, Patrick Rigg. Patrick était à Wall Street maintenant. Il habitait le Preemption, était réputé pour sa beauté et se promenait toujours armé.

– Les Russes, voilà des hommes, dit Jeremy.

Patrick haussa les épaules.

– Non mais regarde-le.

De la tête, Jeremy indiquait la scène où le comique était en train de vagir dans le micro.

– C'est un sketch sur le flirt, expliqua Patrick.

Jeremy aspira de la glace pilée et du scotch. Il en aspira jusqu'à ce que le froid lui fasse mal aux dents.

– C'est une parodie du grand amour, dit Patrick.

Les Russes, songea Jeremy, ne font pas de sketches.

Ce fut par un mercredi ordinaire que Jeremy Jax devint la Quatrième souris furax. Tout se produisit très vite, et si Jeremy avait eu le temps de consulter la noirceur qui était en lui, il eût probablement refusé le rôle. Mais il venait de déjeuner et était un peu somnolent quand Michael Hye était accouru dans le bureau.

– Appelle une ambulance, dit Michael hors d'haleine. La Quatrième souris furax a perdu connaissance.

– Que s'est-il passé ? demanda Jeremy.

Michael secoua la tête.

– Il était en train d'engueuler la Première souris mimi quand il s'est effondré. Un problème respiratoire ou je ne sais quoi.

Il y avait huit personnages dans *Des souris et des souris*, quatre souris mimi et quatre souris furax. Les huit comédiens portaient des costumes de souris identiques et on ne les distinguait qu'à la couleur de leur pantalon et à leur gestuelle. La Deuxième souris mimi, par exemple, adorait esquisser des pas de danse. La Troisième souris furax montait à dada sur le dos des autres souris.

Il s'avéra que c'était grave. La Quatrième souris furax, qui fumait beaucoup, avait fait une embolie pulmonaire.

– Jeremy.

Michael entraîna Jeremy dans son bureau. Il était quatre heures, toujours mercredi. L'ambulance était venue et repartie.

– Jeremy, répéta Michael, à voix basse, respectueusement. Le Lucas a besoin de toi.

– Comment ça ? dit Jeremy.

Michael lui agrippa le bras.

– Il faut que tu sois la Quatrième souris furax.

– Ça me ferait mal.

Le visage de Michael était grave.

– On n'a pas de doublure. On débute vendredi.

– Appelle des agences, dit Jeremy.

Michael fronça les sourcils.

– Dans toute la mesure du possible, le Lucas essaie de compter sur ses propres forces.

– Dans toute la mesure du possible, dit Jeremy, je ne joue pas les rongeurs.

– Fais pas le malin, dit Michael en pianotant sur une calculette. Je te file cent cinquante dollars par soirée jusqu'à ce qu'un professionnel ait eu le temps d'apprendre le rôle, si c'est nécessaire. C'est un rôle pour ainsi dire muet, on ne joue que deux mois et tu connais le spectacle sur le bout des doigts. Sans compter...

– Sans compter quoi ?

– Sans compter qu'il me semble que tu comprends la sensibilité de la Quatrième furax.

– Elle en a pas, de sensibilité, Michael ! C'est qu'une souris à la con.

Michael fit claquer ses doigts.

– Tiens, là, justement. La façon dont tu viens de me parler. C'est l'esprit de la Quatrième souris. Sa Weltanschauung.

– Laisse tomber, dit Jeremy.

– Trois cents par soirée, dit Michael.

– D'accord, dit Jeremy.

Les répétitions commencèrent vingt minutes plus tard. Jeremy endossa un costume de souris géante et entra en scène. Les autres souris s'assemblèrent autour de lui.

– C'est qui, ce mec ? demandèrent-elles.

– C'est moi, dit Jeremy.

Il sentit la chaleur de son haleine toute proche à l'intérieur de la tête de la souris qui s'articulait au reste du costume par des charnières. Il y avait un fin grillage dans la bouche du costume pour lui permettre de voir.

– Moi, Jeremy Jax, dit Jeremy.

La Troisième souris mimi posa les pattes sur les hanches.

– Michael, ça ne tient pas debout.

– Bien sûr, dit la Première souris furax. On est des pros. On peut pas coller le premier employé venu...

– Ce petit connaît le rôle, dit Michael Hye. Et la Quatrième furax n'a qu'une réplique.

La Quatrième souris mimi donna une tape dans le dos de Jeremy.

– Donnons-lui sa chance.

– Il a quoi, comme formation ? s'enquit la Troisième souris furax.

– C'est le petit-fils de Robby Jax, dit Michael.

Impressionnées, les souris hochèrent toutes du chef.

– Voyons ça, dit la Première furax. Écoutons-le la dire, sa réplique.

Michael invita Jeremy à monter sur le toit, espèce de gigantesque promontoire saillant du décor. C'était du haut de ce toit que la Quatrième souris furax lançait sa réplique.

– Vas-y, Jax, dit Michael.

Jeremy grimpa sur le toit, parcourut des yeux les sièges vides du Lucas. Une poursuite s'alluma dans les cintres et l'épingla.

Trois cents dollars par soirée, se dit Jeremy.

– Vas-y, petit, cria la Quatrième souris mimi.

Jeremy prit une profonde inspiration.

– Je suis arrivée ! vociféra-t-il.

En l'espace de deux semaines quelque chose d'extraordinaire se produisit. La ville de New York se prit d'amour pour *Des souris et des souris.*

Il n'existait pas d'explication rationnelle de ce phénomène. Le goût théâtral de Manhattan dans les dix dernières années était allé d'hommes couverts de peinture bleue à de doux maniaques martelant des poubelles, de telle sorte que la popularité de huit souris géantes tenait peut-être simplement au choix particulièrement avisé du moment. D'un autre côté, l'auteur de *Des souris et des souris* ne décolérait pas. Dans son esprit *Des souris et des souris* était une sombre allégorie des contradictions du cœur humain, et le public trouvait la pièce prodigieusement drôle. Les enfants et les adultes adoraient le spectacle avec une égale ardeur, comme ils auraient pu adorer un de ces dessins animés de la grande époque. Dans son éditorial du *New York Times,* « Le Journal de March », Susan March avait écrit : « Ces huit souris nous montrent, avec leur rongeuse ironie de trotte-menu, le dérisoire de toutes les poursuites humaines auxquelles nous nous essayons avec tant de gravité. Qui se serait attendu à un tel charme de la part du Lucas ? »

Le personnage de la Quatrième souris furax attirait particulièrement les louanges. Avec son pantalon bleu anodin et son unique réplique, il y avait quelque chose dans ses manières brouillonnes, ses allées et venues trottinantes et désordonnées parmi les autres souris, qui attendrissait le public et lui valait les acclamations du public debout.

« La Quatrième souris furax, écrivait Susan March, est irascible, versatile et tout entière attachée à la poursuite de projets connus d'elle seule. Mais on voit bien aussi qu'elle est perdue parmi ses propres cabrioles et l'on ne peut s'empêcher de rire de la pauvre petite créature. Ce pourrait être n'importe lequel d'entre nous, pris au hasard dans la rue pour être livré au regard scrutateur du public. Lequel d'entre nous semblerait alors moins zinzin, moins hystériquement à côté de ses pompes ? »

Pour ajouter encore à ce que la Quatrième souris furax avait d'intriguant, en face de son personnage, sur le programme, on pouvait lire : Anonyme. On n'avait jamais vu ça. Benny Demarco, acteur dont les compositions faisaient la renommée à la scène comme à l'écran, jouait le rôle de la Première souris mimi et recevait de bonnes critiques. Trisha Vera, dans le rôle de la Première souris furax, avait plusieurs grands moments, en particulier un numéro d'escalade murale au moyen de Velcro. Mais c'était l'inconnu qui se cachait derrière la Quatrième souris furax que Manhattan souhaitait par-dessus tout rencontrer. Certains critiques supputaient qu'il pouvait s'agir de Christian Frick, répétant l'exploit qui lui avait valu un Tony Award dans le rôle du chat démoniaque de *Sorcières.* Mais la plupart soupçonnaient plutôt qu'un nouveau venu se dissimulait derrière la Quatrième souris furax, un outsider, un débutant avec plus d'instinct que de références.

Quant à Jeremy Jax, il était sidéré. Il tentait à chaque représentation de mettre en pratique les notes critiques qu'il avait reçues de Michael Hye et de l'auteur exaspéré de *Des souris et des souris.* Mais Jeremy n'était pas comédien. Il n'avait pas le don du détail, la perception du moment juste, la conscience de son corps tel que le percevait autrui, et donc aucune raison précise de se mouvoir de telle ou telle façon quand il était costumé en souris de deux mètres. Il était contrarié des rires qu'il faisait naître – il ne voulait pas que les autres souris le croient cabotin – mais plus il était contrarié plus les gens riaient et plus le Lucas gagnait d'argent.

Détends-toi, se disait Jeremy. Détends-toi.

Mais Jeremy était incapable de se détendre. Sa renommée lui semblait une farce. Il souhaitait que nul ne la reconnaisse tant qu'il ne saurait pas si elle était honteuse. S'il avait été homme à prier, Jeremy aurait peut-être consulté directement les mânes de son grand-père pour savoir s'il était authentiquement comique. Au lieu de quoi, dans le hall du Preemption, il s'absorbait dans la contemplation des quatre portraits accrochés au mur au-dessus du bureau de Sender. C'étaient les portraits des Rook – Elias, Hatter, Joseph et Johann –, propriétaires successifs du Preemption depuis qu'Elias Rook l'avait fait bâtir en 1890. Les portraits de quatre hommes dont le visage sévère disait l'ascendance germanique.

Jeremy respectait en eux quatre cette expression sérieuse et le fait qu'ils semblaient tous des versions plus sveltes de son grand-père Robby. Les Rook étaient vêtus d'un costume sombre ou d'un smoking et chacun d'entre eux, à l'exception de Johann, avait la date de sa naissance et celle de sa mort gravées sous son nom.

Jeremy s'attardait particulièrement sur le portrait de Johann Rook, son propriétaire. Cet homme était connu pour son caractère secret et sa fortune spectaculaire, et son image était extrêmement sévère. Il avait une crinière de cheveux blancs, portait un habit, et le bruit courait qu'il voyageait dans le monde entier sous divers pseudonymes, pratiquant tantôt la médecine à Paris, tantôt l'exploitation de mines de diamants à Johannesburg, et qu'il intervenait à l'occasion dans la vie de ses locataires du Preemption. Mais Jeremy examinait le portrait de Johann pour une seule raison : des quatre Rook, c'était celui qui ressemblait le plus à Robby Jax, l'être dont Jeremy désirait l'approbation plus que celle de tout autre.

Suis-je drôle ? songeait Jeremy en dévisageant le portrait quand le hall était désert. Au plus profond de moi, suis-je drôle ?

Évidemment, Johann Rook ne lui répondait pas. C'est pourquoi la frustration poussait Jeremy à aller se soûler au Cherrywood's en compagnie de Patrick Rigg.

– Tu n'es plus nul, dit Patrick. Pourquoi ne pas révéler ton nom ?

– Pourquoi ? éructa Jeremy. Parce que je suis une souris à la con, voilà pourquoi.

Patrick haussa les épaules. En dehors de Michael Hye et des autres membres de la distribution – auxquels Michael avait fait promettre le secret sous contrat –, seul Patrick connaissait l'alter ego de Jeremy.

– Peut-être que t'es une souris, dit Patrick, mais tu es indiscutablement l'homme de l'année. Tout le monde t'adore.

Jeremy grimaça. Si j'étais un homme, songea-t-il, je serais en train de boire de la vodka en Sibérie. Je vivrais dans la toundra avec une épouse rougeaude.

Pour changer les idées de son copain, Patrick le traîna au Minotaure, une boîte de nuit en sous-sol dans le quartier des abattoirs. Le Minotaure était un labyrinthe de couloirs et de coins sombres. Des portes s'alignaient au long des couloirs, certaines donnant sur des salons de volupté. D'autres portes ne menaient nulle part. Si l'on se trouvait séparé de quelqu'un au Minotaure, on risquait de ne plus le ou la revoir avant le lendemain matin – et parfois plus du tout. L'idée était cependant de s'aventurer dans le plus grand nombre de coins possible avant de suivre le labyrinthe jusqu'à son centre, vaste espace baptisé le Forum. Là, sous le haut plafond, il y avait plusieurs bars, une piste de danse et une scène sur laquelle les styles musicaux se succédaient en alternance : house le lundi, blues le mardi, swing le jeudi, ska le vendredi. Patrick avait amené Jeremy au Forum un mercredi. Le mercredi était la nuit du Tout-peut-arriver.

Jeremy grogna pour la deuxième fois :

– Qu'est-ce que je fous ici ?

Patrick hennit d'un rire étrange et haut perché. Il montra du doigt la scène.

– Regarde, dit-il.

Jeremy regarda. Une personne du nom de Harold lut un texte érotique. Une fille du nom de Tsunami dansa.

– Ils sont nuls, dit Jeremy.

– Regarde, insista Patrick.

– Mesdames et messieurs, dit le présentateur, je vous demande d'accueillir maintenant, de retour au Minotaure, les Racailles !

Une clameur s'éleva. L'éclairage baissa. Trois jeunes femmes entrèrent en scène, l'une à la batterie, les deux autres à la guitare. La meneuse du groupe avait de longs cheveux noirs qui lui retombaient sur un œil en grand accroche-cœur, dissimulant presque tout son visage. Quelques secondes plus tard, son groupe et elle attaquèrent. C'était une musique simple, pulsante, mais ce qui retint l'attention de Jeremy fut la voix de la chanteuse guitariste. Son visage était dissimulé par l'accroche-cœur et sa voix était épouvantable mais prenante comme celle de Lou Reed. Elle égrenait les paroles d'un ton monocorde, puis ses mots s'élevaient, se brisaient et vous frappaient au cœur. Jeremy sentit des picotements lui parcourir la nuque. Il se tourna vers Patrick.

– C'est... c'est...

Jeremy voulait dire que c'était terrible. Il l'entendait comme un compliment.

– C'est Freida, dit Patrick. Freida, de Hobart.

Jeremy en resta bouche bée. Patrick disait vrai. C'était Freida.

– Elle est géniale, chuchota Jeremy.

– Je sais, dit Patrick. Je l'ai vue ici le mois dernier.

– Pourquoi tu me l'as pas dit ?

Patrick arbora un grand sourire rusé et satisfait. Il savait sur Manhattan des choses que seuls les morts devraient savoir.

Jeremy alla trouver Freida après son passage. Elle se souvenait de lui et lui serra la main. Ils franchirent une porte, achetèrent à boire, franchirent une autre porte, s'assirent sur un canapé.

– Je n'en reviens pas, dit Jeremy. Tu as été géniale.

Freida ramena son accroche-cœur en arrière.

– Tu as les cheveux tout gris, dit-elle.

– Et alors, qu'est-ce que tu fais maintenant ? demanda Jeremy.

Freida tapota sa guitare.

– Ça, idiot. Je chante.

– À plein temps ?

– Bon, je suis vendeuse chez Saks. Mais on s'en fout, de ça.

Jeremy la dévisagea. Il avait envie de lui dire combien ses cuisses semblaient souples sous la minijupe, et que c'était formidable qu'elle ait su tirer parti de sa voix épouvantable.

– Qu'est-ce que tu fais ? demanda Freida.

Jeremy avala un peu de Ballantine.

– Je suis assistant du directeur du – enfin, je bosse au Lucas.

Freida approuva de la tête.

– Ah oui, la Souricière.

– Ha, fit Jeremy.

Il regarda de nouveau les cuisses de Freida, lesquelles, si sa mémoire était fidèle, s'ornaient d'un fin semis de taches de rousseur tout en haut, au voisinage des hanches. Il pensa à son grand-père qui adorait chuchoter à l'oreille des jolies filles. Il jeta un coup d'œil circulaire. La pièce dans laquelle ils se trouvaient était vide et peu éclairée.

– Freida, chuchota-t-il en lui posant la main sur la cuisse.

Freida l'en ôta aussitôt.

– Pas de ça, dit-elle.

Elle lissa sa jupe et fixa sur Jeremy un regard net, sans équivoque.

Jeremy en fut surpris. Il s'était laissé dire que tout était possible dans les arrière-salles du Minotaure et il avait déjà possédé cette fille en toute agressivité. Il tendit de nouveau la main vers les cuisses de Freida. Freida la chassa d'une légère claque. Elle émit un petit bruit qui pouvait être un rire puis se leva.

– Qu'est-ce qu'il y a ? demanda Jeremy.

Freida secoua la tête.

– Il n'y a rien, idiot.

Elle prit sa guitare et s'éloigna.

Plus Jeremy pensait à Freida, plus sa colère grandissait.

– Elle m'a traité d'idiot, marmonna Jeremy. Deux fois.

– Qu'est-ce que t'as à ronchonner ? demanda la Première souris furax.

Les souris étaient en coulisse, attendant d'entrer en scène, elle s'étiraient, ajustaient leur tête. Le rideau du samedi soir allait se lever dans cinq minutes et le bruit courait que le maire Fillipone était dans la salle.

– Rien, répondit sèchement Jeremy.

– Eh, Jax, dit Benny Demarco, me marche pas sur la queue pendant la danse du beurre.

– Évidemment.

– C'est pourtant ce que t'as fait cet après-midi.

– Arrête tes conneries, dit sèchement Jeremy.

Michael Hye passa la tête par la porte.

– En place, dit-il.

Jeremy poussa un gros soupir.

– Qu'est-ce que t'as ? dit Michael.

– La Quatrième furax est en rogne, dit Benny.

Jeremy brandit le majeur dans la direction de Benny.

– Allez, ça va, dit Michael. On se détend. Le maire est dans la salle. En place.

Les souris détalèrent vers la scène.

Jeremy alla prendre place au fond derrière la râpe à fromage géante. Le rideau se leva. Le public applaudit. Les souris entamèrent leur histoire, parcourant la scène d'un air important et affairé. Jeremy demeurait dissimulé dans l'obscurité. Il n'entrait en scène qu'au bout de vingt minutes. La plupart des soirs, en attendant, il regardait par les trous de la râpe à fromage et scrutait le public à la recherche des célébrités. Ce soir-là, il chercha le maire. Mais ce qu'il découvrit fut une jeune femme, au dixième rang, avec un accroche-cœur en travers de la figure.

– Freida, chuchota Jeremy.

Elle portait une robe écarlate et des gants qui lui montaient jusqu'au coude. Un bel homme en smoking était assis à côté d'elle et lui enserrait le poignet d'une main. De sa main libre, du bout des doigts, il lui caressait le biceps, machinalement, en propriétaire.

Jeremy grimaça. Détends-toi, se dit-il. Détends-toi, détends-toi. Mais il n'arrivait pas à se détendre. Non seulement Freida l'avait traité d'idiot mais elle lui avait ri au nez, ri au nez de l'immense noirceur sexuelle, la noirceur russe qui était en lui. Et voilà qu'elle était venue, la chanteuse des Racailles, dissimulant sa voix épouvantable derrière sa robe écarlate et son accroche-cœur. Freida était une célébrité, selon toute apparence, une saine esthète de Manhattan qui sortait avec son amant. Cela mit Jeremy en rage.

Il se précipita en scène deux bonnes minutes avant le moment prévu. Le public applaudit à tout rompre. Les sept autres souris regardèrent fixement Jeremy.

Michael Hye était debout au fond de la salle.

– Oh, non, chuchota-t-il.

Jeremy fut pris de panique. Il couina deux fois, ce qui était le signal de la danse du beurre, qui n'avait même pas lieu pendant le premier acte. Ce fut le chaos. La moitié des souris suivirent

Jeremy et improvisèrent une danse du beurre approximative, pendant que les autres levaient les pattes au ciel en signe de protestation. Le public riait.

Benny Demarco, qui interprétait la Première souris mimi, se pencha tout près de Jeremy.

– Tu fous tout en l'air, souffla-t-il.

Sous l'effet de la colère, Benny donna un coup de pied au cul de Jeremy. La Quatrième souris furax riposta en enfonçant Benny dans la baratte.

Le public s'esclaffa. Debout à côté de Michael Hye, l'auteur écumait en poussant des jurons.

La Première souris mimi se lança à la poursuite de la Quatrième souris furax. La poursuite traversa les rangs des danseurs de la danse du beurre, franchit la râpe à fromage, atteignit le bas du toit dont Jeremy fit tomber Benny d'une poussée. Benny atterrit sur deux autres souris qui s'effondrèrent.

Le public n'en pouvait plus, même ceux des spectateurs qui avaient déjà vu le spectacle et savaient que quelque chose clochait.

Jeremy pantelait dans son costume de souris, son visage – son vrai visage d'homme – avait viré au rouge betterave.

Détends-toi, se commanda-t-il. Détends-toi.

Mais à l'instant même où il pensait cela, Jeremy aperçut le visage de Freida dans la foule. Elle avait la bouche grande ouverte, secouée de rire. Ses dents semblaient dévorer l'air avidement à chaque éclat de rire. La bouche de son amant en faisait autant.

Jeremy ferma les yeux, paupières crispées, plein de haine pour ce qu'il était : un homme drôle. Il était drôle à sa manière, tendue, épouvantable, une manière qui le faisait enrager et enchantait les autres. Ces autres, le public, étaient effectivement enchantés pendant ce temps-là. Ils riaient, le montrant du doigt. Cela lui était insupportable. Il courut jusqu'au bord du toit.

– Je suis arrivée, vociféra Jeremy.

Il porta les mains à sa tête de souris, tenta de la dévisser. Il se griffait le visage, se boxait les oreilles, tirait sur sa tête.

– Qu'est-ce qu'il fait ? couinaient les souris en dessous.

Michael Hye et l'auteur retenaient leur souffle.

– Oh merde, murmura Michael.

Le public se tut. La Quatrième souris furax se griffait les joues, cherchant semblait-il à s'arracher la tête.

Les autres souris se précipitèrent vers le toit.

– Fais pas ça, glapit la Troisième mimi.

– Attends, aboya la Troisième furax.

– Je suis arrivée, avertit Jeremy.

Il s'acharna sur sa nuque, cherchant à ouvrir les charnières.

La Première souris mimi n'était plus qu'à quelques mètres.

– Le personnage, souffla Benny. Reste dans le personnage.

– Je suis arrivée, brailla la Quatrième souris furax.

Il fit sauter la dernière charnière de sa nuque.

Non, fit Michael Hye en une prière muette, mais il était trop tard. Par une décapitation qui stupéfia les foules, Jeremy Jax révéla sa frêle identité.

Opales

James Branch découvrit les opales à Manhattan, dans le sous-sol. Ce fut une trouvaille enchantée, qui relevait peut-être du destin. Elle eut lieu comme suit :

James avait vingt-cinq ans, il était célibataire et timide, il avait des yeux bleus un peu somnolents et des dents régulières. Il était comptable à Wall Street et locataire du Preemption. Chaque soir, en quittant le travail, avant de prendre le métro pour rentrer, James sautait dans un taxi qui le conduisait au Flat Michael's, restaurant de l'East Village où il mangeait des plats affublés de noms comme Bison, Bécasseau, ou encore la spécialité du chef, étrange préparation connue simplement sous l'appellation de Frichti.

Le dîner était la seule heure savoureuse de la journée pour James. Après avoir broyé et aligné des chiffres de huit heures à six heures, il abandonnait l'abstraction pour se laisser aller au plaisir des sens. Il n'était ni bavard, ni buveur, ne sortait pas en boîte, ne pratiquait aucun sport, les repas constituaient donc la quasi-exclusivité des jouissances qu'il se permettait et James adorait les menus imprévisibles du Flat Michael's. Au cours de la dernière année il s'y était régalé d'Opossum, de Labre, de Gallois, Manchons et autres Crotale. Il savourait le nom de ces plats autant ou presque que les plats eux-mêmes. Car James était un amoureux du détail simple, un fana des grilles de fer forgé et du haïku. Il avait l'impression que les plats qu'on servait au Flat

Michael's – tant par leurs ingrédients que par leur appellation – possédaient on ne sait quelle qualité fondamentale du romanesque de la vieille Europe, à croire que quelque chevalier errant du Moyen Âge était parti pour la chasse et avait disposé ses prises sur la table de James. James était aussi un bègue en voie de guérison et, entre la commande et l'arrivée de son repas, il s'entraînait.

– Langoustine. Langoustine.

Chaque soir, James murmurait l'intitulé de son plat à venir comme la répétition incantatoire du nom d'une femme dont il eût espéré la venue.

– Souvlaki, murmurait James. Calamar.

Cette discrète habitude lui procurait une grande satisfaction et, il ne savait comment, un grand réconfort. Elle ordonnait sa journée, lui conférait une voix tout en lui donnant sa place parmi les clients du Flat Michael's. Le restaurant était achalandé d'excentriques et de solitaires de sorte que les tables étaient vite occupées chaque soir, aussi James s'efforçait-il d'y arriver toujours vers six heures. Un soir d'octobre, ayant travaillé tard, il arriva au restaurant à sept heures passées.

– Une heure d'attente, je regrette, lui dit Juan à la porte.

Juan était le serveur préféré de James.

– Un peu de purgatoire, ajouta Juan avec un petit rire.

Il était étranger et religieux. Purgatoire était un mot qu'il savait prononcer.

– Même pour un habitué ? chuchota James.

Juan poussa un soupir attristé.

– Une heure de purgatoire, monsieur James. Je regrette.

James ressortit pour errer dans le voisinage. C'était un être d'habitudes, il n'éprouvait aucun intérêt pour d'autres mangeoires, aussi décida-t-il de passer une heure à se promener. Au coin d'une rue, il écouta un chanteur vagabond qu'il avait déjà entendu dans le métro, un guitariste aux yeux noirs, à la longue carcasse dégingandée, du nom de Morality John. Poursuivant son chemin, regardant les vitrines, James examina les furets de l'animalerie Tandy, les pâtisseries du Qu'ils Mangent de la Brioche, les caleçons de cuir du Barby's SM. James n'avait jamais mis les pieds dans ce dernier établissement mais il s'immobilisa devant sa porte ouverte le temps de rougir à la vue du présentoir de soutiens-gorge en cotte de mailles qu'il apercevait à l'intérieur. C'était le genre de boutique, se dit James, que son ami et colocataire Patrick Rigg devait fréquenter.

– Vous aimez ?

James pivota sur lui-même. À côté de lui se tenait une jeune femme rousse, cuirassée d'un minuscule bikini argent et chaussée de rangers noirs, qui fumait une cigarette. La chair de poule hérissait ses bras et ses cuisses nus et son sourire découvrait des dents incrustées de lettres d'or B-A-R-B-Y.

– Hum… je… balbutia James.

– Je fais une pause cigarette.

Barby jeta la cigarette en question et l'écrasa sous son talon.

– Oui, oui, dit James.

Barby s'avança vers James d'un pas enjoué de danseuse, balançant les hanches, le contraignant à reculer en titubant jusque dans la boutique. Barby y pénétra à sa suite de sa démarche chaloupée. Elle referma la porte dans son dos.

– Pfou, fit-elle. Il fait froid dehors.

– Hum, fit James.

Barby demeura entre James et la porte. Elle tapota son slip chromé.

– Pas mal, hein ? On fait une promotion. Sur le thème « Bientôt les fêtes, faites la fête ».

Le sang afflua aux joues de James.

– Je, je... je regardais seulement.

– Les chaînes et les boulets sont démarqués, expliqua Barby. Comme les pinces à téton.

D'un regard anxieux, James fit le tour de la boutique. Les murs étaient couverts de masques, de bâillons et de fouets menaçants.

– Je cherche les toilettes, mentit James.

– Bien sûr. Réservées aux clients.

Avec un bâillement, Barby tendit le doigt.

– Vous voyez le présentoir des godes Tous Orifices ?

Un glapissement étranglé jaillit de la bouche de James.

– Ça va pas ? demanda Barby.

– C'est rien, j'ai... avalé mon chewing-gum.

– Je disais derrière les godes, y a un escalier. Les toilettes sont au sous-sol.

James fonça vers l'escalier et s'empressa de le descendre. Au bas des marches, il reprit haleine, épongea la transpiration de ses tempes.

– Nom de Dieu, chuchota James.

Il se retint de rire de lui-même, de sa gêne, de sa pruderie. Regardant autour de lui, il fut surpris de se retrouver dans un assez long corridor humide aux murs de béton, dans lequel s'alignaient plusieurs portes. Les portes étaient roses et portaient chacune un ou quelques mots tracés à la peinture noire. Sur l'une BARBY, sur une autre POUR LE SOMMEIL, sur une troisième TOILETTES, sur la quatrième PRIVÉ. À l'autre extrémité du couloir, face à James, une porte coupe-feu noire, montée sur rails.

On y avait griffonné en lettres roses dégoulinantes les mots JOHN CASTLE* EST NOMADE.

James jeta un coup d'œil vers le haut de l'escalier. Il ne vit pas Barby et il n'y avait aucun autre client dans les parages. D'ordinaire, il n'avait pas un caractère aventureux – à cette heure, il réglait habituellement son addition au Flat Michael's en sirotant un thé au ginseng – mais une subite inspiration le poussa à aller sur la pointe des pieds appliquer son oreille contre chacune des portes. Il n'entendit rien sauf à travers la dernière, la porte coupe-feu. Il lui sembla que derrière celle-ci retentissaient des chocs métalliques comme si l'on y forgeait des épées. Et aussi, plus il s'approchait de la porte, plus il avait l'impression qu'une certaine chaleur – peut-être un feu véritable – régnait de l'autre côté.

James recula d'un pas. La porte coupe-feu était brute, épaisse et très vieille. Elle était faite d'acier et de fer et, James ne savait pourquoi, elle lui rappelait l'antique ascenseur Otis qui fonctionnait toujours au Preemption. Il avait bien l'impression que la porte n'avait pas été ouverte depuis des dizaines d'années sinon que la peinture rose des lettres qu'on y avait tracées semblait fraîche.

– John Castle est nomade, lut James. John Castle est nomade.

Les yeux écarquillés sur ces mots, il les murmura et les remurmura. Il ne leur trouvait aucune signification mais le rythme de leurs syllabes dans sa bouche ajouté aux *bing* et aux *bang* de la mystérieuse métallurgie en cours derrière la porte s'avéra irrésistible. James saisit la poignée et pesa sur la porte de tout son poids. Elle s'écarta en coulissant sans effort sur le rail.

* John *Castle*, Elias Rook : les traducteurs signalent que *rook* signifie tour, comme *castle* signifie château.

Ce qu'il vit à l'intérieur était à mi-chemin de l'atelier de forgeron et de la remise. C'était une vaste pièce en grande partie plongée dans l'obscurité avec un four de céramiste qui projetait des lueurs orangées et un petit fourneau contre le mur du fond. À côté du four, une haute bibliothèque, deux tabourets et une table en bois. Le sol était de ciment. Les trente mètres qui séparaient James du four étaient encombrés de malles-cabines vétustes. Un passage qui s'étendait de la porte coupe-feu jusqu'au four avait été ménagé entre ces malles comme l'allée centrale d'une église menant jusqu'à l'autel. Quand James s'y engagea, une vapeur odorante s'éleva du fourneau et le feu du four vacilla silencieusement comme la flamme d'un grand cierge. Les bruits métalliques s'étaient d'ailleurs interrompus dès que James avait ouvert la porte.

– Y a quelqu'un ? lança James.

Quand ses yeux furent habitués à l'obscurité, il cessa d'avancer. Les vieilles malles qui l'entouraient étaient ouvertes et tournées vers l'allée comme autant de présentoirs. À l'intérieur, sur des garnitures de velours noir, s'étalait la plus ébahissante, la plus prodigieuse collection de gemmes que James eût jamais vue. Il y avait des diamants gros comme le poing, des émeraudes épaisses de plusieurs centimètres taillées en carré, comme les parts de quelque entremets sucré et gélatineux. Il y avait des plaques d'ambre d'une minceur de mica mais du diamètre d'une petite crêpe, disposées sur des soucoupes d'or. Sur une des facettes d'un rubis que la lumière du four faisait briller, James apercevait le reflet de son profil entier.

– Ouah-oh, souffla James.

– Qui vous envoie ? tonna une voix masculine.

James sursauta.

– Ouah-oh, répéta-t-il.

– Qui vous envoie ?

James tourna lentement sur lui-même, scrutant l'obscurité à la recherche de celui qui avait parlé.

– P-personne ne m'envoie. Je suis... entré par hasard.

– Nul n'entre ici par hasard. On y est envoyé.

James entendit un frottement derrière la bibliothèque.

– Où êtes-vous ? demanda-t-il.

Un homme à la mine sévère sortit de derrière les rayonnages. Il avait une crinière de cheveux blancs mais un port d'une telle fermeté, d'une telle santé, que James ne savait trop s'il était âgé. Il portait un smoking noir aux manches roulées jusqu'aux coudes, comme s'il s'était livré jusque-là à une besogne physique. De fait, il brandissait d'une main un énorme marteau et tenait dans l'autre un mince collier d'or d'où James déduisit que les coups qu'il venait d'entendre étaient ceux du marteau.

– Par-pardon de vous déranger. Vous êtes John Castle ?

– Ne vous occupez pas de ça. Approchez.

La voix de l'homme résonnait comme s'il avait parlé dans une caverne. James s'approcha du four dans lequel il apercevait des cailloux chauffés à blanc ou des braises. Il put alors voir clairement les yeux de l'homme aux cheveux blancs. Ils étaient bruns, avec quelque chose de riche et de terreux comme un champ labouré après la pluie, et ils le dévisageaient avec attention.

– Hmmm.

L'homme posa son marteau et le collier sur la table. Il saisit la main droite de James et en examina la paume.

– Oh, dit James. Alors... bonjour.

L'homme lâcha la main de James. Il huma l'air comme s'il cherchait à retrouver où il pouvait bien avoir senti l'odeur de James auparavant.

– Hmm, fit l'homme. Qui vous envoie, dites-vous ?

– Personne. Je ne sais pas. Barby ?

L'homme secoua la tête. Il prit place sur un tabouret, désigna l'autre du menton.

– Peut-être aimeriez-vous vous asseoir, dit l'homme.

– Bah... commença James.

– Asseyez-vous, dit l'homme.

James s'assit. Il regarda l'homme, et l'homme regarda James.

– Barby n'envoie personne. Et nul n'entre ici par hasard, dit l'homme en tapotant la table. Et donc, qui vous envoie ?

James fixa son regard sur la porte coupe-feu. Il voyait s'y découper un rectangle de lumière normale, et entr'apercevait l'escalier. Mais, curieusement, il n'éprouvait aucune crainte de se trouver là, dans ce lieu inconnu en compagnie d'un inconnu. James aimait bien tomber par hasard sur tel ou tel coin de Manhattan. Il aimait bien cette cave comme il aimait bien le Flat Michael's, ou les Cloisters ou l'ascenseur Otis de son immeuble. D'ailleurs, l'homme aux cheveux blancs qui était assis à côté de lui semblait calme mais très sûr de soi, comme un juge à la Cour suprême.

– Je ne me rappelle pas avoir été envoyé par quiconque, dit James avec franchise. J'attendais l'heure du dîner. Je visitais un peu.

James regarda une malle pleine de diamants.

– Il faut croire que je me suis envoyé moi-même.

– Bonne réponse, dit l'homme. Bravo.

Le feu craqua. Les tabourets étaient dépourvus de dossier et pourtant l'homme qui était en face de James s'y tenait dans une posture parfaite, les mains sur les genoux. James attendit de voir ce qui allait se produire ensuite. Selon toute apparence, cet inconnu et lui allaient rester assis sur ces tabourets à côté de cette forge.

– Hum. Je m'appelle James Branch.

– Oui, je sais. Excellent nom.

– Merci. Hum. Comment le savez-vous ?

– Ne vous occupez pas de ça.

James attendit que l'homme se présente, mais il n'en fit rien. Il regardait furtivement les cheveux blancs et la mâchoire puissante de l'inconnu. Son visage avait une dureté, une dignité que James croyait reconnaître, comme s'il s'agissait d'une vieille star de cinéma dont James aurait souvent vu la photo.

– Nous nous sommes déjà rencontrés ? demanda James.

– Hum, fit l'homme.

James se massa la nuque. Il parcourut des yeux les richesses qui l'environnaient, les malles de gemmes. Il se demanda si l'homme avait amassé ce trésor autour de lui en une espèce de grandiose défi à la mort. À moins, songea James, qu'il ne les eût fait surgir du néant à l'intérieur de son four.

– Et ce qui est écrit sur votre porte, dit James, John Castle est nomade. Qu'est-ce que cela peut bien vouloir dire ?

L'homme ne sourit pas.

– Cela veut dire que je me déplace beaucoup.

– Ah. Vous avez des succursales ?

– Pour ainsi dire.

James décida de risquer une plaisanterie.

– Et elles sont toutes dans des sous-sols de sex-shop ?

L'inconnu haussa les épaules.

– Je suis où je suis.

Il se leva et claqua dans ses mains, comme si quelque négociation préliminaire venait de se conclure. Il fit signe à James de s'approcher d'un coffre de gemmes.

– Alors, à quoi puis-je vous intéresser ce soir, monsieur Branch ?

James soupira. Il se serait volontiers contenté de rester assis.

– Bah, merci mais je ne crois pas avoir besoin de... vous comprenez, de diamants ou Dieu sait quoi.

– Cela pourrait venir assez rapidement. Vous devriez peut-être jeter un coup d'œil.

– Je crois que je n'ai pas...

– Jetez un coup d'œil, dit l'homme d'un air sombre.

James obéit. Sans savoir pourquoi, il se sentait contraint de suivre les directives du vieil homme. Il s'approcha donc du coffre pour en inspecter le contenu. Ce coffre-là contenait des gemmes montées en bijoux. Tout autour était disposé un collier de perles aussi long qu'un lasso. En double rang autour du cou d'une femme, James supputa que les perles lui tomberaient encore jusqu'à la taille. Outre ce collier, il y avait des broches d'améthyste, des bagues de pierre de lune et des colifichets dont James ne pouvait discerner ni l'origine ni l'endroit du corps humain auquel ils étaient destinés. Un bracelet de cheville était d'or si épais surchargé de topazes si grosses qu'on l'aurait cru aussi bien conçu pour entraver que pour réjouir une reine.

– Vous pouvez toucher, dit l'homme aux cheveux blancs.

Une fois encore James obéit. L'extrémité de ses doigts glissa timidement sur les surfaces lisses et fraîches.

– Ça, c'est un héliotrope, dit l'homme. Là, des grenats.

– Mais... je n'ai pas de petite amie, dit James.

– C'est de l'onyx.

James continuait de promener ses doigts. L'homme au smoking orienta le coffre vers le four pour que plus de lumière scintille sur les pierres.

– Béryl, dit-il en montrant ce que James touchait. Œil-de-chat. Agate.

James hochait du chef. Tout bas, presque sans qu'il s'en aperçoive, ses lèvres se mirent à répéter le nom des pierres, comme s'il était attablé au Flat Michael's, murmurant dans l'attente de son dîner.

– Jaspe, sembla lui souffler l'homme.

– Jaspe, dit James.

– Hyacinthe.

– Hyacinthe.

Au bout d'un moment, James se tut et se contenta de toucher les pierres, de se laisser baigner dans le clignotant reflet de la lumière du four comme dans quelque enchantement. Il admira corail, turquoise, lapis-lazuli. Brusquement, il lui semblait parfaitement justifié que les hommes aient trimé dans les mines pendant des siècles pour arracher à la terre ces choses précieuses et les offrir aux femmes. Que ce soit une vendeuse portant un soutien-gorge de cotte de mailles ou une jeune épousée son anneau de diamant, il semblait à James luxueusement convenable que les femmes arborent les éléments puissants, robustes, de l'univers d'une façon dont les hommes étaient incapables.

Tout à coup une grande tristesse enfla dans le cœur de James. Il savait qu'il n'avait pas les moyens de s'offrir les trésors étalés devant lui mais ce qui l'affligea, lui porta un coup, ce fut qu'à supposer même qu'il découvre par hasard un monceau de rubis ou d'aventurines, il n'avait personne à qui les donner.

– Je n'ai pas de petite amie, répéta-t-il.

Cette révélation ne lui parut qu'à moitié juste, aussi s'efforça-t-il de la reformuler.

– Je n'ai pas de femme, affirma-t-il.

– Cela pourrait se faire bientôt, dit l'homme aux cheveux blancs.

James tressaillit. Tout à cette révélation, il avait oublié la présence de l'autre.

– Quoi ? demanda James.

L'homme au smoking se dressait de toute sa hauteur derrière le coffre.

– Imaginons, James Branch, qu'une femme entre un de ces jours prochains dans votre vie. Si vous l'aimiez et que vous pouviez lui faire présent de n'importe lequel des objets contenus dans ce coffre, lequel choisiriez-vous ?

James se mordit la lèvre. Du regard, il fit le tour de la cave, de la forge jusqu'à la porte.

– Comment connaissez-vous mon nom ? demanda-t-il pour la deuxième fois.

– Ne vous occupez pas de ça. Quelle est la chose contenue dans ce coffre que vous offririez à la femme aimée ?

James scruta le visage de l'homme. Il chercha de nouveau à savoir comment et pourquoi il le connaissait. Il essaya aussi de trouver une quelconque malice dans le regard de l'inconnu, l'ombre d'un rictus qui révélerait s'il s'amusait ou non de James, le mettait à l'épreuve par pur plaisir. Mais il semblait sincère et sérieux.

James baissa les yeux. Il était gêné.

– Je n'ai... je n'aurais pas les moyens de m'offrir une seule de ces choses.

L'inconnu soupira patiemment.

– Faisons comme si, voilà tout. Que lui donneriez-vous ?

James ne put s'empêcher de regarder. Les pierres étaient ravissantes. Et puis bon, se dit-il. Et puis bon, après tout ?

– Hum, fit-il.

Ses yeux parcouraient le coffre. Pas le serpent de perles, songea-t-il. Pas le bracelet de cheville de topaze. James avait vu ce genre d'accessoires dans les bars de Madison Avenue, entassés au cou et aux membres de top models. Il aimait mieux qu'une femme porte un seul bijou, quelque chose de simple et d'élégant.

– Peut-être ceci, dit-il en soulevant un petit bracelet d'argent.

Une rangée de minuscules dauphins de jade était accrochée au bracelet.

L'homme aux cheveux blancs le lui prit et le glissa dans sa poche.

– Je regrette. Celui-ci est réservé. Choisissez-en un autre.

– Hum. Ne s'agissait-il pas d'une pure hypothèse ?

– Choisissez-en un autre, ordonna l'homme.

James parcourut des yeux les gemmes. Il considéra un rubis de la taille d'un œuf, un diamant en forme de pyramide. Tout cela était trop gigantesque, trop pesamment merveilleux pour convenir aux femmes qui accepteraient de sortir avec James. Dans un coin du coffre, pourtant, dissimulée entre deux plis du velours, il y avait une paire de petites boucles d'oreilles. La monture était d'or tout simple et les pierres d'un blanc mat, poli. James prit les boucles d'oreilles.

– Qu'est-ce que c'est ?

– Des opales, dit l'homme.

James tourna sa paume vers le four. Quand la lueur du feu frappa les opales, de minuscules prismes irisés s'y allumèrent. James entrevit en esprit une femme à la peau tiède, aux cheveux couleur de miel. Il imagina les opales contre sa peau.

– C'est ce que je lui offrirais, déclara-t-il.

L'homme aux cheveux blancs approuva d'une courte inclinaison de tête.

– Bonne réponse. Bravo.

James regardait fixement les petits mondes blancs dans sa main.

– Elles sont belles, dit-il.

– Elles sont à vous.

James leva les yeux.

– Vous dites ?

– Vous m'avez entendu. Mettez-les en sûreté quelque part. Vous saurez quand les lui offrir.

Les yeux de James allaient des opales à l'homme.

– Mais vous... vous ne comprenez pas. Elle n'existe pas.

Cette unique fois, les traits de l'homme s'adoucirent. Il sourit comme un père ou une mère levant une interdiction.

– Elle existera bientôt, dit-il.

L'espace d'un instant, James aima la conviction qui avait résonné dans la voix de l'homme. Il songea aux femmes avec lesquelles il travaillait, à Barby, à celle qui venait de surgir dans son imagination, avec ses cheveux couleur de miel, puis il secoua la tête.

– M-mais, bégaya-t-il, vous n-ne comprenez toujours pas. Même si j'avais quelqu'un, je n'aurais vraiment pas les moyens d'acheter...

– Cette transaction est conclue.

D'un mouvement preste, l'inconnu ferma du pied la malle de bijoux, s'agenouilla et en tourna la clé. Les opales étaient toujours dans la paume de James.

– Mais il n'y a pas eu de transaction, se plaignit James. Je ne vous ai pas versé un sou. Je ne peux pas. Vous ne m'avez même pas dit combien elles valent.

L'homme soupira, le visage de nouveau assombri.

– L'argent, toujours l'argent. Écoutez, James Branch. Si j'ai besoin de quoi que ce soit venant de vous, je vous le demanderai. En attendant, allez manger votre Tilapia ou votre Dingo ou je ne sais quoi encore que vous pouvez commander là-haut. Une table devrait se libérer bientôt. Au revoir et bonne chance.

L'inconnu repartit en direction du four, du marteau qu'il avait laissé sur la table.

– Eh. Monsieur ?

James se racla la gorge. Il jeta un coup d'œil à la malle cadenassée posée par terre. Il n'avait toujours pas refermé les doigts sur les opales.

– Hum, fit-il. Hum. C'est très gentil à vous de me les offrir, mais je suis un peu gêné de les prendre sans...

L'homme aux cheveux blancs se tourna brusquement vers James. Le marteau était de retour dans sa main et, soudain, l'éclair terrifiant d'une profonde détermination flamboya dans ses yeux, comme si le travail qu'il allait reprendre devait à tout prix demeurer étranger à James.

– Ouah-oh, murmura James.

Un frisson lui parcourut l'épine dorsale. Sans ajouter un mot, avec le sentiment d'être un voleur, il tourna les talons et s'enfuit.

Toute la journée du lendemain, James réfléchit à ce qui était arrivé. Il emporta les opales avec lui à son travail, les sortit furtivement de sa poche, les contempla pendant le déjeuner. Mais il ne les montra et n'en parla à personne. Il se doutait que la façon dont les opales lui étaient parvenues et l'homme qui les lui avait remises étaient puissamment impénétrables. On lui avait raconté autrefois l'histoire d'un randonneur qui avait été frappé en montagne par la foudre jaillie de l'unique nuage d'un ciel entièrement bleu. Le type avait survécu, n'ayant ressenti qu'un grésillement passager dans le cerveau et dans les orteils. James éprouvait le même sentiment que cet homme. Il était inquiet à l'idée que, s'il parlait des opales ou les montrait à qui que ce fût, elles se volatiliseraient dans sa main.

Mais il regarda décidément avec un peu plus d'audace ce jour-là les lobes et la coiffure de ses collègues féminines. Il imaginait les opales sur la peau de chacune d'entre elles, se demandant si elle pouvait être l'élue.

La seconde initiative vaguement audacieuse qu'il prit le soir même fut de retourner à la boutique Barby's SM. Quelque chose lui dit de ne pas pousser le culot jusqu'à s'aventurer au sous-sol mais il aborda Barby elle-même, occupée à aligner des godemichés sur le présentoir Tous Orifices.

– Encore vous.

Barby était en civil ce soir-là, blue-jean et chandail de coton, mais ses dents affichaient encore son nom.

– Salut, fit James.

L'expression de Barby était amère. James se demanda si sa promo marchait mal.

– Vous pouvez dire que vous vous êtes tiré vite fait hier soir, constata ironiquement Barby.

– Oui. Hum. Je regrette. Écoutez. Je voudrais vous poser une question.

James prit une inspiration. Il connaissait déjà la réponse.

– Hum, y a-t-il une bijouterie au sous-sol ? Vous savez, après les toilettes, derrière la porte coupe-feu ?

Barby faisait face à James. Elle souffla sur une mèche de cheveux pour la chasser de ses yeux.

– Qu'est-ce que vous me chantez là ?

James ne céda pas.

– Y en a-t-il une ?

– Non, il n'y a pas de bijouterie au sous-sol. Mais je vais vous dire ce qu'il y a au sous-sol. Mon baisodrome personnel. C'est ça, que vous avez fait hier soir, vous êtes allé fouiner chez moi ?

– Et vous n'avez jamais entendu parler d'un certain John Castle ?

– Qui ?

Barby croisa les bras.

James hocha du chef. Inutile de vérifier. Il savait qu'elle disait la vérité.

– Dites, Monsieur Cent-Mille-Questions, vous m'achetez quelque chose ou vous dégagez vite fait ?

James recula d'un pas et montra la rue.

– Je vais, hum... je dégage vite fait.

– Et plus vite que ça.

James se dirigea vers la porte.

– Taré ! cria Barby.

Mais James Branch souriait déjà, il s'éloignait dans la rue, jouant avec les opales bien en sûreté dans sa poche.

Des baisers à Manhattan

La solitude de Rally McWilliams était profonde. Elle voulait croire qu'elle avait une âme sœur, un futur conjoint en gestation quelque part au Népal ou dans l'arrière-pays australien. Mais à Manhattan, où elle vivait, elle ne trouvait que des mecs.

– Les mecs.

Elle soupira.

– Ça oui, dit Kim d'une voix morne. Les mecs.

Rally et Kim habitaient un loft à SoHo. Elles avaient trente et un ans toutes les deux. Elles travaillaient, et sortaient avec des mecs. Rally ne connaissait jamais le nom des mecs de Kim. Il y avait un Républicain, un électricien et un médecin que Kim avait baptisé Docteur Charme. Rally, pour sa part, avait couché avec un mec nommé Paul pendant trois ans, après sa vingtième année, jusqu'à ce qu'il parte s'installer en Idaho. Ensuite était venu Sam, qui était sensible et bon, et qui avait un jour mangé de la Jell-O vert citron dans le creux des clavicules de Rally. Rally s'était imaginé que c'était le début de quelque chose d'extraordinaire mais, quand Sam avait fini sa Jell-O, il s'était contenté de roter puis de s'endormir.

– Maman, expliqua Kim, dit qu'on ne peut pas aimer un homme tant qu'on n'a pas appris à s'aimer soi-même.

Rally leva les bras au ciel.

– Qu'est-ce que ça veut dire ? Apprendre à s'aimer soi-même ?

Kim haussa les épaules.

Rally écrivait des articles sur le voyage. Elle travaillait pour le magazine *Five Kingdoms* qui l'expédiait régulièrement vers des lieux qu'elle classait en deux catégories : exotiques ou nases. Parmi les lieux exotiques sur lesquels elle avait écrit, il y avait Capri et Dublin. Un bled nase, c'était Moab, dans l'Utah, où Rally n'avait rencontré personne de merveilleux et où elle avait failli être piquée par un serpent.

– Il faut que je rencontre au moins une personne merveilleuse, dit Rally à Kim, sans quoi un bled n'est pas exotique.

– C'est quand même risqué, non ? dit Kim. Parce que, imagine que tu passes seulement un week-end dans une ville et que tous les naturels merveilleux du coin se soient absentés, hein ?

Rally avait une magnifique chevelure couleur de miel qui lui cascadait jusqu'aux reins et lui valait souvent de boire à l'œil. Quand elle bavardait avec Kim le soir, elles s'asseyaient côte à côte sur leur canapé et Kim, qui était coiffeuse, jouait avec les cheveux de Rally. Kim ne quittait jamais Manhattan.

– Si j'étais merveilleuse, dit Kim, je n'irais pas frimer devant la première journaliste venue. Je resterais chez moi, je me ferais livrer un dîner chinois et j'apprendrais à m'aimer.

– Tôt ou tard, dit Rally, il faudrait bien que tu sortes et je te repérerais.

Rally était obsédée par ce qui rendait les gens merveilleux. C'était d'ordinaire ce à quoi elle se fût le moins attendue mais elle reconnaissait immanquablement la vérité quand elle la rencontrait. À Dublin, elle avait espéré voir des hommes aux yeux bleus, des conteurs qui lui offriraient des pintes en la régalant d'anecdotes. Et voilà que c'étaient les Irlandaises qui l'avaient fascinée, les jeunes avec leurs bébés ou celles qui avaient la peau pâle et qui fumaient des cigarettes. Dans le Montana, Rally avait parlé avec d'innombrables cow-boys – des types en blue-jean pleins aux as – dans l'espoir de cerner l'esprit de l'Ouest pour le papier qu'elle rédigeait. Mais c'était au parc national du Glacier, en écoutant un garde du parc nommé Russ, petit bonhomme aussi large que haut qui zozotait, qu'elle avait senti l'opiniâtreté de ces hommes minuscules face à l'immensité de la nature sauvage. Ce qui ahurissait Rally et lui donnait envie de continuer à voyager était la chose suivante : quand ce qu'un être humain particulier avait de merveilleux la frappait – quand une Irlandaise aspirait de la fumée dans sa bouche ou que la voix d'un garde forestier se brisait –, elle éprouvait le frisson d'une solitude lancinante et aurait voulu embrasser la personne en question. Parfois elle ne désirait qu'un contact furtif, effleurer des lèvres la joue de l'inconnu. À d'autres moments, elle voulait une compassion violente, totale. Le garde forestier Russ devait bien avoir soixante ans mais il avait des manières si nobles et on le sentait si entièrement dévoué aux choses qu'il avait dites sur la glace et les ours que, si l'occasion s'en était offerte, Rally aurait écrasé sa bouche contre la sienne en un baiser profond, aurait tenté d'entrelacer leurs deux solitudes.

Dans la réalité, Rally ne parlait presque jamais à ces inconnus et les embrassait encore moins. Elle n'avouait à personne ses désirs impulsifs parce qu'elle les trouvait amoraux et effrayants. Elle imaginait des conversations avec un psychiatre fantôme, toujours un homme.

J'ai envie d'embrasser la fumée dans la bouche de cette Irlandaise, avouait-elle.

Pourquoi ? demandait l'homme.

Parce qu'elle est triste, disait Rally. *Et qu'elle est fatiguée de Dublin et qu'elle n'aura plus jamais cette fumée-là dans la bouche.*

Êtes-vous bisexuelle ? demandait l'homme. *Vous avez une vie sexuelle très active ?*

Non, répondait Rally. *Mais, pour embrasser la fumée, il faut bien que j'embrasse la femme. Essayez de comprendre.*

Évidemment, le psychiatre fantôme de Rally ne comprenait jamais et, au plus profond d'elle, Rally non plus. Aussi, à défaut de se comprendre, se servait-elle de l'émerveillement que lui causaient certains inconnus, de son désir de les embrasser, pour l'intégrer aux articles qu'elle rédigeait pour *Five Kingdoms*. En écrivant sur Capri, Rally songeait à la vieille qu'elle avait aidée à monter un escalier là-bas. En décrivant la Grotte bleue, les falaises ou les *linguine* aux clovisses, Rally ne cessait de penser à la vieille et façonnait chaque phrase comme un baiser plein de dignité sur le front de la bonne femme. Mystérieusement, ces baisers devaient transparaître dans son écriture parce que Sabrina, sa rédactrice en chef, adorait les articles de Rally.

– Tu es douée, dit Sabrina un soir. Indiscutablement douée.

– Aha, dit Kim en levant le bras comme un flic de la circulation. Rally McWilliams est douée. Mais est-ce qu'elle s'aime ?

– Va te faire voir, dit Rally en riant.

Rally, Sabrina, Kim et le Docteur Charme étaient au Minotaure, une boîte de nuit en sous-sol. Kim et Rally y étaient parce qu'on était vendredi et que Rally connaissait Half Stack, le DJ du Minotaure. Sabrina, parce qu'elle était célibataire et jolie. Kim avait envie de danser et traîna donc le Docteur Charme jusqu'à la piste où les danseurs se démenaient. Debout au bar, Rally et Sabrina buvaient du champagne en parlant de la France. Rally devait s'y rendre en novembre pour faire un papier sur le beaujolais nouveau.

– *Five Kingdoms* paiera tes frais pendant dix jours, dit Sabrina.

N'en profite pas pour passer tout ton temps à picoler du beaujolais sur notre compte.

– Je n'ai pas l'intention d'en boire, dit Rally. Je veux savoir pourquoi tout le monde en est dingue.

La sono diffusa une chanson que Rally adorait. Un mec aux cheveux roses invita Sabrina à danser. Elle accepta et le mec l'entraîna en valsant. Rally se retrouva seule au bar.

– Vous ne devriez pas vous coiffer comme ça, dit une voix d'homme.

Elle se tourna. L'homme était vêtu d'un blouson noir et versait des cuillères de sucre en poudre dans un verre de bourbon. Il avait de courtes rouflaquettes noires et pointues et un léger renflement à gauche de son blouson, près du cœur. Rally se dit que le renflement était peut-être un flingue.

– Moi ? demanda-t-elle.

L'homme examina la tenue de Rally. Elle portait une salopette de jean et un T-shirt blanc. Elle s'était fait deux couettes qui s'élevaient de part et d'autre de sa tête avant de retomber en arrière.

– Vous devriez vous faire une longue natte descendant au milieu du dos.

L'homme continuait de sucrer son bourbon.

– Simple, classique. Pas ce truc de petite fille.

Rally leva les sourcils. L'homme paraissait la trentaine. Il avait de belles pommettes et les yeux vert foncé. Elle sourit.

– Je croyais que le côté petite fille plaisait aux mecs, dit-elle.

L'homme remua sa boisson. Quand il cessa de la remuer, le liquide contenait encore des cristaux.

– Je m'appelle Patrick Rigg, dit-il.

Rally jeta un coup d'œil à la piste de danse. Sabrina et l'homme aux cheveux roses étaient encore ensemble. Kim et son médecin avaient disparu.

– Je m'appelle Rally McWilliams. Je suis journaliste.

Elle tapota le verre de Patrick.

– Qu'est-ce que vous faites avec tout ce sucre ?

Il haussa les épaules.

– C'est ce que j'aime.

Rally sentit comme une vibration sous sa peau, une alarme. Examinant les rouflaquettes de Patrick de plus près, elle conclut qu'elles étaient d'une longueur inoffensive.

– Et le bon vieux bourbon sec ? taquina-t-elle. Vous savez, simple, classique.

Patrick se suça l'articulation du pouce comme s'il venait de se cogner et de le meurtrir.

– C'est ça que j'aime, dit-il en levant son verre.

À la fin de la soirée, Rally donna son numéro de téléphone à Patrick. De retour au loft, elle parla de lui à Kim.

– Il travaille à Wall Street, j'ai l'impression qu'il a un flingue. Il y avait un drôle de renflement sous sa chemise.

– Dieu bénisse les drôles de renflements, dit Kim, et Rally rougit.

Patrick ne se manifesta pas de toute la semaine. Quand il appela, ce fut un vendredi de la mi-septembre, un peu après quatre heures de l'après-midi.

– Retrouvez-moi chez Saks à cinq heures, dit-il à Rally. Prenez un taxi pour ne pas être en retard. Mettez votre salopette, un T-shirt blanc uni et un soutien-gorge sans bretelles. Faites-vous une natte et ne mettez pas de veste.

– Qui vous a nommé commandant ? demanda Rally.

Patrick raccrocha. Rally considéra le téléphone, abasourdie.

Le salaud, pour qui il se prend, songea-t-elle.

Mais la soirée était tiède et l'automne mettait une teinte orangée dans les nuages. Rally s'habilla donc comme Patrick l'avait demandé, à l'exception du T-shirt qu'elle choisit imprimé d'un gros Titi souriant.

Quand le taxi se rangea devant Saks, Patrick attendait au bord du trottoir. Il portait un complet noir et ses yeux, à la lumière du jour, étaient plus verts encore que Rally ne l'avait espéré. Quand elle descendit du taxi, Patrick paya le chauffeur.

– Vous êtes à l'heure, dit-il. Montrant le T-shirt il ajouta : Mais j'avais dit uni.

Rally mit les mains sur les hanches.

– Je n'avais que Titi, mentit-elle.

Patrick emmena Rally au rayon vêtements pour dames. Il lui fit essayer des robes longues en soie dont aucune ne coûtait moins de mille dollars.

C'est dingue, songea Rally. Il ne me connaît même pas.

Mais elle aimait bien la façon dont la vendeuse lui tendait les robes.

– Celle-ci, dit Patrick quand Rally sortit du salon d'essayage dans un long fuseau noir de Narciso Rodriguez avec des bretelles minces comme des spaghettis.

Rally se considéra dans le miroir. Elle se sentait bien dans cette robe longue, lisse et soyeuse.

– C'est trois mille cinq cents dollars, dit-elle.

– C'est parfait, dit Patrick en se tournant vers la vendeuse. Madame la garde sur elle.

Et la vendeuse approuva de la tête.

Rally faisait des yeux ronds. Elle s'approcha de Patrick, lui toucha la manche.

– Vous ne me connaissez même pas, chuchota-t-elle.

– Laissez la salopette et le reste dans le salon, ordonna-t-il. Ils jetteront tout ça.

Rally prit une inspiration. Pour la première fois elle pressentit que Patrick la faisait pénétrer dans un pays nouveau, un royaume où l'on pouvait acheter et jeter sans difficulté les objets, et même les êtres humains, probablement. Elle éprouva un tressaillement dans le bas-ventre.

– Il me faut des chaussures, dit-elle fermement.

Patrick acheta pour Rally une paire d'escarpins à talons hauts aussi noirs, aussi sobres et aussi gratifiants que sa robe. Il paya pour la faire maquiller dans le stand des produits de beauté Glorybrook, qui était tenu, Rally crut s'en rendre compte, par des sorcières bien vêtues et bien payées. Ces femmes lui ombrèrent délicatement les paupières, lui peignirent les lèvres rouge sang et la vaporisèrent d'un parfum nommé *Coïncidences.* Rally supporta tout cela en silence, comme une enfant à qui l'on donne son bain. Elle garda les yeux sur Patrick qui, posté à l'extrémité du comptoir Glorybrook, ne cessait de la regarder. Elle vit que son regard était celui d'un propriétaire et exprimait une détermination avide.

Il va me dévorer, pensa-t-elle.

Les sorcières continuèrent de la gratter et de la frotter. Quand elles eurent fini, Patrick les gratifia chacune de cent dollars, ce qui ne fit qu'augmenter l'excitation de Rally.

Il va me dévorer, pensa-t-elle, et je vais me laisser faire.

Ils dînèrent ce soir-là au Duranigan's dans la salle du premier étage dont Rally avait entendu dire que c'était le rendez-vous très sélect de la mafia et des beautiful people. Ils mangèrent des cailles et une salade de roquette au basilic et Patrick commanda pour Rally du champagne avec un nom de moine. Patrick lui-même but ce qu'il buvait toujours, un old-fashioned confectionné avec du bourbon Old Grand-dad et du sucre. Rally remarqua de nouveau le discret renflement près du cœur de Patrick. Du coup, elle lui posa des questions.

– Parlez-moi de votre travail, dit-elle.

– Non, dit Patrick.

– De votre famille, alors.

La bouche pleine de caille, Patrick se contenta de regarder Rally comme si elle était folle. Elle fronça les sourcils.

– Et l'université ? Vous êtes bien allé à l'université, non ?

– Arrêtez, dit Patrick.

Rally déglutit avec peine. Elle croisa et décroisa les jambes sous la table.

– Arrêtez de poser des questions sur des conneries, dit Patrick.

Elle parcourut la salle des yeux. Elle vit plusieurs Italiens à la carrure impressionnante qui mangeaient des pâtes autour d'une table d'angle mais ils n'avaient pas de renflement sous leur veston.

– Bon, dit Rally en reportant les yeux sur Patrick et en clignant de ses cils noircis de mascara. Il faut bien qu'on parle de quelque chose, non ?

Patrick retroussa les lèvres. Son complet lui allait à la perfection, il avait les épaules larges et semblait absolument décidé à ne rien révéler sur lui-même.

– Dites quelque chose de crucial, alors, dit-elle.

Patrick but une gorgée de bourbon. Ses yeux examinaient le plafond.

– Un jour, dit-il, quand j'avais cinq ans, j'ai planté une brochette dans la main de mon frère Francis.

– Exprès ? se récria Rally.

– On jouait à l'acupuncteur. C'est Francis qui m'avait dit de le faire. C'était lui l'aîné. Il disait que ça le guérirait.

Rally médita quelques instants cette réponse.

– Vous lui avez traversé la main ?

– De part en part. On voyait la brochette des deux côtés. Comme dans les westerns, quand un cow-boy a la jambe traversée d'une flèche.

– Eh ben, murmura-t-elle.

Elle ne pouvait plus avaler une bouchée. Un serveur vint prendre son assiette.

– Ça saignait beaucoup ? demanda-t-elle.

– Non, vraiment pas, dit Patrick.

Mais qui c'est ce mec ? songea Rally.

Après dîner, ils allèrent chez Patrick. Il habitait dans l'Upper West Side, un grand immeuble de pierres brunes qui s'appelait le Preemption. Le Preemption possédait un vieil ascenseur sublime, aux portes d'acajou, mais Patrick n'embrassa pas Rally dans l'ascenseur comme elle s'y était attendue. Il la fit entrer chez lui et lui donna un verre d'eau.

– Vous avez un colocataire ? demanda-t-elle.

– Oui, dit Patrick. Il travaille avec moi, il s'appelle James Branch. Venez voir ma chambre.

Le mobilier de la chambre comportait un très grand lit et un miroir en pied ovale avec un cadre en bois sculpté. Il représentait les rameaux d'une plante grimpante hérissée d'épines. Patrick saisit Rally par les épaules et la tourna vers le miroir.

– Ne bougez plus, dit-il. Croisez les bras derrière le dos.

Elle ne bougea plus. Elle attendit des baisers.

– Regardez-vous dans le miroir. Croisez les poignets au creux des reins.

Elle avait le trac mais elle le fit. La pièce n'était pas éclairée mais la clarté de la lune suffisait à lui révéler les courbes de sa silhouette, le trait rouge de ses lèvres.

Patrick se tenait derrière elle, la dominant d'une tête, et il lui passa les mains autour des épaules, les rejoignant devant sa gorge. Dans l'une, Rally fut surprise de voir qu'il tenait un petit canif ouvert. Elle se figea.

– Eh là.

– Ne bougez pas, dit Patrick.

Très soigneusement, il saisit le haut de la robe juste en dessous du cou et ménagea une entaille dans la soie.

Rally sentit son cœur s'arrêter.

– Patrick, protesta-t-elle, cette robe vous a coûté un prix fou.

– Taisez-vous et regardez.

Il referma le canif, le remit dans sa poche. Il saisit le haut de la robe de part et d'autre de l'entaille. Rally sentit la pression des coudes de Patrick contre ses épaules. Puis ses mains déchirèrent la robe en deux sur toute sa longueur. La soie s'écarta comme des rideaux.

– Patrick, chuchota Rally.

Elle se laissa aller en arrière contre lui mais il la redressa.

– Regardez, dit-il.

Elle fronça les sourcils mais regarda tandis que Patrick drapait les lambeaux de la robe autour de son cou, lui en faisant une écharpe qui retombait, lui couvrant les seins. Elle ne portait plus désormais qu'un soutien-gorge et un slip blancs, des escarpins noirs et une écharpe hors de prix.

– Patrick, fit-elle en lui agrippant la cuisse. Patrick, embrassez-moi.

Il ôta la main de Rally de sa cuisse. Il lui maintint fermement les poignets croisés derrière elle. Il était fort, et tout habillé.

– Maintenant regardez-vous, lui enjoignit-il.

La peau de Rally se hérissa en chair de poule. Elle avait envie d'être couchée sous Patrick, dans son lit.

– Écoutez, on ne pourrait pas...

– Taisez-vous et regardez.

Sa voix exprimait la dernière résolution.

À contrecœur, elle considéra le miroir. Elle voyait sa pâle silhouette aux courbes rebondies, harnachée de blanc et de noir. Elle voyait l'arc de ses jambes, ses genoux qui ne se touchaient jamais, aussi étroitement qu'elle joignît les talons. Au lycée, sa prof d'éducation physique lui disait que ses jambes arquées lui donnaient un bon équilibre pour le sprint mais elle n'était pas là pour le sprint, ce soir. Patrick lui maintenait toujours les poignets et elle s'emplit soudain de haine contre lui, de colère parce qu'il refusait de l'embrasser, de lui lâcher les mains pour lui permettre d'arracher la soie noire de son cou.

– Qu'est-ce que vous voulez ? demanda-t-elle.

Il fit claquer sa langue.

– Regardez-vous. Je veux que vous voyiez ce que je vois.

Elle tenta de se retourner.

– Vous allez me faire mal ?

Il lui saisit le menton d'une main, la contraignant à faire face au miroir.

– C'est ainsi que je vous vois, dit-il. Regardez.

Elle songea qu'elle pourrait se libérer une main d'une secousse mais n'essaya pas. Elle ne se libéra pas d'une secousse, ne saisit pas l'écharpe, ne se l'arracha pas du cou. Elle avait envie de savoir s'il y aurait des baisers et des étreintes. Elle aurait bien voulu savoir aussi ce qu'elle allait se mettre pour rentrer chez elle, maintenant que sa salopette était devenue la propriété de Saks Cinquième Avenue et que sa robe neuve était en lambeaux autour de son cou. Pourtant, tandis qu'elle contemplait le miroir – qu'elle s'y voyait demi-nue immobilisée par une ombre –, sa respiration s'accélérait.

– Est-ce que... vous avez envie de me faire mal ? murmura-t-elle.

– J'ai envie que vous vous regardiez, dit Patrick, jusqu'à ce que vous voyiez ce que je vois.

Elle regarda le miroir. Elle était manifestement tombée sur un pervers, ou un prophète. Elle examina la courbe de ses hanches, qu'elle jugea impressionnante, étant donné qu'elle courait trois fois par semaine. Elle trouva aussi que ses biceps étaient convenablement musclés. Si elle se dégageait pour balancer un coup de poing dans la figure de Patrick, elle y laisserait une marque respectable avant qu'il l'étrangle. Elle gloussa.

– Ne riez pas, dit-il en resserrant son étreinte autour de ses poignets. Contentez-vous de regarder.

– Très bien.

Il émit un petit bruit de satisfaction. Il contemplait le miroir. Rally respirait profondément.

– Très bien, promit-elle, je ne rirai pas.

Le lendemain matin, Rally resta assise dans son loft, en proie à une espèce de stupeur, incapable de se concentrer sur ce qu'elle voulait écrire. Patrick l'avait tenue à moitié nue pendant une heure avant de l'habiller d'un T-shirt et d'un pantalon de jogging à lui pour la renvoyer chez elle en taxi sans même lui avoir posé un bisou sur la joue. La soirée qui avait si bien commencé avait pris un tournant zarbi avant de s'arrêter net.

– À quoi ça rime, merde ? dit-elle à haute voix.

Elle le répéta plusieurs fois.

Elle considéra l'écran de son ordinateur qui affichait une ébauche de son itinéraire de novembre en France pour *Five Kingdoms*. Elle n'avait pas l'intention d'écrire un papier sur le beaujolais nouveau, sur le vin en lui-même, mais plutôt sur le folklore qui entourait sa mise en vente annuelle, la façon dont il était acclamé et bu si vite, l'espace d'une courte semaine de novembre, puis oublié. Mais, ce matin-là, Rally n'arrivait pas à se concentrer sur le vin. Elle pensait à l'intérêt que Patrick lui avait manifesté à hauteur de quatre mille dollars sans que la nuit se conclût par le moindre rapprochement sexuel.

– À quoi ça rime, merde ? dit Rally.

Le téléphone sonna, c'était Sabrina.

– Alors ? fit Sabrina. Comment il est ?

Rally se demanda quoi dire. D'ordinaire, elle s'ouvrait des détails cochons à Kim et Sabrina. Mais cette fois, alors même qu'elle mourait d'envie de tout raconter – en particulier le prix de la Narciso Rodriguez –, quelque chose lui dit de n'en rien faire.

– Il ne m'a pas embrassée, dit Rally.

– Ah, dit Sabrina. Et alors ? Comment ça s'annonce, le papier sur le pinard ? T'as tes réservations ? T'es gonflée à bloc ?

– On s'est pas embrassés, dit rêveusement Rally.

Rally vit Patrick sept vendredis consécutifs. Il ne l'appelait jamais pendant la semaine. Il téléphonait chaque vendredi, la retrouvait devant Saks, dépensait des milliers de dollars pour elle, l'emmenait dîner, la ramenait chez lui dans sa chambre, découpait sa robe et la tenait immobile. Rally découvrit qu'il observait un certain nombre de règles tacites dans l'accomplissement de ce rituel et s'attendait à ce qu'elle les observe aussi. Les robes étaient toujours en soie, toutes simples, créations de Badgly Mischka ou Pamela Dennis, toujours de couleur unie – noires, bleu nuit, bordeaux –, toujours longues et descendant chastement jusqu'aux chevilles avant d'être fendues en deux et drapées autour de son cou dans le clair de lune. À chaque fois Patrick croisait les poignets de Rally dans son dos et la maintenait sur place pendant une heure. Il ne l'embrassait jamais, ne la caressait jamais, n'essayait jamais de lui ôter ses sous-vêtements, ne lui parlait jamais grossièrement et, quand l'heure était écoulée, la renvoyait chez elle vêtue d'un T-shirt et d'un pantalon de jogging à lui.

L'attitude de Patrick emplissait Rally de frustration et l'intriguait. Lors de leur troisième rencontre, elle le mit à l'épreuve. En enfilant sa robe dans le salon d'essayage, elle garda son soutien-gorge mais ôta son slip. Et cette nuit-là, quand il déchira la robe en deux, Patrick poussa un grognement et recula d'un pas en laissant tomber l'étoffe. Rally pivota sur elle-même et le rejoignit, tout près, essaya de l'embrasser, de guider sa main vers son aine.

– Allez, quoi, murmura-t-elle.

Il la foudroya du regard et la repoussa. Elle le rejoignit de nouveau.

– Touchez-moi, chuchota-t-elle. Prenez-moi.

– Non, trancha Patrick.

Il croisa les bras.

Rally se dressait de toute la hauteur de ses talons hauts, mauvaise.

– Mais alors à quoi ça rime, tout ça ?

Patrick la regarda fixement.

– À ce que vous fassiez ce que je dis. À ce que vous voyiez ce que je vois.

– Sans blague ? demanda Rally en croisant les bras elle aussi. Et si vous faisiez ce que je dis ?

– Si c'est ce que vous voulez, allez-vous-en.

Elle sentit monter la gêne, ou les larmes.

– Je comprends pas, dit-elle. Puis, adoucissant la voix : On ne va donc jamais… s'embrasser ? Faire l'amour ? Enfin, je veux dire… vous n'en avez pas envie ?

– Pour l'instant, j'ai envie que vous partiez, dit-il.

Rally était bouche bée.

– Écoutez, Patrick, ce n'est pas normal.

Une lueur dure passa dans les yeux de Patrick.

– J'ai dit, allez-vous-en.

Elle s'en fut donc, s'attendant à ne plus jamais entendre parler de lui.

– Il embrasse bien ? demanda Kim.

Elles étaient chez elles, sur le canapé. Rally mentit.

– Il est merveilleux.

Patrick n'avait encore jamais pressé ses lèvres contre les siennes.

Kim considéra la longue natte que Rally portait désormais en permanence. Elle trouvait que c'était vraiment dommage. Elle trouvait que la chevelure de Rally offrait des tas de possibilités.

– Tu l'as vu trois fois, dit Kim, et chaque fois, quand tu rentres, tu portes des fringues à lui. Vous baisez ?

Baiser, songea Rally. Baiser.

Elle mentit de nouveau.

– Oui.

Kim observa sa copine. Elle attendait des détails, aucun ne vint.

– Au fait, dit-elle, tu parles plus jamais de la France. Tu pars toujours ?

Rally se caressa les avant-bras. Ils lui avaient paru minces dans le miroir de Patrick, la veille, comme des bras de ballerine. Cela lui avait plu.

– Rall ?

– Hmm ? Quoi ?

– La France. Tu pars toujours ?

– Mais oui, dit-elle. Bien sûr.

À sa plus grande joie, Patrick l'appela le vendredi suivant comme s'il n'y avait pas eu le moindre conflit entre eux. Il la convoqua devant Saks et elle y alla. Elle ne pouvait s'expliquer pourquoi mais elle y alla et ne tenta rien ce soir-là, debout devant le miroir, l'abdomen dénudé, les genoux froids. La robe déchirée autour de son cou était bleu pâle.

– Vous voulez que je danse pour vous ? murmura-t-elle.

– Je veux que vous vous regardiez.

Elle regarda son corps.

De l'autre côté de la fenêtre, les lumières rouges des voitures de police clignotaient. Une voiture de pompiers passa dans un hurlement.

– Vous voulez que je parle ?

Patrick lui serra les poignets.

– Vous savez ce que je veux.

Au début de la cinquième semaine, Rally se mit à attendre le vendredi soir. Elle comprenait bien qu'elle n'aurait pu dire que Patrick était son amant, mais elle se sentait unique, comme si elle avait posé devant lui pour elle ne savait quelle perfection intime que seul pouvait accomplir le mélange de son corps avec les couleurs dont Patrick la drapait. Qu'il fût ainsi obsédé d'elle avait quelque chose de flatteur et de somptueux. Debout dans l'obscurité, à demi nue en talons hauts, tenue par lui, sans dire un mot, elle regardait sa forme dans le miroir, cherchant à voir ce qu'il voyait. Elle songeait aux petits dollars électroniques qui passaient du compte en banque de Patrick à ceux de Saks et du Duranigan's.

– Pourquoi moi ? lui demanda-t-elle un soir.

Mais il lui posa un doigt sur les lèvres.

Lors de leur sixième vendredi, Rally expérimenta quelques clichés. Elle rentra le ventre, mit les seins en avant, fit la moue, prit une expression effrayée mais attentive. Mais il ne la viola pas et elle changea de tactique. Elle sortit le ventre et laissa ses traits s'affaisser. Comme il ne réagissait toujours pas, elle l'ignora pour se concentrer sur le miroir. Elle en examina le cadre en bois, les épines qui entouraient le verre, puis elle se reporta sur son image : le mouvement de ses côtes quand elle respirait, ses seins qui pointaient, la bride qui maintenait ses escarpins à talons hauts autour de ses chevilles. Elle adorait que sa chair soit ainsi exposée en presque totalité à l'exception d'une petite partie qui restait prisonnière. Elle songea au mouvement de sa natte, cette échine de chevelure soigneusement tressée.

Elle sourit. Je m'y entends, se dit-elle.

Le lendemain matin, elle alla seule au musée des Cloisters. Elle était à deux semaines de son départ en France et faisait toujours une visite aux Cloisters avant d'entreprendre ses expéditions afin d'aiguiser ses talents d'observation des gens. Elle considérait que l'observation des gens était un de ses devoirs de journaliste spécialisée dans le voyage et les Cloisters l'endroit idéal pour s'entraîner. C'était en partie un musée, en partie une église et en partie un château sur l'Hudson et, quand les gens examinaient les tableaux, se promenaient sur les remparts ou se tenaient seulement par la main, Rally les trouvait plus détendus, moins sur le qui-vive que dans le reste de New York. Elle pouvait observer de près le comportement des inconnus, en quête du merveilleux – merveilleux à embrasser – sur leur visage et dans leurs manières. De plus, les Cloisters étaient un endroit tranquille et silencieux et Rally avait besoin de temps pour penser à Patrick Rigg, décider s'il était ou non merveilleux et, peut-être, son âme sœur. Il dégageait un charme dangereux, s'habillait comme un prince et savait rire. L'effarant, c'était qu'à chaque fois qu'elle se mettait à penser à Patrick, désormais, la pensée de Rally la ramenait aussitôt à elle-même, à son corps dans le miroir de Patrick. Elle n'y pouvait rien, c'était plus fort qu'elle. La nuit, quand elle rêvait, elle se voyait en nymphe dans les bois nocturnes, toute en seins et en jambes avec des yeux psychédéliques. Elle s'éveillait parfois au petit matin, quand il faisait encore noir, et se glissait jusqu'à la salle de bains du loft qu'elle partageait avec Kim où elle se mettait en slip. Patrick n'était pas là mais elle croisait pourtant les poignets derrière le dos, imaginant que Patrick les enserrait. Elle s'enroulait la ceinture de son peignoir autour du cou pour simuler une robe de soie déchirée et admirait son reflet jusqu'à sentir, à sa grande horreur et pour son plus grand délice, que son aine devenait humide. Elle devenait humide mais où étaient donc les mains de Patrick quand elle en avait tant besoin ?

– À quoi pensez-vous ? fit une voix d'homme.

Rally sursauta et cligna des yeux. Pivotant sur elle-même elle retrouva ses esprits. Elle était dans la salle des tapisseries et s'était apparemment perdue dans la contemplation de l'une d'entre elles. À côté d'elle se tenait un jeune homme mince aux yeux bleus un peu somnolents et aux dents régulières.

– Pardon ? dit-elle.

– Ce n'est rien, je me demandais, hum, ce que vous pensiez, répondit-il en indiquant de la tête la tapisserie. Vous aviez l'air tellement... captivée.

Rally rougit. Elle se concentra sur la tapisserie. On y voyait une licorne que chassaient des hommes et des chiens. Elle se tenait dans une clairière de verdure près d'une fontaine, deux lances fichées dans les côtes, du sang coulant sur son pelage. Les chiens et les hommes l'entouraient. Les chiens avaient la gueule ouverte et les hommes, armés d'autres lances, arboraient une expression lugubre et déterminée. La licorne était manifestement vouée à la mort ou à la capture et la souffrance de son regard n'avait rien de magique.

– C'est terrible, dit Rally.

Le jeune homme aux yeux un peu somnolents scrutait le visage de Rally. Il semblait doux et dubitatif.

– C'est vraiment ce que vous pensiez ? demanda-t-il.

Elle détourna les yeux.

Tu es un inconnu, songea-t-elle. C'est moi qui suis censée t'observer.

– J'aime bien, soupira le jeune homme en contemplant tristement la licorne. Je ne devrais sans doute pas, hein ? Je devrais trouver que c'est atroce. C'est ça ?

Rally fit soudain attention au jeune homme un peu terne, au manque qu'il y avait dans sa voix. Tendant la main, elle lui toucha l'épaule, à peine un effleurement.

– Non, dit-elle. Non, c'est pas ça.

Pour son septième vendredi avec Patrick, Rally portait un slip et un soutien-gorge très blancs. Sa robe était argentée. Elle la recouvrait depuis l'épaule comme une armure impalpable. On était au début novembre et il commençait à faire froid, aussi Patrick lui avait-il acheté une cape noire pour porter par-dessus la robe. Mais elle avait hâte d'arriver chez lui pour se débarrasser de l'une et de l'autre. Elle mangea son dîner avec impatience au Duranigan's et se rendit plusieurs fois aux toilettes pour admirer sa natte étroitement tressée.

À la table, bourbon en main, Patrick souriait d'un sourire de loup.

Rally se toucha la joue, éprouvant sa douceur. Le sourire de Patrick l'inquiétait.

– Quoi ? demanda-t-elle.

– Ça marche, dit Patrick.

– Qu'est-ce qui marche ?

– Vous le savez.

Il la regarda de la tête aux pieds et des pieds à la tête. Elle se rebiffa dédaigneusement.

– Quoi ? Vous croyez que je suis amoureuse de vous ?

Il secoua la tête.

– Au contraire, dit-il.

Cette nuit-là, quand il eut fendu sa robe pour en faire une écharpe autour de son cou, elle lui dit de la serrer plus étroitement sur sa gorge.

– Et qu'elle retombe droit entre mes seins, chuchota-t-elle, comme une cravate.

Patrick obéit.

Elle contemplait le miroir.

– J'aime bien que mes mollets soient si lisses, chuchota-t-elle.

Il lui serra les poignets. Il émit un bruit qui pouvait être un petit ricanement.

– Et j'aime bien le rouge à lèvres qu'elles m'ont mis ce soir.

Elle tourna la tête d'un côté à l'autre pour voir ses lèvres de profil dans le miroir. Tout à coup, le désir déferla sur elle tandis qu'elle contemplait ses lèvres. Elle le sentait au plus profond de son diaphragme, le voyait même dans son reflet. Sa respiration s'accéléra. Patrick sentit le changement.

– Quoi ?

Elle secoua la tête.

– Rien.

Patrick resserra son étreinte.

– Il faut me le dire.

Elle regarda ses joues se colorer.

– Ce n'est pas bien. C'est...

Il se rapprocha d'elle. Pour une fois, ses mains effleuraient le pantalon de Patrick, y sentaient une tension.

– J'ai envie de m'embrasser, chuchota-t-elle.

Patrick poussa un profond soupir. Comme s'il avait attendu très longtemps.

– J'ai envie de...

Elle était amoureuse du contour de son visage, de l'arc de ses hanches. Elle imaginait son corps dans une soufflerie, du genre de celles qu'on utilise pour tester l'aérodynamisme des voitures. Elle imaginait l'air qui se précipitait tout autour d'elle, l'enveloppait, définissant sa forme.

– J'ai envie de m'embrasser, dit-elle. Partout.

Il se plaqua contre elle. Elle sentit le torse de Patrick contre ses omoplates mais garda les yeux fixés sur elle-même. Son ventre palpitait.

– J'ai envie de...

Elle regardait fixement le miroir. Elle tenta de libérer ses mains pour s'approcher d'elle-même.

Patrick redoubla la pression qu'il exerçait sur ses poignets.

– Vous ne pouvez pas, dit-il simplement.

Elle se mordit la lèvre. Elle ferma les yeux mais alors elle ne voyait plus la nymphe. Elle les rouvrit, vit ce qu'elle désirait. C'était le corps d'une femme captive, vacillante, impossible. Elle se tendit vers lui.

– Si, je peux, gémit-elle. J'en ai envie.

Patrick ricana. Ses dents reluirent dans le miroir tandis que ses mains serraient toujours plus fort les poignets de Rally.

– Mais non, dit-il.

Rally se débattit. La tension montait dans ses yeux et dans son ventre. Elle pressa les cuisses l'une contre l'autre, grinça des dents, sentit qu'elle s'abandonnait à quelque chose d'inexprimable.

– Je peux, dit-elle dans un souffle. Et je vais le faire.

Patrick riait toujours. Les ongles de Rally s'enfonçaient maintenant dans ses mains, le griffaient. Elle voyait ses yeux écarquillés dans le miroir et les muscles de ses jambes étaient durs et tressautaient.

– S'il vous plaît, implora-t-elle. Oui. Oui.

– Non, ordonna Patrick.

Elle se débattait en geignant. Elle avait la sueur au front et sentit le plaisir monter dans ses cuisses.

– S'il vous plaît, implora-t-elle.

Il demeura ferme, lui dit encore non.

– S'il vous plaît, cria-t-elle.

Mais alors, à l'instant où elle reprenait haleine et où ses supplications se faisaient plus sonores, Patrick lui lâcha les poignets avec un petit rire. Elle trébucha vers l'avant, tomba sur les genoux, un de ses escarpins voltigea. Ses mains s'étalèrent sur le sol, arrêtant sa chute.

– Aïe.

Elle leva les yeux vers le miroir, se vit à quatre pattes, pantelante, sa tresse lui retombant par-dessus l'épaule, ses seins, enveloppés de blanc, pointant vers le sol. L'écharpe était toujours serrée autour de son cou. Elle pendait et s'enroulait par terre. Mais elle lui semblait épouvantable désormais, comme une laisse. Debout au-dessus d'elle, Patrick riait doucement, les mains sur les hanches.

– Aïe, répéta-t-elle.

Patrick n'esquissa pas un geste vers elle. Ses yeux brillaient d'un plaisir et d'un triomphe qu'elle n'y avait encore jamais vus.

– Je me suis fait mal aux genoux, dit-elle.

Patrick approuva de la tête.

– Ça ne m'étonne pas. Vous pouvez rentrer chez vous.

Elle se vida d'un coup de toute concupiscence.

– Quoi ? souffla-t-elle.

– Vous m'avez entendu, répliqua Patrick. Rentrez chez vous.

Elle resta à quatre pattes, se demandant si c'était ainsi qu'il la voulait. Des larmes de rage lui emplissaient les yeux.

– Qu'est-ce que vous faites ? murmura-t-elle.

– Je vais boire un coup, expliqua Patrick, dès que vous aurez décampé.

– Non, nasilla-t-elle. À moi, qu'est-ce que vous me faites à moi ?

– Rentrez chez vous, ordonna-t-il.

Elle se redressa et s'assit. Elle détourna les yeux du miroir.

– C'est à ça que vous pensez pendant la journée ? demanda-t-elle avec véhémence. À me faire ça ? À m'obliger à avoir envie... de ça ?

Patrick prit un pantalon de jogging et un T-shirt dans un tiroir, les laissa tomber par terre près de Rally.

– Pendant la journée, dit-il, je pense à l'argent.

Elle se releva. Elle arracha la soie de son cou. Elle s'habilla avec des gestes furieux, tremblants, l'esprit parcouru de pulsations rouges, un rouge qui aurait pu être celui du sang.

– Ça vous excite ? demanda-t-elle. De me renvoyer chez moi à minuit et puis de me rappeler le vendredi suivant pour remettre ça ?

– Je ne vous appellerai pas vendredi prochain, dit Patrick. Vous serez en France. Maintenant, allez-vous-en.

Le menton de Rally tremblait.

– Vous êtes complètement fou, dit-elle.

Aussitôt, il bondit vers elle. Il y avait de la rage dans ses yeux. D'une main, il martelait son veston, cognant sa poitrine au niveau du cœur.

– Vous avez la moindre idée de ce qui se passe ici ? vociféra-t-il.

Elle en eut le souffle coupé, recula. Des yeux, elle fixait le renflement du veston de Patrick, causé, croyait-elle encore, par une arme.

– Pardon, balbutia-t-elle.

– Vous savez qui je suis ? Vous en avez la moindre idée ?

Sa voix se brisait. Il avait les épaules voûtées comme celles d'un ours.

– Oui, oui. Enfin, non.

Rally sortit en courant de la chambre de Patrick, de son appartement, en sanglotant, *Non, non, non.*

– Coupe-les, ordonna Rally.

Kim était assise près d'elle sur le canapé. Sur la table basse, à côté d'elles, il y avait les ciseaux de Kim et d'autres armes de son arsenal du salon. Les cheveux de Rally étaient humides et elle avait une serviette autour des épaules.

Kim caressa les cheveux de Rally, qui retombaient jusqu'aux coussins du canapé et même les recouvraient un peu.

– Les hommes sont des brutes, dit doucement Kim en caressant la nuque de Rally, en lui frottant le dos. C'est pas la peine de faire ça.

Rally se raidit méchamment, regardant droit devant elle.

– Coupe-les. Amuse-toi avec comme tu veux, du moment qu'ils sont courts, mais coupe-les.

– Chhhhh.

Kim s'efforçait de prendre une voix apaisante. Elle tentait de sauver quelque chose de rare, quelque chose de beau.

– C'est pas parce qu'un connard aimait tes cheveux coiffés d'une certaine façon que tu dois...

– Coupe-les, hurla Rally d'une voix suraiguë.

Rally partit pour la France et le Beaujolais. Elle parcourut de charmantes vieilles ruelles, rendit visite à des maîtres vignerons, goûta ce qu'ils avaient à offrir, papillonna d'un vignoble à un autre. Elle s'assit sur des murets de pierres pour contempler des moutons. Elle flottait dans de solides blue-jean américains, de gros chandails vagues qui n'accentuaient pas sa silhouette. Ses cheveux étaient coupés court sur la nuque d'une manière qui ne demandait aucun soin, aucune attention. Elle passait chaque soirée dans le restaurant d'une auberge ou d'une autre, où elle mangeait des plats de bœuf ou de poulet mijotés dans des sauces simples. Tout en écrivant et buvant du beaujolais, Rally notait à la hâte quelques observations sur la région et son vin. Quand vint le moment d'écrire sur les gens, elle fit quelque chose qu'elle n'avait encore jamais fait. Ignorant la vérité de ce qu'elle voyait autour d'elle, elle transforma chacun de ceux qu'elle rencontrait en personnage de conte de fées. Elle décrivit des hommes courtois aux chicots brunis par le vin, des commères plantureuses et secourables, des enfants qui portaient des baguettes de pain et foulaient le raisin. Tout cela respirait la santé, l'agrément, la vieille Europe, jusqu'au soir où elle but beaucoup trop de vin dans un bar. Elle se retrouva dehors, en proie au vertige, sous les étoiles, le corps plaqué contre les pierres rugueuses d'un muret par un ardent jeune homme nommé Olivier. Il lui murmurait sans arrêt des trucs à l'oreille dans son français si érotique en caressant la ceinture de son blue-jean. L'erreur vint quand Olivier posa ses lèvres contre celles de Rally, lui glissa la langue dans la bouche et l'embrassa. L'espace d'un instant, Rally s'abandonna au tourbillon d'étoiles du ciel qui basculait et rendit son baiser à Olivier. Elle joignit sa bouche à celle d'un inconnu, s'efforçant à la légèreté heureuse, la légèreté du vin. Alors vint la répulsion. Rally prit soudain conscience non seulement de sa langue mais de son corps tout entier sous ses vêtements, et elle s'arracha à l'étreinte de l'homme, comme si elle venait de trahir un seigneur jaloux et omniscient.

Devoir

Je m'appelle Patrick Rigg et j'ai trente-trois ans. J'ai aussi des millions de dollars parce que, quand j'avais six ans, mon frère aîné, Francis, fut tué accidentellement par Guppy le Poisson Magique. Ma famille demeurait près de Chicago à l'époque et Francis et moi tannions toujours nos parents pour qu'ils nous emmènent à Guppington Estates, un parc à thème dans les faubourgs de la ville. Guppington Estates était parmi les premiers de ces bizarres parcs à thème qui allaient bientôt proliférer en Amérique. Guppy, le personnage central, était un imposant poisson orange qui portait smoking et monocle. Il s'exprimait dans un anglais impeccable et mâchonnait des pralines, mais il connaissait aussi le jiu-jitsu. Le programme de dessins animés de Guppy était diffusé dans l'après-midi à Chicago et peut-être partout ailleurs. Au début de chaque épisode, Guppy vaquait à ses propres affaires, parcourant les rayons d'une librairie à la recherche d'éditions rares des romans de Joseph Conrad. D'ordinaire, Guppy était accompagné de sa petite amie poisson hyper classe, Groupy. Groupy possédait à la fois une culture littéraire incroyable et une silhouette à tomber raide. Guppy et elle échangeaient des mots d'esprit en se tenant par la nageoire jusqu'à l'apparition des Grangousiers. Les Grangousiers étaient des loups-bars bâtis en athlètes, perpétuels fauteurs de troubles qui, pour des raisons qui m'échappaient un peu quand j'étais petit, suivaient Guppy pour le persécuter dans chaque épisode. On aurait dit qu'ils en voulaient à Guppy pour sa haute naissance et sa jolie petite amie, alors qu'ils n'étaient, quant à eux, que de pâles voyous dans le monde des poissons. Dites-vous bien que tout cela relevait du plus parfait non-sens. Quoi qu'il en soit, les Grangousiers harcelaient Guppy, le bousculaient et le traitaient de cave, mais leur grande erreur, qu'ils commettaient immanquablement dans chaque épisode, était de se mettre à insulter Groupy. Sitôt que cela se produisait, Guppy ôtait son monocle, le confiait à Groupy et disait calmement : « C'est plus que je n'en puis supporter. » Sur ce, avec une précision mortelle, Guppy réduisait les Grangousiers en bouillabaisse. Il usait d'élégantes mais fracassantes prises de jiu-jitsu et, quand il avait terminé, les carcasses de poissons crevés s'entassaient par terre à côté de lui.

Francis et moi vouions un véritable culte à Guppy. Francis, qui était de trois ans mon aîné, s'asseyait avec moi pour regarder Guppy à la télé tous les après-midi et, après l'émission, nous rejouions le carnage auquel nous venions d'assister. Francis était toujours Guppy en vertu de son droit d'aînesse et j'étais un Grangousier. Cela consistait en gros, pour mon frère et moi, à nous taper dessus jusqu'à ce que l'un de nous deux se mette à pisser le sang ou à pleurer ou, tout simplement, qu'arrive l'heure du dîner, mais je prenais toujours très mal ma condamnation au rôle de Grangousier. Les coups que je décochais étaient donc bien réels, indignés et maladroits, et coûtèrent à Francis une dent et deux coquards au long des années qui précédèrent notre ultime visite à Guppington Estates.

Ce n'était pas un parc à thème pour le menu fretin. Parmi les attractions, on trouvait le Hard Rock Loup-Bar Café et la librairie du Poisson-Lune, ainsi que tous les autres lieux dont un génie du marketing avait réussi à me convaincre qu'ils forment le cadre de vie le plus naturel d'un poisson. J'aurais dû poser un million de questions à mes parents – pourquoi Guppy ne vivait-il pas dans l'eau, pourquoi adorait-il les pralines – mais je ne me rappelle pas l'avoir fait. Tout ce que je me rappelle, ce sont les rues pimpantes de Guppington Estates et, tout particulièrement, la demeure de Guppy. C'était l'endroit le plus chouette du parc. Sous des lustres étincelants, on y trouvait une buvette où l'on pouvait acheter des pralines et du champagne pour rire. Dans le jardin qui s'ouvrait derrière la demeure se dressait un gigantesque bocal de plexiglas, la piscine de Guppy. Le bocal pouvait bien mesurer dix mètres de haut sur autant de large et était empli d'une mousse bleue qui simulait l'eau. Ça se passait comme ça : les parents achetaient un billet et on recevait un casque de Grangousier en forme de tête de poisson. On montait alors un escalier qui menait au bord du bocal et l'on faisait la queue sur une plate-forme. Devant cette file d'attente se tenait un mec affublé d'un costume de Guppy de deux mètres cinquante. Quand on arrivait à sa hauteur, on pouvait lui balancer un ou deux coups de poing auxquels il réagissait par quelques grognements et gémissements de fantaisie afin que les parents en aient pour leur argent. Ensuite, Guppy vociférait : « C'est plus que je n'en puis supporter ! » et, d'un bon coup de nageoire sur le derrière, il vous expédiait par-dessus le rebord du bocal dans la mousse bleue. On pouvait faire le clown dans la mousse pendant quelques instants avec d'autres enfants puis un préposé vous repêchait.

Cela peut paraître dangereux et ce l'était effectivement. La plate-forme était à plus de dix mètres du sol, entourée d'une barrière assez fragile. Sans compter qu'il est miraculeux qu'aucun enfant n'ait jamais étouffé dans cette mousse. On se rappellera toutefois que cela se passait au début des années 1970 et que ni les parents ni les enfants ne se posaient trop de questions sur la sécurité. Il fallait avoir huit ans et plus pour plonger dans le bocal, le port du casque était obligatoire, mais voilà tout. Je suis certain que le règlement des parcs à thème est beaucoup plus strict aujourd'hui, mais à l'époque on jugeait parfaitement admissible qu'un enfant grimpe à une hauteur vertigineuse pour se poster au bord du bocal de Guppy. Admissible, en tout cas, jusqu'au jour où Guppy projeta mon frère Francis un peu trop fort et que, rebondissant sur le bord extérieur du bocal, il fasse une chute de dix mètres pour s'écraser la tête la première sur le sol devant mes parents et moi. J'étais en train de bouder au pied du bocal, furieux d'être trop jeune pour avoir droit au coup de nageoire de Guppy. Francis atterrit à un mètre de moi. Il portait son casque de Grangousier mais j'ai entendu craquer sa nuque. Cela fit exactement le bruit que ça fait dans les films, rapide, net et définitif, ce bruit de brindille qu'on casse en deux. J'ai su qu'il était mort aussitôt que j'entendis ce bruit et que je vis l'angle bizarre que formait son cou avec son torse. Je l'ai su avant que ma mère se mette à hurler, avant que mon père se précipite sur son fils, pantin désarticulé à tête de poisson. J'ai su que mon frère était mort et, au même instant, j'ai su autre chose. Autre chose qu'une vie entière de cauchemars et de psychothérapie à la con, que les millions de dollars que la défunte Guppington Estates Corporation me versa en dédommagement du préjudice moral n'ont jamais pu effacer ou rectifier. La mort de mon frère était absurde. C'était un accident, oui, l'accumulation dans le temps de malheureuses fractions de seconde imprévues mais, quand tout fut dit et fait, mon frère gisait mort, coiffé d'un casque de poisson, la tête tordue d'une manière idiote, absolument pas normale pour une tête, et c'était absurde.

Plus tard, en voyant Francis dans son cercueil, j'ai pleuré parce que je comprenais que plus jamais il ne me donnerait de coups de poing. Aujourd'hui je vis à Manhattan et je négocie des millions de dollars de titres tous les jours et jamais Francis ne connaîtra cette ville – la splendeur de son argent et l'odeur de ses femmes. Si votre premier mouvement est de dire, *Quelle tragédie*, mon premier mouvement est de vous enfoncer un flingue dans la gorge et d'appuyer sur la détente. Vous n'y étiez pas. Vous n'avez pas vu la nuque tordue de Francis ni son casque de poisson à la con. Votre mère n'est pas morte de dépression à cause de cette nuque tordue et de ce casque. Votre père n'est probablement pas retourné s'enterrer dans son bled natal des Adirondacks et vous ne lui envoyez probablement pas un chèque tous les mois pour l'entretenir dans son hébétude d'imbécile heureux. La mort de mon frère n'était pas tragique, elle était ridicule. C'était une absurdité pure et simple, la mort de Francis, elle s'est refermée autour de moi, ma vie y est emprisonnée à tout jamais, comme dans une camisole de force fermée de boucles clinquantes.

Voilà donc comment je me réveille tous les jours, avec cette camisole de force – l'absurdité de la mort de Francis et l'absurdité d'à peu près tout le reste – qui me colle à la peau. Je me brosse les dents, je bouffe des céréales, je gagne de l'argent, je bois du bourbon et je sais rire. Mais rien de tout cela ne desserre jamais la camisole. Il n'existe que trois choses capables d'accomplir cet exploit, trois choses que je prends au sérieux, trois choses qui me permettent de me détendre un peu. Je ne manque jamais de faire ces trois choses. Les voici : je me promène avec un flingue tous les jours, j'écoute un curé tous les soirs et, presque toutes les nuits, j'attache des jolies femmes dans ma chambre.

Le flingue est facile à expliquer. C'est un SIG noir pour lequel j'ai un permis et que je porte dans la poche intérieure gauche de mon veston. Mes costards sont coûteux, toujours noirs ou anthracite, et je suis assez beau pour que les gens me remarquent à tous les coups. Ils remarquent le renflement de ma veste, la bosse au-dessus du cœur. Ils comprennent que c'est un flingue et ils m'observent pleins de crainte et d'intérêt en se demandant si je vais sortir mon flingue et tirer. Cela ne m'excite pas que des inconnus aient peur de moi ou de savoir que mes collègues de travail s'inquiètent parce que je suis enfouraillé. Ce qui m'excite, c'est que je ne suis pas ce que ces gens croient que je suis. Ils croient que je représente un danger prévisible – je le vois à leurs poignées de main, à l'empressement avec lequel ils acceptent quand j'insiste pour régler l'addition. Ils me prennent pour un personnage bien habillé, puissant, un homme qui obéit à un certain code. Je suis cordial et j'ai des principes, croient-ils. Ils croient que je suis comme Guppy, ou une espèce de mafioso, que je ne recours à la violence que si mon honneur ou l'honneur de quelqu'un que je chéris est en jeu. Ils supputent que mon arme est l'instrument avec lequel je rends la justice.

Heureusement pour moi, c'est des conneries. Ce qui me permet de continuer à respirer bon an mal an, c'est de savoir que je ne suis esclave d'aucun principe quel qu'il soit. Je peux dégainer mon SIG quand il me plaira pour effacer les quatorze vies les plus proches de moi et il restera encore une balle pour moi. Je peux tuer l'Ukrainienne qui est assise à côté de moi dans le métro qui nous emporte vers le nord de la ville, ou Harrison Phelps, le grand timide qui travaille au département Titres et Obligations de ma société. Je pourrais acheter une douzaine de roses pour personne et loger une balle dans le cœur de la fleuriste qui m'aurait vendu les roses. Avec mon SIG, je peux plonger d'une seconde à l'autre dans l'abîme absurde qui a englouti mon frère et, si vous êtes trop près de moi quand je plongerai, je risque de vous y entraîner avec moi.

Ce à quoi vous répondrez sans nul doute que je suis un vrai taré. Bon, et alors ? Si vous êtes de ces gens qui estiment avoir droit à un récit net et sans bavures, comme s'il était de mon devoir d'éclairer ou de clarifier, allez vous faire foutre. Comment auriez-vous la moindre idée de ce que je suis, de ce qui m'étouffe, de ce que je peux ou ne peux pas supporter ? Peut-être que si votre meilleur ami se fait rompre le cou par un homme affublé d'un costume de Guppy géant, nous pourrons parler. Faute de quoi, je vous prie humblement de fermer votre gueule. J'essaie de parler de mon flingue, de parler du curé, et des femmes dont je tiens les poignets derrière leur dos. J'essaie de parler de choses qui sont peut-être absurdes mais qui peuvent aussi raser l'absurdité, l'anéantir, ne serait-ce qu'un instant.

Alors, le curé. C'est le père Thomas Merchant. C'est le curé de l'église St. Benedict qui se dresse en plein milieu de Wall Street. En voilà une bonne grosse surprise : je suis catholique. Cela signifie que je sais qu'il y a un Dieu et que j'ai grandi en écoutant des guitaristes vraiment exécrables tous les dimanches. Mais entendons-nous bien. Savoir qu'il y a un Dieu ne change rien à la mort de mon frère et cela n'empêche pas le monde d'être plein de douleur. Oui, Jésus est descendu parmi nous et oui, vous pouvez très bien vous faire écrabouiller dans la rue cet après-midi par le fourgon d'une entreprise de location de couches-culottes ou de livraison de Cherry Coke. Alors je ne perds pas mon temps à implorer Dieu de me faire gagner au

Loto ou d'empêcher les enfants de souffrir ou de jouer les pompiers volants en faveur de la vie sur terre. Dieu a déjà fait la preuve qu'il ne le ferait pas. En conséquence, je me sens parfaitement libre de dire le mot foutre chaque fois que j'en ai envie, de gagner et de dépenser des sommes obscènes tous les jours. Je porte des costards Armani, je lis les listes de cotations en Bourse aussi facilement que les médecins lisent un électrocardiogramme et j'attends que ce fourgon de couches-culottes m'écrase dans la rue.

Voici ce que le père Merchant fait dans le tableau. Tous les soirs, en sortant du travail, je vais à St. Benedict quand le père Merchant dit la messe de cinq heures. J'y entre à temps pour l'Évangile et le sermon. Je ne m'assieds jamais. Je préfère rester debout au fond, dans l'obscurité, derrière les cierges, et je pars après le sermon. Je ne m'approche jamais de la Sainte Table, non seulement parce que je suis armé mais encore parce que j'aime mon flingue et que j'en ai besoin d'une façon que Dieu n'a pas agréée. Je ne vais jamais à confesse non plus à cause de ce que Guppy a fait à Francis. Je ne pourrai jamais me livrer à la contemplation objective de mes propres péchés tant que des hommes costumés en poisson rompront le cou des petits garçons.

Mais j'aime écouter le père Merchant. Il n'est pas comme ces mollassons modernes qui prêchent à la guimauve et pardonnent les coups de canif dans le contrat. Il a une chevelure brune clairsemée et broussailleuse et de fortes dents brunes comme s'il avait brouté du sable dans le désert. « Les Commandements d'abord, dit le père Merchant, les Béatitudes après. »

Ce que le père Merchant entend par là, c'est que ça ne vaut rien de s'en faire pour la paix, la gentillesse et la miséricorde si l'on déteste ses parents ou si l'on baise en dehors du mariage ou si l'on est incapable de dire la vérité. Évidemment, les prêches du père Merchant ne sont pas très populaires. Il a de la brioche et c'est probablement le tabac qui lui a bruni les dents. La plupart du temps, je suis le seul fidèle en dessous de quarante ans à St. Benedict et la poignée de vieilles qui occupent les bancs ne sont pas du genre à inspirer les jeunes ou à réjouir les faibles. Autrement dit, il n'y a pas de fanfreluches à St. Benedict, pas de gentils groupes de jeunes, pas de flûtistes, pas d'épiphanies. Le père Merchant représente un Dieu qui veut être obéi plutôt qu'embrassé et il se trouve que c'est le Dieu que je comprends, un Dieu qui est vérité – même si cette vérité est absurde – plutôt que consolation.

Je vous entends d'ici penser, quel sauvage ! J'ai déjà dit que je ligotais des femmes tous les soirs ou que je leur tenais les poignets derrière le dos alors vous vous dites, Bon, ça suffit comme ça, passons à quelque chose d'un peu excitant.

D'accord, sauf que je suis pas sûr que vous trouverez ça excitant. Mais moi, ça m'excite.

Voilà ce que je fais : je rencontre des femmes vraiment belles presque tous les jours. Je les rencontre dans des bars, dans le métro, dans des bodegas ou dans la rue. Je suis jeune, riche, beau, célibataire et souvent absorbé d'un air boudeur dans mes pensées – c'est une combinaison irrésistible pour l'*Homo sapiens* femelle. Sans compter que rien ne me retient d'exprimer absolument tous les désirs qui me passent par la tête – et la plupart des femmes adorent ça aussi. Soit elles adorent, soit elles s'effarent mais alors ça les intrigue tellement qu'elles ne peuvent s'empêcher d'accepter un rendez-vous pour chercher à en savoir plus long. Je vous donne un exemple. La conversation suivante a eu lieu voilà trois mois entre une jeune Allemande au pair du nom d'Eva et moi-même. Eva a dix-neuf ans, une forêt de magnifiques cheveux noirs et des yeux tout aussi noirs. Elle a la peau très pâle. Elle est loin d'être maigre mais elle a une silhouette à tomber raide et elle est d'une sensualité sans limites. La première fois que je l'ai vue, c'était devant FAO Schwarz, elle tenait par la main un petit garçon nommé Rusty, le petit dont elle est la jeune fille au pair. Ils regardaient tous les deux dans la vitrine un gigantesque tricératops en peluche et la brise de juin plaquait la robe courte d'Eva contre ses cuisses. Je l'ai abordée aussi sec.

– Je m'appelle Patrick Rigg.

Eva m'a regardé des pieds à la tête. Elle a vu que j'étais dangereux mais elle a bâillé. Les femmes d'une sensualité sans limites peuvent bâiller à volonté.

– Mince, a dit Eva. Hou là là. Eh ben mon vieux.

– Je m'appelle Rusty, a dit Rusty.

J'ai ignoré l'enfant.

– Vous êtes loin d'être maigre, ai-je dit à Eva, mais vous avez une silhouette à tomber raide.

Elle a cessé de bâiller. Elle m'a regardé en fronçant les sourcils et en essayant d'avoir l'air naïf.

– Tomber raide ? m'a-t-elle demandé. Silhouette ?

– Vous avez un corps merveilleux.

Ses lèvres se sont légèrement entrouvertes. Je la tenais.

Rusty lui a tiré sur la main pour lui rappeler sa présence.

– Il y a très longtemps, a-t-il dit, il y avait des tricératops sur toute la terre.

Je n'ai pas quitté Eva des yeux en disant :

– Écoute, Rusty, si tu rentres dans le magasin et que tu nous fiches la paix, je t'offre ce tricératops.

Il s'est précipité dans le magasin.

Eva a crié dans son dos.

– Eh !

– Laissez.

Eva surveillait l'enfant par la vitrine. Rusty tirait avec enthousiasme un vendeur par la manche en lui montrant du doigt le dinosaure.

– Il ne faut pas mentir aux enfants, dit Eva.

Mon Dieu, que les femmes sont adorables. Elles sont adorables et prophétiques. Je voyais à la petite robe de coton d'Eva, à l'absence de hâle sur sa peau, à la façon dont la brise lui soufflait les cheveux dans les dents, qu'elle savait qu'elle serait dans ma chambre le soir même. Elle n'avait que dix-neuf ans, mais elle possédait déjà l'art et la manière de détourner la conversation d'elle-même sur quelque chose de neutre et d'insignifiant, comme Rusty. Elle savait qu'en le faisant, en débitant des fadaises pendant quelque temps, elle pourrait se détendre pour me laisser la guider vers la luxure.

– Je n'ai pas menti. Je vais acheter ce dinosaure pour lui.

Eva considéra la vitrine. Elle savait qu'il ne fallait pas me regarder.

– Ce dinosaure va vous coûter des centaines de dollars. Peut-être même mille.

– Tant mieux, dis-je.

Eva sourit et le tour était joué. Elle me retrouva devant Saks Cinquième Avenue plus tard dans la soirée après avoir quitté son travail. J'ai claqué quatre mille dollars pour lui acheter une robe de soie, des escarpins et un maquillage, puis je l'ai emmenée dîner au Duranigan's où j'emmène toutes mes femmes. À onze heures nous étions chez moi, dans ma chambre, dans le noir.

Avec un canif, j'ai découpé la robe d'Eva et je lui en ai entouré le cou comme d'une écharpe. En slip et soutien-gorge, la soie autour du cou, elle attendait que je lui ôte le reste de ses vêtements et la couche sur mon lit pour la prendre. Mais ce n'est pas ce que j'ai fait. Je lui ai maintenu les poignets derrière le dos et lui ai dit de se regarder dans mon miroir en pied. Je l'ai tenue ainsi pendant une heure jusqu'à ce qu'elle soit tout excitée et puis je lui ai fait enfiler un pantalon de jogging et un T-shirt, j'ai appelé un taxi et je l'ai renvoyée chez elle.

Vous devez en être maintenant à regretter qu'il n'existe pas un numéro d'urgence pour les malades sexuels que vous pourriez appeler pour dénoncer ma psychose. Si c'est le cas, vous n'avez pas la moindre imagination dans ce domaine et je vais vous laisser à votre triste position du missionnaire. Mais si vous êtes intrigué, je vais vous confier quelques secrets. Le premier, c'est que je ne baise pas, conformément aux ordres de Dieu. Je ne suis pas vierge – j'ai eu mes faiblesses – mais je connais la vraie règle du jeu aussi bien que vous. Obéir ou non à ces règles, cela ne regarde que vous et si vous avez envie de discuter, trouvez un jésuite. Ce dont je souhaite parler, ce que je veux honorer, c'est la plus belle des créations qu'on trouve sur cette terre, le corps des femmes. Si vous êtes une femme et que vous en avez par-dessus la tête d'entendre répéter que vous êtes splendide, tant pis. Je vais dire ce que je veux dire et si vous préférez être décriée, méprisée ou simplement endurée, allez vous trouver un amant à la con qui vous baisera à l'aveuglette pour son propre plaisir, voire un ivrogne qui vous distribuera des baffes. Mon esthétique est assez différente et la voici. Les femmes me sauvent de l'absurdité. Pensez de moi ce que vous voulez mais, quand je regarde la télé et que je vois des milliers d'Équatoriens tués par un ouragan, quand un camion de couches-culottes aplatit un piéton, quand la pensée du cou cassé de mon frère poisson m'assaille, il faut que je me précipite sur la première jolie femme que je connais pour lui prodiguer tout le fric et toutes les attentions dont je suis capable. C'est la seule chose qui me soulage, la seule chose qui desserre un peu la camisole.

Pourquoi ? Je ne le sais pas trop et ça ne m'intéresse guère. Il doit bien y avoir un scientifique cynique quelque part qui ne manquerait pas de me balancer la biologie dans les dents en prétendant que mon admiration pour les seins, les hanches et la coiffure des femmes dépend des phéromones et gît dans mon inconscient. Ce mec-là, j'ai une balle pour lui aussi. Tout homme dont le désir des femmes n'est pas enraciné dans le spirituel ne sera jamais capable d'honorer les femmes comme je le fais. Et toute femme incapable d'apprendre à se délecter de son propre corps – qui déteste être mise sur un piédestal par elle-même ou par un homme – ne vaut pas que je m'y intéresse. D'ailleurs, si je la mets sur un piédestal, c'est seulement pour pouvoir l'y rejoindre. À minuit, dans la chambre où je dors, quand je croise les poignets d'une femme au creux de ses reins et que je la tiens en sous-vêtements devant un miroir, je ne lui demande pas seulement de sentir le pouvoir que j'ai sur elle mais de voir et de comprendre et d'adorer le pouvoir qu'elle a sur moi. Je veux qu'elle sache que la seule proximité de son corps, que ses gestes me donnent autant et peut-être plus d'excitation et de plaisir que ne le ferait une bonne vieille partie de jambes en l'air.

Il faut longtemps à la plupart des femmes pour parvenir à comprendre ma conception de l'intimité, quand elles y parviennent. Comme un peintre avec son modèle, je ne tiens d'ordinaire mes femmes que pendant une heure environ, et ce n'est jamais la même femme plus d'une fois par semaine. Cependant, nombre d'entre elles partent après cette première heure – cette première nuit –, outragées que je ne les aie pas baisées. Vous pouvez me croire, celles qui s'enfuient si vite étaient foutues de toute manière. Elles sont condamnées à un avenir, à un mariage dépourvus de la lente et longue sensualité qui met le feu entre les hommes et les femmes. Mais celles qui reviennent dans ma chambre sont les élues, celles qui sont prêtes à endurer les affres de la distanciation. Je les tiens debout devant mon miroir et elles ont vite fait d'apprendre les règles.

Les règles ? La femme est en slip et soutien-gorge et porte autour du cou la robe que j'ai achetée pour elle puis mise en pièces. Je n'ôte jamais mon complet-veston. Ni baisers, ni caresses, ni paroles ne sont échangés, on ne rit pas, il n'y a pas de musique. Je tiens les poignets de la femme croisés derrière son dos d'une étreinte implacable. Elle sait ainsi qu'elle est sans défense. Elle sait que je peux la prendre si je veux. Mais au bout d'un certain temps – quand elle comprend que je ne la prendrai pas et n'en continue pas moins de me revenir – il se produit quelque chose d'effarant. La femme commence à oublier ma présence. Elle se contemple, apprend à connaître son corps et, on peut l'espérer, en vient à aimer ce qu'elle voit, à comprendre que la créature dans le miroir est quelque chose d'extraordinaire, d'élégant, drapée dans sa dignité, quelque chose qu'on ne peut prendre à la légère, empoigner pour la dénuder trop vite.

Il en est parfois qui deviennent folles d'elles-mêmes. Il en est qui se débattent et s'efforcent de libérer une de leurs mains pour se la mettre entre les cuisses. Je ne le permets jamais. J'ai envie qu'elles jouissent, autant qu'elles en ont envie elles-mêmes, mais je veux participer à leur jouissance et je veux que notre joie soit énorme. C'est pourquoi, au bout d'un mois environ de ces soirées demi-nue devant le miroir, je fais monter les enchères en amenant la femme à mon lit. Elle présume souvent que le moment est venu de baiser, mais elle se trompe. Je vais vous raconter comment cela s'est passé avec Eva, pas plus tard que le mois dernier.

– Allez jusqu'au lit, lui ai-je dit.

Elle a obéi. C'était un chaud jeudi d'août – c'est toujours le jeudi que je fais venir Eva. Et elle est allée se placer au pied du lit. Une légère brise de minuit entrait par la fenêtre ouverte et faisait palpiter l'écharpe de soie autour de ses épaules. Une écharpe gris clair. Une heure plus tôt, c'était encore une robe. Je l'ai rejointe et me suis placé face à elle. Je la domine d'une bonne tête. Je lui ai demandé :

– Vous rappelez-vous combien cette robe m'a coûté ?

– Deux mille deux cent neuf dollars et soixante-dix-sept cents.

Le parfum d'Eva, *Coïncidences*, m'envahit les narines. Toutes mes femmes portent *Coïncidences*.

– Êtes-vous impressionnée, ai-je demandé, par l'argent que je dépense pour vous ?

Elle a fait oui de la tête. Dehors, la lune brillait sur l'Hudson.

– Est-ce que vous le valez ?

– Oui, a-t-elle dit.

– Êtes-vous belle ?

– À couper le souffle.

Elle ne souriait pas, gardait les mains le long du corps en parlant. Elle fixait les yeux sur les miens. Elle était prête.

– Enlevez votre slip et votre soutien-gorge. Gardez votre écharpe.

Elle s'est empressée d'obéir puis est restée devant moi, les mains le long du corps. Les parents d'Eva sont mécaniciens automobiles tous les deux, ce qui signifie que, au moment où Eva a ôté ses sous-vêtements devant moi, j'ai vu, nue, les seins dressés, une jeune Allemande au pair de dix-neuf ans capable de chanter des chansons douces aux enfants et de souder le châssis fêlé d'une automobile. Ce sont des choses qui vous montent à la tête.

Je l'ai contemplée en disant :

– Vous êtes extraordinaire.

Elle m'a demandé :

– Vous allez me toucher ?

Elle avait appris désormais à ne rien présumer. J'ai secoué la tête.

– Je vais vous attacher. Allongez-vous sur le lit, sur le dos, la tête sur l'oreiller.

Beaucoup de femmes, parfaitement satisfaites d'être tenues, refusent de se laisser attacher aux montants du lit. Eva n'est pas de celles-là.

– Placez vos chevilles et vos poignets aussi près que possible des quatre montants du lit.

Ce qu'elle a fait. Prenant de vieilles cravates dans une boîte sous mon lit, j'ai attaché Eva bien serré. Elle m'a demandé :

– Et maintenant ?

Je lui ai souri.

– Maintenant je téléphone à mes amis.

Tournante ! Viol collectif ! vous dites-vous. Un pervers, un monstre !

Écoutez, cessez de croire que vous me connaissez. Je vous ai déjà dit que vous ne pouvez pas vous identifier parce que votre frère n'a pas été *guppillé* à mort. Alors, si vous n'attachez pas de femme aux montants de votre lit tous les soirs ou presque, si ce n'est pas votre truc, ne faites pas comme si vous saviez comment je m'y prends et pourquoi.

– Ne faites pas le moindre bruit, ai-je enjoint à Eva. Quoi qu'il arrive quand la bande sera là, je ne veux pas vous entendre.

Elle me regardait, les yeux levés vers moi. La soie grise était enroulée autour de son cou et une de ses extrémités avait glissé jusqu'à son abdomen. Elle avait naturellement une certaine peur dans les yeux mais elle a manifesté son consentement en hochant la tête. Dieu, ce qu'Eva peut être sensuelle.

Je suis aussitôt sorti de ma chambre en refermant la porte derrière moi. J'ai décroché le téléphone pour convoquer mes amis comme je le fais presque tous les soirs autour de minuit. Une de mes bizarreries est de ne guère dormir plus de deux heures par jour, d'ordinaire de six heures à huit heures du matin. C'est ainsi depuis le jour où Guppy a tué Francis. Je ne sais si mon corps éprouve le besoin de rester sur le qui-vive dans l'attente d'éventuels fous meurtriers costumés en poisson, mais le fait est qu'à la nuit tombée je ne suis presque jamais fatigué comme les autres gens. D'ordinaire, quand j'ai tenu une femme déshabillée devant mon miroir puis que je l'ai renvoyée chez elle, je commence à m'ennuyer et il me faut rassembler toute une artillerie de personnages pour continuer à m'intéresser à la vie.

Voici les gens que j'appelle. J'appelle Jeremy Jax, mon camarade de chambre de la fac, qui joue en ce moment le rôle d'une souris enragée dans une pièce off-Broadway. Je n'ai pas vu la pièce et ne la verrai jamais parce que le spectacle de gens costumés en souris géantes me rappellerait Guppy au risque de me faire dégainer mon SIG pour ouvrir le feu. Toutefois, la morosité de Jeremy m'amuse, comme sa totale incapacité avec les femmes. J'ai grand plaisir à bavarder en buvant du bourbon avec Jeremy dans mon salon. Il me raconte sa vie sexuelle inexistante sans savoir qu'une jeune femme nue et ligotée m'attend dans la pièce d'à côté.

J'appelle aussi Nicole Bonner, une nana qui habite à plusieurs étages au-dessus du mien, et Walter Glorybrook, un marchand de hot dogs qui habite à l'étage au-dessous. Mon immeuble s'appelle le Preemption, il passe pour une espèce de repaire moyenâgeux fréquenté d'êtres nocturnes pour lesquels les fêtes commençant à minuit en semaine sont monnaie courante. J'appelle un mec nommé Checkers, un chasseur de têtes, et je réveille parfois mon colocataire, James Branch, vrai solitaire que je contrains à s'amuser en compagnie. J'appelle aussi des femmes, quelques jolies femmes de Manhattan, qui savent toutes en venant que je tiens une de leurs semblables ligotée sur mon lit. Chacune d'entre elles a été attachée pendant des heures dans les mêmes conditions, impuissante, ayant juré le silence, contrainte d'écouter le tintement des verres en luttant contre le sommeil, en contemplant la lune, en me maudissant, en se consumant de désir pour moi, ou pour elle-même.

C'est toujours pareil. Les femmes connaissent l'amour et le respect que j'ai pour leur corps, tandis que les hommes ne savent rien de moi, sinon que j'aime boire en leur compagnie et écouter ce qu'ils racontent. Il s'en faut de beaucoup qu'aucun de ces hommes soit d'une richesse comparable à la mienne, et si leurs interminables rabâchages sur le cul et la politique sont révélateurs de leur vraie personnalité, c'est qu'aucun d'entre eux ne partage mon intérêt pour Dieu et l'absurdité. Ça ne me dérange pas. Ce n'est pas parce que je m'efforce de respecter les

Commandements que je m'érige en juge des caractères et moins encore en porte-parole de Dieu. Je sais mes obsessions bien trop singulières et mes amis sont libres de sniffer de la cocaïne, de se livrer au pillage ou d'aimer Jésus selon ce que leur dicte leur conscience. En tout cas, je les invite seulement pour le plaisir de boire et de rire ensemble. Je crois qu'ils me considèrent comme un riche vampire insomniaque et accueillant, une créature tramant sans doute quelque chose de louche qui, heureusement, ne comporte pas leur propre destruction.

Quant aux femmes, sans avoir nul besoin de porter des vêtements séduisants, elles le font quand même. Comme je l'ai dit, je n'invite d'ordinaire que des femmes que j'ai tenues devant mon miroir puis attachées à mon lit, et cette idée, ce côté réunion d'anciens combattants, m'est une source de ravissement sans limites. La plupart d'entre elles reviennent régulièrement, bien qu'elles sachent qu'elles ont toutes en commun le même passé physique avec moi. À tout moment, ces femmes pourraient s'entendre pour envahir ma chambre à coucher et, prises d'une jalousie bachique, mettre en pièces l'Eva, la Julie ou la Justine qu'elles y trouveront ligotée. Toutefois, cela n'arrive jamais. En revanche, je parle avec ces femmes. Je fais la conversation, ce qui ne m'est jamais arrivé avec elles dans la chambre à coucher et que la plupart d'entre elles désirent plus encore que le sexe. Il m'arrive d'effleurer le poignet d'une femme qui se verse du gin et de lui demander si elle a des frères et sœurs. Il m'arrive de m'asseoir sur le canapé à côté d'une femme, nos genoux se heurtant doucement, et de lui demander la musique qu'elle aime. Ces questions – si banales dans la plupart des rencontres – tirent leur poids et leur charme du fait que j'ai connu ces femmes pendant si longtemps. J'ai renversé la progression ordinaire. Je connais déjà si intimement le physique de la femme sans l'avoir jamais baisée – et elle s'est si bien débarrassée de toute gêne physique en ma présence – que tout ce que nous disons nous est désormais délicieux. Nous pouvons parler librement, en dehors de toute convention, de toute motivation secrète, et quand j'écoute ces femmes – qui m'ont déjà montré qu'elles peuvent être parfaitement sincères et vulnérables – je me prends d'un immense intérêt, d'une immense affection pour elles.

La dernière étape de ma nuit est la suivante. Après avoir renvoyé mes amis, quand mon colocataire est allé se coucher et que j'ai détaché Eva ou une autre, l'ai rhabillée et renvoyée chez elle, elle aussi, sans même un baiser d'au revoir, il reste encore une femme. C'est une femme que j'aurai, pendant des mois, tenue devant mon miroir et attachée nue à mon lit et avec laquelle j'aurai conversé pendant mes soirées. C'est une femme que j'aurai choisie plus tôt dans la soirée pour être l'élue. Je lui aurai demandé à son arrivée de s'abstenir de toute boisson alcoolique pour garder toute sa tête et l'esprit libre. Elle se sera cachée dans la salle de bains pendant que je renvoyais la femme attachée au lit cette nuit-là. Alors, sortant de ma salle de bains à cinq heures du matin, viendra une femme qui se connaît si bien et a une telle confiance dans l'affection que je lui porte que, couchée nue et libre sur mon lit, quand je la rejoindrai – nu devant elle pour la première fois –, que je baiserai ses lèvres et poserai mes doigts sur son cœur, elle atteindra presque aussitôt à l'orgasme, au plus léger contact. Je parle le plus sérieusement du monde. Bien d'autres contacts s'ensuivent, dont il serait indigne d'un galant homme de révéler la nature. Qu'il me suffise donc de dire que, sans fornication ni accouplement au sens traditionnel, la femme et moi atteignons des sommets sexuels et des royaumes qui feraient regretter aux anges de n'être pas humains. Quand nous sommes satisfaits et épuisés, mes deux heures de sommeil s'approchent de moi en tapinois et je tiens la femme étroitement serrée dans mes bras, je respire sa chevelure, et la douleur dans ma poitrine, la mort de mon Francis, s'estompe un moment.

Que l'interrogatoire commence. Pourquoi ? Pourquoi ? Pourquoi ? demandez-vous. Pourquoi ne puis-je me résigner à la mort de Francis ? Qu'aurait à dire l'Église de mes exploits avec les femmes ? Et pourquoi tant de femmes ? Pourquoi ne pas en choisir une ? Une qui puisse me rendre heureux, me faire rire, une que je puisse épouser ? Ma foi, pour vous répondre en toute franchise, comment le saurais-je ? Je vous raconte ce qui marche pour moi, voilà tout, ce qui m'empêche de me loger une balle dans le cœur. Quant à Francis, je ne vais pas m'étendre sur tous les paquets de bonbons que j'ai partagés avec mon frère, tous les souvenirs que j'ai de lui, dans le seul but d'attirer la compassion ou de peindre un arrière-plan déchirant à mes mobiles. Pour commencer, cela me tuerait et, deuxièmement, je vous ai déjà dit que je ne vous dois rien. Quant à aimer tant de femmes, voici en gros ma façon de voir. Quand je rencontrerai la femme qui m'inspirera le besoin et le désir d'elle seule, je cesserai d'avoir besoin de toutes les autres et de les désirer. Peut-être cette femme-là, celle qui m'est destinée, est-elle adulte, splendide, et ici même, à New York. Peut-être a-t-elle à peine dix-huit ans à Tahiti. Tout ce que je sais, c'est que quand elle fera ma connaissance et se tiendra devant mon miroir, elle tombera plus éperdument amoureuse d'elle-même qu'aucune autre ne l'a encore fait ; alors, je le verrai, je bondirai et je ne la laisserai plus jamais partir.

Pour ce qui est des relations entre ma vie sexuelle et notre mère l'Église, j'aurais tendance à dire qu'entre chacun de ses

Commandements, Dieu nous a laissé assez d'espace pour nous permettre d'agir avec autant de tendresse et d'autosuffisance que nous en pouvons rassembler. Cependant, si vous espérez que je vais approfondir le personnage du père Merchant, vous n'avez vraiment pas de veine. Je le connais à peu près aussi bien que les invités masculins à mes fêtes me connaissent, c'est-à-dire pas du tout. Je ne suis pas à proprement parler un paroissien de St. Benedict et n'ai même jamais vu le père Merchant qu'en chaire, dissimulé moi-même dans l'obscurité, derrière les cierges. C'est mieux ainsi. Je suis protégé de toute la compassion que le père Merchant risquerait d'éprouver pour moi et c'est d'ailleurs son devoir de ne pas se laisser embrouiller les idées par ce genre de compassion. Quand on se montre charitable, ou qu'on aime quelqu'un, la main droite n'est pas censée savoir ce que fait la main gauche. Ce qui signifie que vous n'avez pas à connaître les sommes que j'envoie à mon père ou que je donne à l'Église et que je n'ai pas à vous le dire. De fait, si j'étais meilleur, je ne vous aurais même pas dit que je donne un sou à quiconque. C'est bien ce qui me rend difficile de confesser quoi que ce soit, à un prêtre ou à une rencontre de hasard comme vous. Je dois être impitoyable avec moi-même et ne pas faire trop de révélations sur la façon dont j'embrasse ces femmes et dont je m'accroche à elles, parce que vous vous croiriez obligé de chercher à me comprendre ou à me plaindre ou à me soigner.

Après tout, je ne suis qu'un être humain et je pourrais très bien enfreindre toutes les règles dont je viens de vous dire qu'elles gouvernent ma vie. Avec mon flingue et ma sensibilité à la mort de Francis, je pourrais assez vite passer à l'acte et devenir un meurtrier si quiconque s'avisait de me faire vraiment chier. De même que vous vous dites sans doute que vu le nombre de jolies femmes que je ligote je pourrais basculer dans le viol d'une seconde à l'autre. Mais oui, bien sûr. Je suis plus fort que les femmes que je tiens et je n'aurais aucun mal à flanquer le casque de Francis en forme de tête de poisson – que je garde sous mon lit – sur la tête d'une femme pour l'aveugler, la désorienter et la rendre anonyme. Et je pourrais alors me défouler sur son corps jusqu'à plus soif. Je le pourrais tout aussi facilement que je pourrais descendre mon colocataire et, ce faisant, j'ajouterais encore à l'absurdité. La femme me supplierait sans doute d'arrêter mais, si elle avait une tronche de Grangousier, j'aurais du mal à écouter ses arguments.

C'est un psychotique, voilà ce que vous vous dites. C'est un malade, un taré, un monstre. Eh, je l'ai pas encore fait, non ? J'ai encore violé ni assassiné personne, non ? J'ai rendu bien des femmes heureuses, j'ai même pris le petit déjeuner avec certaines. Pas plus tard que ce matin Eva était dans mon lit, on était assis, nus, tous les deux, des draps et des couvertures tièdes entassés sur nos épaules comme un roi et une reine. On mangeait un pamplemousse en regardant par la fenêtre un oiseau qui pépiait pour saluer l'aube naissante. Le ciel était d'argent.

– C'est quoi, cet oiseau ? a demandé Eva. Un moineau ?

J'ai dit :

– Un ptérodactyle.

Eva a souri.

– La race des ptérodactyles est éteinte. Il y a très longtemps, il y en avait partout sur la terre, comme les tricératops.

On avait chacun un pamplemousse, Eva et moi. On avait chacun une coupe et une cuillère. J'ai dit :

– Alors c'est un phénix.

Eva m'a décoché une bourrade.

– Les phénix sont des oiseaux mythologiques. Ils se consument et puis renaissent de leurs cendres.

L'oiseau pépiait toujours. J'ai posé un baiser sur l'épaule pâle et tiède d'Eva.

Elle a dit :

– Ce n'est qu'un petit moineau.

Et j'ai dit :

– Non, c'est quelque chose de merveilleux.

Castagne

Douglas Kerchek était prof d'anglais pour l'élite des terminales au lycée St. Agnes de la Quatre-vingt-dix-septième Rue Ouest près de Broadway et Nicole Bonner était la fille la plus remarquable de sa classe. C'était la plus grande, un mètre soixante-quinze, la plus vieille, dix-neuf ans, et la meilleure avec un A impeccable. Elle n'était pas la plus jolie, se disait Douglas – comparée au nez effronté de Rhonda Phelps ou au derrière en forme de cœur de Meredith Beckermann –, mais elle était dangereusement séduisante. Elle avait les cheveux très noirs, coupés à la Cléopâtre, des yeux bleus pleins de sagesse et sa dernière disserte sur *Othello* se terminait par le petit mot suivant :

Cher Monsieur Kerchek,

Hier soir au lit, j'ai lu Las Vegas parano. *Ce n'est qu'un jeu gratuit, puéril et complaisant. J'imagine que je n'aime pas assez les drogues, bien que mes parents me fassent boire du brandy avec eux tous les soirs. Ils y voient un geste d'affection.*

Je vous ai vu hier devant les vestiaires, vous changiez de chaussures pour aller courir et vous aviez la cheville toute bleue. Contre quoi vous êtes-vous cogné ?

Respectueusement,

Nicole Bonner

Ce mot ne laissait pas d'inquiéter Douglas. Lui-même n'aimait pas Hunter S. Thompson, mais Nicole avait aussi écrit « au lit » et parlé de son hématome. C'était une habitude chez elle, elle sélectionnait quelques détails intimes du monde qui l'entourait pour les porter à l'attention de Douglas. Elle l'avait fait ce jour-là pendant le cours.

– Iago est plein de concupiscence, avait dit Jill Eckhard.

Et Rhonda Phelps :

– C'est un salaud machiavélique.

– Vous voulez que je vous donne un excellent mot à répéter à haute voix ? avait alors demandé Nicole Bonner en mâchonnant ses cheveux. Rinçage. Pensez-y, monsieur. Rinçage. Rinçage.

Ce soir-là, comme tous les soirs, Douglas regagna à pied son studio miteux. Douglas avait trente et un ans. Il habitait seul, à cinq rues au nord de St. Agnes, dans un immeuble plein de Mexicains qui buvaient de la Pabst et organisaient de bruyantes parties de poker tous les soirs dans le hall d'entrée juste devant l'appartement que Douglas occupait au rez-de-chaussée. Ils avaient surnommé Douglas « Uno » parce que, lorsqu'il s'asseyait un moment avec eux, il buvait une unique bière en silence avant de s'éclipser.

– Uno, caquetèrent les Mexicains. Viens nous prendre notre argent, Uno.

Un garçon de douze ans du nom de Chiapas cogna une boîte de bière contre le mur.

– Viens prendre ta potion, Uno.

Douglas leur adressa un pâle sourire et un signe négatif de la main puis introduisit sa clé dans la serrure.

Rinçage, pensait-il, les sourcils froncés. Rinçage. Rinçage.

Après un sandwich avalé à la hâte, Douglas se mit à corriger des copies. Il notait très sévèrement et ses cheveux noirs commençaient à grisonner le long de ses tempes. Il avait aussi une morphologie de boxeur, un doctorat de littérature anglaise de Harvard mais ni épouse ni petite amie. L'ensemble de ces qualités faisait de Douglas un centre d'intérêt pour la population entièrement féminine de St. Agnes – tant dans le corps professoral que parmi les élèves – mais, pour tout dire, Douglas menait une existence rangée. Il adorait les livres ; cinéphile passionné, il allait souvent seul au cinéma et, toutes les quatres semaines, se faisait couper les cheveux par Chiapas dont le père avait un salon de coiffure un peu plus bas dans la rue. En somme, Douglas était un homme tranquille et, croyait-il, heureux. Il était aussi le seul professeur masculin de St. Agnes. Cheryl, Audrey et Katya, les trois profs célibataires, auraient volontiers entrepris une campagne pour sortir avec lui mais il n'était pas attiré par ses collègues. Cheryl arborait des vêtements en daim aux teintes électriques qui le déroutaient, Audrey avait déjà deux ex-maris, tous deux flics, et Katya, malgré ses longues jambes et son accent lituanien, était cruelle avec les élèves. Douglas passait donc ses soirées en solitaire, allait au cinéma, corrigeait des copies et, à l'occasion, bavardait avec Chiapas et compagnie. Ce soir-là, il avait à peine entamé sa pile de copies quand le téléphone sonna.

– Allô, soupira-t-il.

Il s'apprêtait à entendre sa mère, qui l'appelait chaque semaine de Pennsylvanie pour voir si, par miracle, son fils s'était enfin fiancé.

– Bonsoir, monsieur Kerchek.

Douglas fronça les sourcils.

– Nicole ?

– Oui, monsieur.

– Comment avez-vous eu mon numéro ?

– Je l'ai trouvé dans le bureau de la principale. Comment va votre cheville ?

Douglas éternua deux fois. C'était chez lui une réaction instinctive quand il cherchait ses mots.

– À vos souhaits, dit Nicole.

– Merci.

Il jeta les yeux autour de lui comme s'il s'attendait à voir son studio soudain rempli d'élèves.

– Comment va votre cheville ?

– Elle va... ça va bien. Je me suis cogné contre mon radiateur.

– Vraiment ?

La vérité était que Douglas avait glissé dans sa douche comme un vieux.

– Oui, vraiment. Écoutez, Nicole...

– Savez-vous ce qui arrive à ma cheville à moi pendant que je vous parle ?

– Non.

– John Stapleton est en train de la lécher. Il aime aussi me mordiller les orteils.

Douglas cligna plusieurs fois des yeux.

– C'est un européen à poils ras. Parfois il lèche, à d'autres moments il mordille.

– Ah bon, dit Douglas.

Il y eut un assez long silence.

– C'est un chat, dit Nicole. Il s'appelle John Stapleton.

– Évidemment, approuva Douglas.

– Vous aimez les gnocchis ?

Douglas posa les copies à côté de lui sur le canapé.

– Pardon ?

– Les gnocchis. La spécialité italienne, à la fécule de pomme de terre. On en a mangé ce soir au dîner. Mon père les fait lui-même, à la main, tous les jeudis. C'est le seul plat que mon père prépare, mais il le fait très bien.

Douglas croisa les jambes, cheville sur genou.

– Et alors, vous les aimez ? demanda-t-elle.

– Les gnocchis ?

– Oui.

– Oui.

– Oui, vous les aimez, ou oui, vous avez compris ma question ?

– Oui. C'est-à-dire oui, je les aime.

Nicole Bonner se mit à rire.

– Quand les universités vont-elles commencer à me répondre ? demanda-t-elle. On est presque en avril.

Douglas se jeta sur le sujet avec soulagement.

– D'une semaine à l'autre, maintenant. Mais vous serez acceptée partout. Vous n'aurez que l'embarras du choix.

– Je choisis Princeton.

Douglas imagina Nicole assise sur le lit d'une chambre d'étudiante, plongée dans une lecture en mangeant un potage. Il imagina un chandail trop grand dont les manches lui couvraient les poignets.

– Fitzgerald a fait Princeton, dit Nicole.

– Oui.

– C'était un alcoolique invétéré.

– Oui.

– Vous savez, John Stapleton est dressé à aller aux toilettes.

Douglas eut un rire bref et sonore. D'ordinaire, cela ne lui arrivait qu'au ciné, s'il était seul et que le film était absurde.

– Aux toilettes ? C'est-à-dire ?

– C'est-à-dire qu'il va aux toilettes, comme un être humain. Il s'accroupit au bord de la lunette pour faire son affaire, et après il appuie sur la chasse d'eau. Il est très propre.

– Nicole.

– C'est vrai, monsieur. Mon père a mis une éternité à le dresser mais il l'a fait. On n'a même plus de bac à chat. Mon père était marine.

Douglas regarda sa montre.

– John Stapleton, ce n'est pas un nom courant pour un chat.

– Ce n'est pas un chat courant.

– Écoutez, je crois qu'il va falloir que je raccroche. Nous parlerons au lycée, demain.

– Très bien. Je ne voudrais pas empiéter sur votre soirée.

– Ça ne fait rien.

– Vraiment ?

– Enfin, je veux dire, vous ne me dérangez pas. Mais, bref, nous parlerons au lycée demain.

– Le contraire serait étonnant, dit Nicole, et elle raccrocha.

Douglas avait rédigé une lettre pour recommander Nicole à Princeton. Il y disait ceci :

Qu'elle traverse en flèche le terrain de hockey sur gazon, qu'elle démolisse Whitman ou qu'elle me fasse la leçon sur les films de Woody Allen, Nicole déborde d'un enthousiasme irrépressible et d'une ténacité sans fard et pleine de générosité. Si elle lit un roman entier tous les soirs, ce n'est pas pour impressionner son monde mais parce qu'elle adore la lecture. Elle est organisée, intelligente, elle a bon cœur et, une fois qu'elle sait ce qu'elle veut – qu'il s'agisse de convaincre un interlocuteur, de s'emparer d'une balle de hockey ou de trouver un orchestre pour le bal annuel du lycée –, elle s'y applique avec une volonté charmante et pourtant inflexible.

Douglas s'enorgueillissait de rédiger ces lettres de recommandation, d'être capable de vanter les mérites de ses élèves sur le papier. C'était une des rares vanités qu'il s'autorisait. L'organisation des mots, écrits ou parlés, lui semblait une activité pour laquelle il était doué, avec le sens instinctif de toujours savoir ce qu'il fallait dire. C'est pourquoi, le lendemain matin de cette conversation avec Nicole, Douglas s'éveilla désemparé. Il avait passé dix minutes au téléphone avec une fille de dix-neuf ans et avait bafouillé d'un bout à l'autre. De plus, pendant la nuit, il avait rêvé qu'il marchait pieds nus sur une plage avec Nicole. Elle portait un minuscule bikini noir et un ravissant foulard bleu dans les cheveux à la manière de Jackie Kennedy. Douglas, lui, portait un rugueux pantalon de travail vert et une chemise de bure. Chaque fois que les vagues leur déferlaient sur les pieds, Douglas détalait en criant : « Attention aux lamantins ! »

Ridicule, se dit Douglas. Gênant. Il mit un veston élégant et une cravate et décida de leur coller une interro écrite surprise le jour même.

Au lycée, dans la salle des profs, il se contraignit à bavarder de tout et de rien avec Cheryl, la mathématicienne vêtue de daim. Quand la cloche annonça son cours, Douglas pénétra dans sa classe d'un pas décidé.

– Monsieur, monsieur, dit Meredith Beckermann en bondissant de son pupitre, Jill va vous demander d'assister au match de base-ball aujourd'hui mais vous avez promis que vous viendriez à la joute oratoire contre Regis High School, vous vous rappelez ?

– Je me rappelle, dit Douglas.

– Lèche-cul, dit Jill à Meredith.

Cette dernière la foudroya du regard.

– Arrière et hors de ma vue, lui lança-t-elle.

Douglas parcourut la salle des yeux. Sa classe était constituée de six élèves, les plus brillantes des terminales de St. Agnes. Il y avait Meredith et Jill, les raisonneuses ; Rhonda Phelps, la perfectionniste au corps de déesse ; Kelly DeMeer, l'agnostique ; Nancy Huck, qui était toujours en vacances ; et Nicole Bonner, qui s'asseyait près de la fenêtre.

– Où est Nancy ? demanda Douglas.

– Aux Bermudes, dit Rhonda. Elle fait de la plongée avec sa tante.

Jill tapota sur son exemplaire d'*Othello*.

– On peut parler du dernier acte ?

– Desdémone est une conne, dit Meredith.

– Meredith, avertit Douglas.

Il jeta un regard à Nicole, puis à Kelly. C'étaient les moins bavardes des six, Kelly parce qu'elle affectait la plus extrême lassitude spirituelle et Nicole parce que... Bah, songea Douglas, parce que c'est Nicole. Son regard quand elle contemplait le monde par la fenêtre lui rappelait l'époque où, enfant, il se plantait devant la psyché de sa mère en se demandant qui pouvait bien vivre de l'autre côté.

– Interro écrite de vocabulaire, annonça-t-il.

Les filles sortirent des stylos et des copies blanches.

– Trois synonymes d'origine latine de l'adjectif *belliqueux*, dit-il, pensant tout haut. Deux antonymes d'abstrus. Un exemple de synecdoque. Subsidiaire pour améliorer vos notes, citez quatre titres de Melville. Vous avez cinq minutes.

Les filles commencèrent aussitôt à écrire. Douglas les surveillait d'un regard affectueux. C'étaient des jeunes femmes douées qui toutes termineraient ce cours en beauté comme tous les cours de littérature que leur réservait l'avenir. Il se mit à circuler entre elles, regardant leur tête penchée, la racine de leurs cheveux, le lobe de leurs oreilles, se demandant combien d'entre elles avaient déjà un petit copain, combien finiraient profs et si Rhonda se marierait aussi vite qu'il le pensait. Un coup d'œil aux copies de Meredith et de Jill : elles avaient déjà sept synonymes de *belliqueux* chacune. Kelly eut fini en trois minutes et entreprit de dessiner des nœuds coulants – son label – accrochés à la barre de ses *T*. Puis il alla regarder par-dessus l'épaule de Nicole. Sa copie était dans une tache de soleil et elle n'y avait écrit aucun mot de vocabulaire. Elle traçait pourtant des phrases sans discontinuer. Douglas regarda de plus près et retint son souffle. Nicole avait transcrit mot pour mot, de mémoire et sans erreur, la première page de *Moby Dick* et elle écrivait toujours. Il attendit de voir si elle allait finir par sécher ou tourner la tête pour le regarder, mais non. Il fouilla ses souvenirs – lui-même ou une autre prof de St. Agnes avaient-ils jamais demandé aux élèves d'apprendre Melville par cœur pour le réciter – mais il savait que tel n'était pas le cas.

Il s'inclina. Il sentait le parfum de framboise du shampooing de Nicole. Il griffonna dans la marge de sa copie, *Hors sujet, ce n'est pas ce que j'ai demandé.*

Sans lever les yeux, Nicole biffa ce qu'il avait écrit et écrivit à son tour, *Ce que je fais est beaucoup, beaucoup mieux.*

– Posez les stylos, dit Douglas.

Après les cours, il s'acquitta de ses exercices quotidiens, une demi-heure d'haltères suivie d'une course de cinq kilomètres à

Central Park. Il revint à St. Agnes juste à temps pour prendre une douche avant le concours d'éloquence. Mais devant les vestiaires, allongée sur le dos au bord d'une fenêtre à près de trois mètres du sol, il trouva Nicole Bonner.

– Comment êtes-vous grimpée jusque-là ? demanda-t-il, encore essoufflé d'avoir couru.

– J'ai volé.

Nicole s'assit et examina son prof. Elle lui offrait une vue imprenable sur ses chevilles, qui étaient croisées et pas bleues du tout. Elle portait l'uniforme de l'école et des mocassins noirs.

– Qu'avez-vous lu hier soir ? demanda-t-il.

– *Le Cinéphile* de Walker Percy. Est-ce que vous saviez que des milliers de joggeurs meurent chaque année d'une crise cardiaque en plein exercice, monsieur ?

– Je crois que je ne cours pas assez vite pour endommager mon myocarde.

Sur son rebord de fenêtre, la jeune fille ne balançait pas les jambes.

– Myocarde est un excellent mot à répéter à haute voix. Myocarde, myocarde.

– Il faut que j'aille me doucher, dit Douglas.

Elle tendit le doigt vers lui.

– Donnez-moi une bonne raison d'aller à l'université.

– Plein de temps pour la lecture, dit-il.

Elle sauta du rebord et atterrit légèrement sur ses pieds à un mètre de lui.

– C'est une bonne raison, dit-elle, et elle s'en fut.

Ce fut trois semaines plus tard, à la mi-avril, que Douglas reçut l'invitation. Elle arriva par un mardi pluvieux, en début de matinée. Juste avant d'aller à la messe, Nicole Bonner passa la tête dans la salle des profs où Douglas et Katya Zarov étaient assis l'un à côté de l'autre sur le canapé. Douglas lisait le journal et Katya venait de remarquer une échelle à son bas.

– Monsieur Kerchek, dit Nicole.

Douglas et Katya levèrent les yeux.

– Cette salle est interdite aux élèves, dit Katya.

– Il faut que je vous parle en privé, monsieur.

Nicole avait croisé les mains devant elle. Elle était en uniforme, comme toujours, et portait un bracelet d'argent orné de petits dauphins de jade.

Douglas se leva, Katya Zarov émit un petit bruit réprobateur.

Dans le couloir, Nicole adressa un grand sourire à son prof.

– Je suis inscrite à Princeton, dit-elle.

Une image passa rapidement par la tête de Douglas. Il se vit étreignant son élève. Il lui donna une petite tape sur l'épaule.

– C'est formidable, dit-il. Félicitations.

Nicole inclina vivement la tête. Elle avait une bible sous le bras, ce qui surprit Douglas.

– Pour vous remercier de votre lettre de recommandation, mes parents et moi aimerions vous avoir à dîner jeudi prochain à la maison.

– Ça, dit Douglas, c'est très gentil mais ce n'est pas la peine.

– Il y aura des gnocchis que mon père aura faits lui-même, à la main. Je lui ai affirmé que vous aimiez les gnocchis.

– Nicole... commença Douglas.

La cloche appelant à la chapelle sonna.

– C'est vous qui me l'avez dit, monsieur.

– Oui, oui, je les aime, s'empressa de dire Douglas, mais... Écoutez, je suis très fier que vous soyez inscrite à Princeton mais rien ne vous oblige à...

– Je suis en train de lire l'Apocalypse, fit-elle en tapotant la bible. Au cas où vous vous le demanderiez.

Brusquement, des élèves en route pour la chapelle passèrent devant eux en bavardant.

– Tu viens, Nicky ? dit Rhonda Phelps.

– Bonjour, monsieur Kerchek, dit Audrey Little, qui enseignait l'hygiène et semblait toujours en chaleur.

Nicole pencha la tête sur le côté.

– Vous saviez que dans l'Apocalypse il y a des créatures entièrement couvertes d'yeux, monsieur ?

Douglas secoua la tête. Il était un peu dans le coton, il lui fallait de l'ibuprofene.

– Mes parents et moi, on vous attend jeudi à sept heures, dit Nicole en reculant d'un ou deux pas. Nous habitons l'immeuble Preemption, dans Riverside Drive, au niveau de la Quatre-vingt-deuxième Rue Ouest.

– Preemption ? lança-t-il, mais Nicole Bonner avait déjà tourné les talons.

Le jeudi après-midi, Douglas alla se faire couper les cheveux chez le coiffeur du coin. Juché sur une caisse, Chiapas, qui ne mesurait pas encore un mètre cinquante, passait une tondeuse électrique sur les pattes de Douglas en lui souriant dans le miroir.

– T'as une semaine d'avance, Uno. T'as rendez-vous avec une *chica*, ce soir ?

Douglas eut un sourire sarcastique.

– C'est cela, oui.

Chiapas sifflotait un air que Douglas ne connaissait pas. Comme c'était encore un apprenti, Douglas se faisait couper les cheveux gratis.

– Je parie que t'as un rendez-vous, Uno. T'emmènes Grace Kelly manger des huîtres.

– Oui, oui.

Chiapas connaissait la cinéphilie de Douglas.

– Aïe !

Il tressaillit et Chiapas écarta la tondeuse. Douglas tourna la tête. À cinq centimètres sous sa raie, elle avait mordu sur ses cheveux jusqu'au cuir chevelu.

– Oups, fit Chiapas avec un petit haussement d'épaule. Pardon, Uno.

Douglas tâta l'entaille du doigt.

– Oh, Chiapas. C'est vraiment pas le jour.

Les yeux du gamin s'allumèrent.

– Tu vois que t'as un rendez-vous.

Douglas rougit.

– Pas du tout.

Chiapas examina le crâne de Douglas. La marque avait la forme d'un point d'interrogation sans point.

– T'inquiète, Uno. C'est cool. Elle va adorer.

– Il n'y a pas de « elle », s'entêta l'autre.

À sept heures, Douglas arrivait au Preemption. Il portait un veston de sport en poils de chameau et un gâteau au chocolat allemand du Café Mozart. Il avait d'abord pensé apporter du vin puis s'était avisé que ce ne serait pas convenable puisque Nicole était son élève.

Dans le hall, un grand portier noir qui avait une cicatrice ovale sur le front vint à sa rencontre. Il y avait aussi, assis sur un gros fauteuil d'angle, un jeune homme vêtu d'un élégant complet noir arborant une expression d'une profonde malveillance.

– Douglas Kerchek ? dit le portier. Par ici.

Il suivit le portier jusqu'à un antique ascenseur Otis à commande manuelle. Du coin de l'œil, il observa le jeune homme assis dont les revers bâillaient légèrement. Il eut bien l'impression d'apercevoir un pistolet sous le veston du jeune homme.

– Dernier étage. L'appartement terrasse.

Le portier l'invita à entrer dans l'ascenseur, actionna un levier et s'écarta.

– Bonne chance, conclut-il en français.

Les portes de l'ascenseur se fermèrent et Douglas se retrouva seul, en mouvement. Il regarda autour de lui. L'ascenseur était vraiment très vieux et ses parois d'acajou dégageaient une vague odeur qu'il n'arrivait pas à définir, comme la bibliothèque d'un moine médiéval peut-être, ou l'intérieur d'un joli cercueil.

Quand il débarqua de l'ascenseur, la porte de l'appartement terrasse des Bonner était déjà ouverte. Nicole était adossée au chambranle.

– Bonsoir, monsieur Kerchek.

Il dut faire un effort pour ne pas écarquiller les yeux. Nicole portait la plus exquise robe du soir de soie noire qu'il eût jamais vue. Elle épousait les lignes et les courbes de son corps avec une si parfaite exactitude qu'on aurait pu croire que l'étoffe venait d'être tissée sur elle tandis qu'elle attendait dans l'encadrement de la porte. La robe était d'un noir aussi intense que sa chevelure et, l'espace d'une seconde fantasmatique, Douglas imagina que des diamants noirs réduits en poudre et l'encre de plusieurs seiches entraient dans la composition de la soie. Autour du poignet, elle portait le bracelet aux dauphins de jade.

– Bonsoir, Nicole. Vous êtes... ravissante.

– Vous avez un point d'interrogation sur le crâne, dit Nicole.

Il éternua deux fois. Nicole dit : « À vos souhaits. » Un homme et une femme parurent derrière elle.

– Mes parents, dit-elle sans les regarder.

– Samson, proclama l'homme.

– Paulette, dit la femme avec un sourire.

– Douglas Kerchek, dit Douglas.

Samson Bonner ressemblait à une gigantesque contrebasse. Il mesurait bien plus d'un mètre quatre-vingts et, bien que son torse enflât beaucoup au niveau de l'abdomen, il semblait formidablement musclé. Il hurlait plus qu'il ne parlait, d'une voix de stentor, assourdissante, et il avait les yeux noirs. C'était un avocat de grand renom, connu pour ses opinions inébranlablement conservatrices.

Paulette, son épouse, était aussi maigre et droite qu'une flûte.

– Le professeur, le professeur, pépia-t-elle. Entrez, entrez.

Ils pénétrèrent tous dans l'appartement. Samson Bonner ferma la porte. Paulette fit prestement disparaître la boîte à gâteau de Douglas dans une autre pièce.

– Les cocktails, tonna Samson.

D'un regard circulaire, Douglas examina les lieux. L'appartement terrasse des Bonner était le genre de repaire que les citadins infâmes comme Lex Luthor occupent dans les films. L'immense pièce principale était dallée de marbre sous un haut plafond. Un mur entier en était occupé par des rayonnages où s'alignaient des volumes reliés de cuir qui auraient pu provenir de cette bibliothèque médiévale dont les relents flottaient dans l'ascenseur. Il y avait aussi deux canapés gris-vert, une cheminée où brûlait un feu, une table de verre dressée pour le dîner, une porte en chêne qui ouvrait sur un bureau et trois hautes fenêtres. Par ces fenêtres, on voyait s'étendre Manhattan comme la carte sur laquelle un promoteur étudierait ses projets. Douglas crut deviner que les montants extérieurs de ces fenêtres s'ornaient de gargouilles et il ne se trompait pas.

Paulette Bonner réapparut, portant un plateau de verres et un shaker.

– Sidecars. Sidecars.

Elle posa le plateau sur une table basse près des canapés.

– Nous sommes une famille brandy, Douglas, dit Samson. Nous sommes des enthousiastes du brandy.

– Ho ho, dit Douglas.

S'il espérait avoir l'air léger et plein d'entrain, c'était raté.

Les verres furent distribués, les femmes s'assirent sur un canapé, les hommes sur l'autre. Samson Bonner portait un élégant costume coquille d'œuf. Son épouse, qui avait les cheveux aussi noirs que ceux de Nicole, une robe grise. Le feu crépitait. Douglas but une gorgée de son cocktail qui avait goût de limette. Dans sa ville natale d'Allentown, en Pennsylvanie, les boissons au citron vert étaient une vraie rareté.

– Je suis très fier de Nicole, dit-il. Hum, vous devez l'être aussi.

– Oh oui, oh oui, souffla Paulette.

– Ben merde, vociféra Samson Bonner en décochant un coup de poing dans l'épaule de Douglas. Ce n'est pas parce qu'il n'y a que des blancs dans son équipe de basket que Princeton n'est pas dans la course. Je me trompe ?

– Non, dit Douglas dont l'épaule était endolorie.

– Ce sont les rois de la feinte et de l'embrouille, déclara Samson. Les princes du favoritisme à l'ancienne, et alors ?

– Nous sommes très heureux que vous ayez accepté notre invitation, dit Paulette.

Les yeux de Douglas allaient du père à la mère. Malgré l'immense bibliothèque, il n'aurait pu dire encore s'ils étaient ou non cultivés, comme leur fille.

– Votre sidecar vous plaît, monsieur Kerchek? demanda Nicole.

– C'est du brandy et du cointreau, expliqua Paulette.

– Et du citron vert! hurla Samson.

Douglas sourit en approuvant de la tête.

– Quoi qu'il en soit, reprit Samson, voyons un peu ce que notre homme a à dire.

Il assena une claque dans le dos de Douglas. Un ange passa. Douglas souriait bêtement aux uns et aux autres quand la lumière se fit dans son esprit.

– Comment... c'est de moi que vous parlez?

– Bien sûr, de vous, brailla Samson. De vous, absolument.

Les Bonner attendirent, les yeux sur Douglas.

– Voyons, dit Douglas en grattant son crâne entaillé de frais. Que souhaitez-vous que je vous dise?

– Mais comment le saurions-nous, bon sang?

Samson ricana.

– Vous voulez que je vous parle de moi? Que je suis originaire de Pennsylvanie, ce genre de choses?

Il regarda Nicole.

– Non, dit Samson. Apprenez-nous quelque chose.

– Oui, fit Paulette, les yeux brillants.

– Apprenez-nous quelque chose, dit Samson, sinon pas de gnocchis pour vous.

Douglas se mit à rire. Personne ne l'imita. Nicole se racla la gorge.

– Mon père ne plaisante pas, monsieur Kerchek.

Douglas cessa de rire.

– Comment ça ?

– C'est sa façon d'être, expliqua-t-elle. Il faut que vous leur appreniez quelque chose à lui et à ma mère, sans quoi la soirée ne peut pas se poursuivre.

Douglas fixa son élève des yeux. Il vit qu'elle était parfaitement sérieuse et s'empressa de détourner le regard. Nicole avait ramené et plaqué ses cheveux en arrière, ce soir-là, et il craignait, s'il regardait trop longtemps la fuite de ses tempes, que son père, le marine, ne s'en aperçoive.

– Hum. Qu'aimeriez-vous apprendre ?

– Allez, on n'est pas difficile, dit Samson en décochant un nouveau coup de poing à Douglas.

– Apprenez-leur un mot, suggéra Nicole. Quelque chose de rapide, j'ai faim.

Douglas glissa jusqu'au bord du canapé, hors de portée du poing de Samson. Il réfléchissait aux choses qu'il savait bien. Il pensait à des livres.

– Ma foi, dit-il, je pourrais peut-être vous dire pourquoi je crois que Shakespeare a nommé Lear le roi Lear.

Paulette semblait anxieuse, comme si Douglas était en péril.

– En allemand, *leer* signifie « vide ». Or, *Le Roi Lear* est une pièce existentielle. Le personnage éponyme finit fou, en pleine nature, où il vit dans une tanière, comme Job. C'est un homme dépouillé de tout qui vit seul avec la vérité de son être. C'est un homme vide, conclut-il en levant les sourcils.

– Bravo, hurla Samson en décochant un coup de poing vers l'épaule de Douglas mais celui-ci se hâta de se lever pour se servir un nouveau sidecar.

– Vide, vide, annonça Paulette qui semblait ravie.

Nicole plissa les yeux.

– Vous ne nous avez jamais appris ça.

– Quoi ? demanda Douglas.

– On a étudié *Le Roi Lear* en novembre dernier. Vous ne nous avez jamais parlé de l'allemand. Vous ne nous avez jamais rien appris sur son nom.

Douglas haussa les épaules. Il reposa le shaker.

– Bah, ce n'est qu'une hypothèse que je formule. C'est loin d'être prouvé.

– Faux, dit Samson, le doigt pointé sur Douglas. C'est la vérité. Je reconnais toujours la vérité quand je l'entends.

– Bah, fit le prof.

– C'est la vérité et vous l'avez découverte, décréta Samson en levant le pouce vers Douglas. La soirée peut se poursuivre.

Nicole se leva.

– C'est salement égoïste, voilà ce que je dis, moi.

Elle foudroyait Douglas du regard.

– Quoi donc ? demanda-t-il.

– Vous, accusa-t-elle. Vous êtes égoïste de garder précieusement votre petite hypothèse, d'en faire un secret, au lieu de l'exposer à vos élèves.

– Attendez un peu, dit Douglas.

– Non, répondit-elle en se croisant les bras sous la poitrine d'une manière que Douglas ne put ignorer. Vous êtes notre professeur, monsieur Kerchek. Vous êtes censé nous faire profiter de vos idées, nous qui sommes vos élèves.

– On dirait qu'il a gardé quelques idées pour lui.

Samson cligna de l'œil.

– Ce n'est qu'une hypothèse, c'est purement théorique, dit Douglas en soulignant ce dernier mot.

– Hmph, fit Nicole en levant le menton, ce qui contraignit Douglas à voir son cou et la sombre échancrure de sa robe à la naissance de ses seins. Je suis extrêmement déçue, ajouta-t-elle, glaciale. Et je ne vous parlerai plus ce soir jusqu'à la salade.

– Nicole, plaida Douglas.

Mais Nicole quitta le canapé pour aller s'asseoir à table.

Samson se frotta les mains.

– Mangeons ! cria-t-il.

Avec les hors-d'œuvre, un cocktail de crevettes, Douglas relata une bonne partie de sa vie aux Bonner. Il était mal à l'aise parce que Nicole boudait en silence et il finit par déballer les anecdotes de l'année qu'il avait passée au Japon après son diplôme, sa mononucléose, et jusqu'à son fiasco au bal de fin d'année avec Heather Angelona.

– Mais vous vous sentez bien, maintenant ? demanda Samson.

Douglas leva le nez de sa salade.

– Monsieur ?

– Vous êtes guéri, quoi. De la mononucléose.

– Ah, oui, monsieur. C'était il y a treize ans.

– Bravo, fit Samson en engloutissant une rondelle de concombre. Et puis, dites, pas de monsieur entre nous. Je m'appelle Samson, nom de Dieu.

– Très bien.

Douglas essaya de croiser le regard de Nicole. Elle était assise en face de lui au bout de la table, alors que ses parents avaient pris place de part et d'autre de sa longueur. Voyant qu'elle s'obstinait à garder les yeux baissés sur sa salade, il laissa errer son regard sur le mur entier de livres derrière elle.

– Ce sont des livres merveilleusement reliés, dit-il, que

vous avez là, Samson. Paulette et vous les avez presque tous lus ?

Samson le dévisagea méchamment. Il laissa ainsi s'écouler dix secondes, puis :

– Je les ai tous lus, dit-il, absolument tous de la première à la dernière page.

– Vraiment ? demanda Douglas en examinant de nouveau les rayonnages. C'est incroyable.

Samson fronça les sourcils.

– Voyez-vous ça, monsieur le docteur de Harvard, c'est ce que vous pensez ? Incroyable ?

– Pardon, s'empressa de dire Douglas.

– Je vous trouve bien impertinent, mon salaud, déclara Samson.

L'estomac de Douglas se noua, comme avant ses combats de boxe quand il était lycéen.

– Écoutez, Samson. Monsieur Bonner, je n'ai vraiment pas voulu vous offenser.

– Ha, vociféra Samson. Je vous ai bien eu !

Douglas regarda madame et mademoiselle Bonner qui arboraient un mince sourire entendu.

– Quoi ? demanda-t-il.

Samson décocha un coup de poing dans l'épaule de Douglas.

– Je vous faisais marcher, mon petit Doug. Pour voir ce que vous avez dans le ventre.

– Ah, fit Douglas avant d'avaler une gorgée de vin. Ha, ha, ajouta-t-il faiblement.

– Voilà, je vais de nouveau prendre part à la conversation, dit Nicole.

– Que je sois damné, s'écria Samson en pointant sa fourchette vers les livres, si j'ai jamais lu un seul de ces machins-là. C'est une collection qui n'a pas de prix.

– C'est une bibliothèque de famille, dit Paulette.

– C'est ça, de famille, confirma Samson la bouche pleine, puis il mastiqua et déglutit. C'est Nicole qui les lit. Ils appartenaient à mon ancêtre Vladimir Bonner. Il était prince des Carpathes ou de je ne sais quelle saleté de patelin loufoque.

Il écarta tout ça d'un ample geste de la main avant de conclure :

– Ce qui compte, c'est qu'il était prince, et ce sont ses livres.

– Ce qui compte, c'est que les Bonner sont de sang royal, dit Nicole.

Samson assena une claque sur la table.

– Les gnocchis, mugit-il. C'est moi qui les ai faits.

Il promena sur les autres un regard courroucé comme s'il s'attendait à être contredit.

Paulette servit le plat de résistance dont Douglas dut reconnaître qu'il était délicieux. Il but son vin et la conversation s'adoucit. Samson évoqua les sujets d'inquiétude du jour, le maire, le temps, la Bourse. Douglas lui fit compliment de ses gnocchis. Interrogé par Samson sur son enfance à Allentown, il évoqua ses années de scoutisme mais évita de parler des écureuils qu'il avait tués avec des pétards. Paulette lui demanda les films qu'il préférait et il répondit. Chaque fois qu'il regardait Nicole, elle soutenait fermement son regard. En définitive, il passait une bonne soirée. Le chardonnay lui montait légèrement à la tête et sa pensée papillonnait un peu au hasard, les Yankees feraient-ils une bonne saison, faisait-il froid dehors, comment ce haricot vert de Paulette avait-il pu donner naissance à une fille comme Nicole. Il ne restait plus de gnocchis dans le plat.

– Très bien, les filles, dit Samson, passons aux choses sérieuses.

Paulette plaça un verre de brandy devant chacun des convives.

– De quelles choses s'agit-il ? s'enquit Douglas avec un sourire.

Il s'essuya la bouche à sa serviette.

– Nous pensons que vous devriez épouser Nicole, dit Samson.

Douglas éternua quatre fois de suite. « À vos souhaits », firent les autres en chœur.

– Plaît-il ? dit Douglas.

– Paulette et moi souhaiterions vous accorder la main de Nicole, ici présente. Notre fille unique.

Douglas considéra les trois Bonner. Tranquilles sur leur chaise, tous trois souriaient poliment. Nicole avait l'expression qu'elle arborait toujours avant de répondre parfaitement à une question. Personne ne riait.

– Vous plaisantez, bien sûr, dit Douglas.

– Oh que non, dit Samson Bonner avant de boire une gorgée de brandy. Je ne vous fais pas marcher, mon petit Doug.

– C'est vrai, monsieur Kerchek.

Douglas sentit de nouveau son estomac se nouer comme à la boxe. Dans son adolescence, il avait participé aux Castagnes du Vendredi soir, qu'organisait chaque semaine la Société des Gentlemen. Les Gentlemen étaient des travailleurs d'Allentown qui se réunissaient le vendredi soir dans un entrepôt qu'ils avaient meublé, pour boire du whisky en jouant aux cartes. Chaque fin de semaine, ils faisaient venir une sélection d'élèves des lycées de la région. Pour gagner un bon repas, les garçons mettaient des gants et s'affrontaient sous les projecteurs d'un ring au milieu du club tandis que les hommes buvaient en vociférant des encouragements. Être sélectionné pour combattre dans une Castagne était le plus grand honneur qui pût échoir à un gamin d'Allentown et Douglas avait été sélectionné quatorze fois dans sa catégorie. Il avait remporté douze de ses combats, un par K.-O., et n'avait jamais eu le nez cassé. Certains soirs, juste avant de s'endormir, Douglas se revoyait sur le ring, face au frère de Heather Angelona, Carmine. Il rendait dix livres à Carmine qui le menait aux points jusqu'au troisième round quand Douglas l'envoya au tapis d'un uppercut qui le laissa sans connaissance. Les hommes rugirent comme des lions. La cloche résonna. Douglas se rappelait la fumée des cigares dans ses narines, le sang sur son visage et, curieusement, pas sur celui de Carmine. En regardant M. Angelona faire respirer des sels à son fils pour le ranimer, Douglas avait éprouvé simultanément l'envie de vomir et l'envie de fourrer sa langue dans la bouche de Heather Angelona.

En l'occurrence, il secoua la tête pour s'éclaircir les idées et se leva.

– Dites-moi, Nicole, fit-il d'un ton sévère. De quoi s'agit-il ? Est-ce une blague, une bizarre plaisanterie familiale ?

– Non, répondit-elle en appliquant calmement le bout des doigts sur la table. Mes parents souhaitent sincèrement que vous m'épousiez. Moi aussi.

– Asseyez-vous, Douglas, s'il vous plaît, dit Paulette.

Pour une fois, son ton était dépourvu de toute légèreté. Douglas s'assit.

– Mais c'est... c'est dingue, dit-il. Vous m'avez simplement invité à dîner.

Samson Bonner martela la table de ses doigts repliés.

– Mais bon sang, fiston, Paulette et moi avons toujours été heureux ensemble depuis notre mariage voilà vingt-cinq ans. Et voulez-vous que je vous dise ? C'est mon père qui avait tout arrangé. Il était associé au père de Paulette dans un cabinet d'avocats.

– Je suis née Depompis, expliqua Paulette.

– C'est ça, reprit Samson, Depompis. Bref, mon père et le sien avaient vu que Paulette et moi faisions la paire. Eh bien, nous estimons que Nicole et vous faites la paire aussi.

Douglas sentit que la tête lui tournait.

– Vous en avez discuté ? En famille ?

– Évidemment, dit Samson. Tous les soirs pendant une semaine.

– Excusez-moi, monsieur... Excusez-moi, Samson, mais vous ne me connaissez même pas.

– Oh, bon sang, s'exclama Samson en battant l'air comme pour chasser des moucherons. Nicole vous connaît. Elle dit que vous voyez un film tous les soirs comme elle lit un livre tous les soirs.

– C'est adorable, dit Paulette.

Douglas dévisagea son élève.

– Enfin, Nicole, dit-il. Vous avez dix-neuf ans.

– Vingt en septembre, précisa Nicole.

– Nous lui avons fait redoubler sa troisième, dit Paulette.

– Admettons vingt ans.

– Elle avait des problèmes d'orthophonie, conclut Paulette.

– Permettez.

Douglas se racla bruyamment la gorge. Les Bonner firent silence.

– Écoutez-moi, dit Douglas, vous avez... j'ai... c'était un repas charmant mais... ne croyez-vous pas que vous vous montrez tous les trois parfaitement déraisonnables ? Comme j'essayais de vous le faire remarquer...

– Jeune homme, dit Samson, ne trouvez-vous pas Nicole séduisante ?

Douglas se tut. Il n'avait cessé de s'attendre à voir l'animateur d'une quelconque caméra invisible jaillir de derrière un rideau, mais il n'en fut rien. En face de lui, de l'autre côté de la table, dans sa robe d'un noir impossible, Nicole fixait sur lui le regard implacable de ses yeux bleus. À quoi ressemblerait la vie, si elle était sa femme ? Il se mit à l'envisager vraiment pour la première fois. Il pensa à la dernière femme avec laquelle il était sorti, Lillian Marx, qui adorait le jazz. Il s'imagina tenant la main de Nicole, partant avec elle pour Montauk en décapotable, la radio diffusant les drôles de groupes punk qu'elle aimait. Il rougit.

– La religion n'est pas un obstacle, fulmina Samson. Nicole me dit que vous êtes un fidèle de l'Église épiscopalienne comme nous. Elle admire votre intelligence et vous lui mettez toujours des A. Alors, mon petit Doug, où est le problème ?

Douglas se massa le coin des yeux avec les pouces.

– C'est tout de même... un peu soudain, monsieur.

Samson s'ébroua.

– Vous savez, Douglas, dit Paulette, nous vous trouvons vraiment très, très bien. Particulièrement maintenant que nous vous connaissons.

Il se redressa, très droit, sur son siège.

– Oui. Bon. Comme j'essayais de vous le dire, Nicole a onze ans de moins que moi. Cela ne vous semble pas... problématique ?

– Non, dit Samson. J'ai douze ans de plus que Paulette.

– Monsieur Kerchek, dit Nicole. Savez-vous, monsieur Kerchek, que dans les siècles passés il était fréquent qu'une fille soit mariée et mère dès quatorze ans ?

– Ne soyons pas si pressés pour la maternité, plaisanta Samson.

– On n'est plus au moyen âge, Nicole.

Douglas se décida à avaler une gorgée de brandy.

– Vous n'êtes même pas encore allée à l'université.

– Mais je vais y aller, non ?

– Il ne manquerait plus que ça, intervint Paulette, outrée. Il n'est pas question que ma fille soit privée d'éducation à cause de son mari.

– Ne nous emballons pas, dit Douglas.

– Eh là, gronda Samson. Vous aurez la main de ma fille, mon petit Doug, et nous vous donnerons un peu d'argent pour démarrer dans la vie mais Princeton, ça n'est pas négociable. N'essayez pas de manœuvrer pour la faire changer d'avis.

– Ce n'est pas ce que je faisais.

– Pas de manœuvres, dit Nicole.

Douglas poussa un profond soupir.

– J'ai besoin d'aller aux toilettes, dit-il.

– Alors ça, dit Samson, je vous comprends !

Paulette indiqua un vestibule.

– Troisième porte à droite.

Douglas sortit rapidement de la pièce. Des pensées confuses se bousculaient dans sa tête, son gâteau allemand, intact quelque part parce qu'on ne l'avait pas servi, un cours de pédagogie qu'il avait suivi autrefois, pendant lequel le prof lui avait conseillé de se méfier des élèves adolescentes et de leurs foucades qui tournaient vite à l'obsession.

Ce serait ça ? se demanda Douglas. Une foucade ?

La porte des toilettes était entrebâillée. Douglas allait pour la pousser quand il entendit qu'on actionnait la chasse d'eau à l'intérieur.

– Oh, pardon, dit-il machinalement.

Il recula, surpris. Quelques instants plus tard, la porte s'entrouvrit un peu plus et un chat noir sortit des toilettes. Il s'arrêta au pied de Douglas et, levant la tête, le regarda droit dans les yeux.

– John Stapleton, souffla Douglas.

– Miaou, répondit John Stapleton.

Ébahi, Douglas demeura parfaitement immobile. John Stapleton mordilla brièvement la pointe de sa chaussure gauche, comme pour la goûter. Puis il s'éloigna dans le couloir et disparut dans l'ombre.

C'est dingue, songea Douglas. Cette soirée, cette famille, ce chat, toute la bande, ils sont fous à lier. Mais ce chat n'était-il pas un présage ? En se lavant le visage et les mains dans le lavabo, puis en examinant sa coupe de cheveux ridicule et en prenant de profondes inspirations pour se libérer du poids qui l'oppressait et retrouver son calme, il pensa à Nicole. Il pensa aux boucles d'oreilles d'argent toutes simples qu'elle portait toujours. Il se rappela le Melville qu'elle avait appris par cœur, le respect que lui inspiraient les romans de Graham Greene, la poigne sans merci dont elle tenait sa crosse quand elle jouait au hockey. Son film préféré était *The Philadelphia Story*, difficile de critiquer une telle préférence. Il l'avait entendue vitupérer passionnément contre la peine de mort pendant un cours de morale, et l'avait vue tenir dans ses bras le bébé d'une prof.

– J'aimerais parler à Nicole en tête à tête, dit-il quand il rejoignit les Bonner.

– Ça ne m'étonne pas, dit Samson.

– Tête à tête, tête à tête, fit Paulette en lui souriant avec lassitude.

– Allez dans mon bureau.

Samson se leva et serra la main de Douglas.

Ils étaient seuls. La porte du bureau était fermée. Nicole était assise sur un lit de repos, elle avait quitté ses souliers et ramené les jambes sur le côté, mollet contre mollet. De l'autre côté de la pièce, Douglas s'était perché tout au bord d'une chaise de bois dont la barre supérieure du dossier était sculptée d'une couronne. Il se dit que c'était peut-être la couronne de la famille Bonner mais ne posa pas la question.

Nicole fit craquer ses phalanges.

– Dans une minute, je vais me mettre à vous appeler Douglas, au lieu de monsieur Kerchek.

– Ah, vraiment ?

Elle poussa un soupir.

– S'il vous plaît, monsieur Kerchek, écoutez-moi, je vais vous dire un certain nombre de choses.

Douglas rassembla ses esprits. Derrière la porte, un couple marié, assis sur un canapé gris-vert, buvait du brandy en caressant peut-être John Stapleton. Ici, dans le bureau avec lui, il y avait une jeune femme obstinée.

– Monsieur Kerchek, vous savez que je suis intelligente. Que je sais penser et que je lis bien, comme vous quand vous aviez dix-neuf ans. Mais je sais aussi à quoi ressemble le monde.

Il la regarda. Elle est sérieuse, pensa-t-il. Elle est parfaitement sérieuse.

– Je le sais, reprit-elle. Je sais le temps qu'on peut vivre dans notre ville sans trouver personne à aimer. Je suis jeune mais je comprends la solitude et son poids de tristesse.

Elle se massa les pieds.

– Je connais un mec dans l'immeuble qui attache des filles à son lit parce qu'il croit que ça le guérira de sa solitude. C'est de ce genre de tristesse-là que je parle.

– D'accord, Nicole. Mais qu'est-ce que cela a à voir avec nous ?

Nicole se posa un doigt sur les lèvres.

– Écoutez, Douglas, je sais qu'il m'arrive d'être irrationnelle.

Il retint son souffle. Il sentit quelque chose le long de son échine, la peur peut-être.

– Comme ce soir, dit Nicole. Cette histoire de roi Lear. Mais je vais vous dire quelque chose que vous ne savez sans doute pas. Je vous ai vu au Film Forum la semaine dernière.

Douglas rougit de nouveau.

– On passait *The Gunfighter* avec Gregory Peck. C'était mardi dernier, à la séance de neuf heures. J'ai vu l'annonce dans le journal et j'étais sûre que vous y seriez. Alors j'y suis allée.

Il essaya de se rappeler ce qu'il avait mis pour sortir ce soir-là, les bonbons qu'il avait apportés. Une chemise de flanelle ? Des Gummi Bears ?

– J'étais assise cinq rangs derrière vous et j'ai observé votre silhouette. Je vous ai vu admirer le type qui jouait le barman. Vous savez, celui de *Sur les quais*.

Douglas ferma les yeux. Elle a raison, pensa-t-il. Elle a dix-neuf ans, et elle a raison.

– Enfin bref, que vous m'épousiez ou pas, voilà ce que j'ai à vous dire.

Elle s'interrompit pour expirer profondément avant de reprendre.

– Ça ne sert à rien.

Il avait toujours les yeux fermés, il écoutait.

– La façon dont vous vivez, ça ne sert à rien. Toutes ces haltères que vous soulevez, tous ces kilomètres que vous courez, tous ces films que vous allez voir. Ça n'est pas bien. Vous êtes seul.

Alors Douglas la regarda. Il vit ses courbes et ses tempes, mais autre chose aussi, quelque chose comme une lueur qui dansait au fond de ses yeux.

– Vous êtes un bon prof et tout ça, mais vous tuez le temps, je le vois bien, Douglas.

Penses-tu, se dit Douglas. Puis il se demanda, Comment ? Comment je le tue ?

– Je le vois aux bouquins que vous nous faites étudier, aux cravates que vous portez, à tout.

Nicole ne mâchonnait pas ses cheveux.

– Vous êtes prêt, Douglas. Pour *la* femme, celle que vous devez épouser.

Elle haussa imperceptiblement les épaules.

– Et cette femme, je crois que c'est moi. Je suis sortie avec quelques mecs, j'ai pas mal appris et... ben voilà, je sais ce que je veux.

– Comment ? se récria Douglas.

Voyant que ses mains tremblaient sur le verre, il le posa. Il avait l'impression qu'il risquait de fondre en larmes mais il s'y refusa.

– Comment... faites-vous pour dire tout ça ?

– Je le dis, voilà.

Nicole regardait intensément son professeur.

– Vous êtes... commença-t-il. Mais il changea de formulation. Vous m'aimez ?

Elle se caressa le cou, but une gorgée de brandy.

– Écoutez, il faut que j'aille à Princeton. Et il y a cette énorme bibliothèque de famille, là, que je dois lire. Tout ce que je dis, c'est que vous devriez avoir une femme avec vous au cinéma et que ça devrait être moi. Je suis prête à être cette femme.

Douglas ne tenait plus en place. Il se leva et se mit à faire les cent pas, comme il l'avait toujours fait dans le vestiaire avant un combat. Il avait envie de gueuler, de donner des coups ou d'en recevoir. Il avait besoin de quelque chose de sûr, d'une sensation qu'il pourrait reconnaître. Il marcha droit sur Nicole, sans trop savoir ce qu'il fallait faire.

– Doucement, Douglas.

Elle recula sur le lit de repos.

– Non, dit Douglas en secouant la tête et en se remettant à arpenter la pièce. Pas de « doucement, Douglas ». Il faut que vous me disiez quelque chose, là. J'ai trente et un ans et je suis... je suis votre prof, nom de Dieu. Enfin, quoi... est-ce que c'est... Écoutez, Nicole, il faut me répondre, tout de suite.

– D'accord, murmura-t-elle. Je vais vous répondre.

– Est-ce que c'est du solide ? Enfin, je veux dire, est-ce que vous... est-ce que vous êtes amoureuse de moi ?

– Je suis prête à l'être, dit Nicole. D'ailleurs, comprenez que c'est un compliment, je n'ai rien de mieux à faire.

Douglas s'immobilisa.

– Je suis en train de devenir fou, dit-il doucement. Je suis là, les deux pieds sur terre, et je suis en train de devenir fou.

Nicole sourit. Elle lui prit la main.

– Écoutez, dit-elle. J'ai le bal de fin d'année dans un mois où mon cousin Fred sera mon cavalier, et les diplômes deux semaines après. Ce sera un peu mouvementé pendant quelque temps, mais à partir de la première semaine de juin je n'aurai plus rien d'autre à faire que d'apprendre à vous aimer éperdument.

Douglas accueillit d'un unique éclat de rire ce qu'il percevait de raisonnable, de pragmatique dans le ton de Nicole. Il pensa à sa mère, à Chiapas et aux Mexicains, à la pile de copies qu'il corrigeait sans discontinuer depuis six ans. Cela pouvait bien faire un millier de dissertations. Et peut-être y avait-il eu, dans l'histoire, une époque où tout le monde parlait comme Nicole Bonner.

– Je peux faire l'aller-retour Princeton-New York tous les jours, expliqua-t-elle, ou rentrer seulement pour les week-ends. Mes parents sont un peu excentriques et moi aussi mais... bon, c'est comme ça. Qu'en pensez-vous ?

Douglas la prit par les mains et la fit lever. La tête lui tournait un peu, il se sentait méchant. Il ne savait plus comment il se sentait. Comme un animal, il serra les mâchoires pour faire face une dernière fois.

Quand il parla, ce fut d'une voix basse, presque menaçante.

– Écoutez, Nicole.

– Oui ?

– Je vous... c'est la dernière fois que je vous repose la question.

– D'accord.

– Si tout ça n'est qu'une plaisanterie et que vous me dites demain que c'est une plaisanterie, je... je ne...

Il serra et desserra les poings.

– Je ne plaisante pas, dit Nicole.

Il regarda la ville de New York par la fenêtre, puis reporta les yeux sur Nicole.

– Vous en êtes sûre ?

Elle leva la main et en effleura légèrement les cheveux coupés de frais de Douglas.

– À poils ras, murmura-t-elle.

Il saisit ses deux mains dans les siennes. Il rayonnait. Il éprouvait une vague nausée.

– Bon. Très bien, puisque c'est sérieux, je veux que vous fassiez quelque chose pour moi.

Nicole fronça les sourcils.

– La bague au doigt. Un baiser, à la rigueur.

– Taisez-vous et écoutez, dit-il d'une voix tremblante de plaisir. Je ne vous demande pas de m'embrasser. Je veux que vous me frappiez.

– Quoi ?

Il ne put contenir le sourire, le vieux rictus de triomphe impertinent qui étira ses lèvres.

– Je veux que vous me donniez un coup de poing dans l'estomac de toutes vos forces.

Elle s'écarta de lui.

– Vous êtes malade.

– Non, dit-il en la saisissant par les épaules pour la contraindre à lui faire face. Faites-moi confiance. Si vous faites ce que je demande, je saurai que nous sommes... je saurai, voilà.

Elle rit, un rire bref.

– Vous êtes taré.

– Frappez-moi.

Elle le considéra de biais.

– Il plaisante pas.

– Donnez-moi votre main.

Elle tendit sa paume droite.

– Fermez le poing. Non, pas comme ça, le pouce à l'extérieur. Bien.

– Comment savez-vous...

Il l'interrompit méchamment.

– Taisez-vous et frappez-moi. Allez. Montrez ce que vous savez faire.

Une joie mauvaise envahit les traits de Nicole.

– Vous devriez vous méfier.

– Frappez-moi.

– Attention, Douglas, je vais le faire, avertit-elle.

– Allez-y.

Elle ramena le poing en arrière au niveau de sa hanche, jeta un coup d'œil à la porte qui cachait ses parents. Puis elle regarda Douglas comme si elle allait éclater de rire ou faire quelque chose d'autre, quelque chose d'imprévisible.

– Cogne, voyou, la défia-t-il, et tout fut dit.

Nicole lança le poing et lui montra ce qui l'attendait, ce qui les attendait tous les deux.

Coïncidences

Leonard Bunce désirait une femme mais manigança de se servir d'une autre. Leonard travaillait à Manhattan, il était avocat dans le cabinet Spuck et Hardison. Les deux femmes y étaient assistantes juridiques. Celle que Leonard désirait était Hannah Glorybrook, celle dont il manigançait de se servir, Alison Shippers.

Alison avait trente-cinq ans et mesurait un mètre cinquante-huit. Elle était rebondie, avec de gros seins et un corps vigoureux mais les hommes l'intimidaient. Elle avait grandi dans le Maine et semblait bâtie pour devenir gardienne de phare ou ouvrière dans une conserverie. Elle avait un appartement à Gramercy Park et portait au bureau des tailleurs qui ne tablaient pas sur sa féminité. Le jeudi soir, elle s'offrait des sushis, unique plaisir citadin qu'elle se permît, puis s'appliquait un masque d'argile et regardait la télévision. Le samedi soir, Alison s'endormait en sanglotant.

Hannah Glorybrook travaillait à deux bureaux de celui d'Alison. Hannah était blonde, gracieuse, mesurait un mètre soixante-huit, elle avait les pommettes hautes et les dents du bonheur qui lui conféraient une séduction supplémentaire. Elle avait vingt-six ans et était fille unique. Sa mère était morte, sa peau parfaite et son père propriétaire des parfums et produits de beauté Glorybrook, ligne de produits de luxe qui remportait un grand succès à New York et à Paris. Hannah possédait le genre de corps pour lequel ces articles sont élaborés. Elle pouvait bien se promener avec les cheveux ébouriffés ou des couettes, en robe du soir ou en ciré, elle charmait les rues de Manhattan. Sachant que son physique était un piège à hommes et n'y voyant aucun inconvénient, elle le rehaussait chaque jour des divers accessoires de la séduction, toujours noirs : bérets, robes, bas montants à mi-cuisses et autres gilets d'homme boutonnés. Elle avait un diplôme de sciences politiques de Tufts University et, riche de la fortune que son père avait bâtie sur son parfum le plus célèbre, *Coïncidences*, qu'elle mettait tous les jours, elle travaillait depuis six mois chez Spuck et Hardison où, quand elle en avait fini avec la paperasse, elle lisait des romans à l'heure du déjeuner. Le soir et pendant le week-end, elle buvait de la bière et chaussait des lunettes à monture noire très années soixante qui lui conféraient des airs d'intello féline.

De son côté, Leonard Bunce était un célibataire aigri. Il avait quarante-trois ans. Au lycée, il avait raflé tous les prix. Étudiant brillant, il avait bénéficié d'une bourse Rhodes et était maintenant l'un des meilleurs avocats d'assises du cabinet Spuck et Hardison. L'aigreur de Leonard ne lui venait pas d'un quelconque sentiment de sa supériorité intellectuelle. Elle était directement liée à une gigantesque tache de naissance qu'il avait sur la tempe droite. C'était une excroissance de peau écarlate en forme d'éclaboussure qui donnait l'impression que son cerveau lui sortait du crâne et coulait jusqu'à son œil droit. Leonard haïssait cette tache, les femmes et les amitiés qu'il était sûr qu'elle lui avait coûtées, les avantages et les défis qu'elle lui valait. Il avait la nausée lorsqu'il voyait dans les yeux d'un juré la sympathie pour l'un de ses clients augmenter ou se tarir à cause de son propre visage. Cela le rendait malade de croire que Hannah Glorybrook, le canon du troisième étage, ne lui prodiguerait jamais ses faveurs extatiques en raison d'une difformité dont il n'était pas responsable. Que le monde, et en particulier les femmes, justifiât ou non ses soupçons, ne changeait rien à son attitude. Il considérait avec une grimace de haine et de dégoût la beauté et la vérité, souhaitant toujours s'en rendre maître sans jamais s'en croire capable.

Tous les soirs, les mains au fond des poches, il hantait les rues du centre de Manhattan, désirant la moitié des femmes qui le croisaient. Il était plein de concupiscence pour de jeunes mères aux hanches sans mystère, des étudiantes en minijupe, des mannequins filiformes sur des affiches. La nuit, seul chez lui, les poings crispés, il regardait des films avec Ann-Margret, Raquel Welch et Katharine Ross. Il lui semblait que Dieu avait créé les femmes afin que les hommes puissent les tripoter et dépenser leur argent pour elles et qu'il suffisait qu'un homme fût bien payé et dépourvu d'imperfection physique pour n'avoir plus qu'à se livrer à la chasse et à la cueillette de toutes les grâces féminines. La femme que Leonard souhaitait tripoter plus que toute autre, celle dont il désirait le plus capter les grâces, était Hannah Glorybrook. Cependant, furieusement convaincu de son infériorité et tenaillé par le désir de baiser, la femme qu'il alla trouver derrière son bureau fut Alison Shippers.

– Mademoiselle Shippers, lui dit-il, avez-vous terminé les conclusions Kowalski ?

Alison leva les yeux. Elle avait le visage arrondi et des traits anodins – une caricature de face de lune. De plus, elle portait un chemisier blanc avec une épingle d'or sur un sein. L'épingle s'ornait d'un cœur.

– Presque, maître.

Leonard lança les yeux à l'est et à l'ouest, s'assurant que personne n'écoutait aux portes.

– Voudriez-vous dîner avec moi ce soir ?

Alison rougit.

– Oh, maître...

Elle est de Nouvelle-Angleterre, se dit Leonard, patrie de la libido réprimée. Elle va se jeter sur moi comme une lapine en rut.

– Au Duranigan's à neuf heures, dit-il.

À deux bureaux de là, les demi-cloisons lui permettaient d'apercevoir la nuque et les épaules de Hannah Glorybrook. Sous la robe de Hannah, une bretelle de soutien-gorge indigo montrait le nez.

À neuf heures tapantes, ce soir-là, Alison et Leonard dînèrent au Duranigan's de Madison Avenue. Le parfum d'Alison sentait la mûre et elle portait une robe blanche simple et de bon goût qui lui descendait au-dessous du genou. Tandis qu'elle souriait timidement du cocktail de langoustes jusqu'à l'osso-buco, Leonard lorgnait ses biceps robustes.

– Vous faisiez du sport à la fac ? s'enquit-il. Dans l'équipe d'aviron, peut-être ?

– Vous devez être voyant, maître.

À onze heures trente ce soir-là, Leonard se retrouva en tête à tête avec Alison, chez elle, où il l'abreuva de vin et de questions. À minuit et demi, il avait la tête entre les cuisses d'Alison.

– Oh, maître, soufflait-elle.

Elle se demandait si elle avait particulièrement bien rédigé les conclusions Kowalski.

Leonard resta niché où il était, dardant la langue comme un serpent, zieutant d'un regard brûlant le torse d'Alison, son soutien-gorge rose. Quand il satisfaisait une femme de cette façon, il n'avait pas besoin de parler. Elle ne voyait pas sa tache de vin et lui, ne voyant pas son visage, pouvait imaginer que c'était une svelte Barbarella qui s'abandonnait.

Le lendemain, au travail, elle lui fit des œillades, lui apporta du café et lui effleura le poignet.

– Je vous ferai à dîner ce soir, murmura-t-elle.

Quelle poire, songea Leonard.

Hannah Glorybrook passa nonchalamment, elle portait de hauts talons et une minijupe écossaise. Leonard adressa un mince sourire à Alison. Il avait encore dans les narines son épouvantable odeur de mûre.

– Va pour le dîner, dit-il.

Cela dura un mois.

Leonard passait ses journées en tentatives d'approche de Hannah Glorybrook, à la recherche d'un prétexte pour lui parler. Mais chaque fois qu'il arrivait à la hauteur de son bureau, elle avait un petit geste machinal de retouche féminine, elle lissait sa robe, se ramenait une mèche derrière l'oreille – le cœur de Leonard s'arrêtait, il portait la main à sa tache de vin et s'éloignait.

Après chacun de ces incidents, il cherchait tous les moyens possibles de dépenser l'énergie que Hannah avait fait naître en lui. Il se déchaînait contre ses adversaires au palais puis donnait l'assaut au corps d'Alison Shippers.

Un jeudi d'août, par une chaude soirée, Leonard Bunce était au Cherrywood's Lounge de la Quarante-deuxième Rue, où il s'accordait un congé de récupération, loin des pains de veau et des chevilles épaisses d'Alison.

Le Cherrywood's était un bar confortable qui proposait à sa clientèle une gamme d'excellents whiskies écossais qu'on buvait en écoutant des conteurs. C'était le genre d'établissement à l'éclairage tamisé où Leonard estimait qu'un homme pouvait boire seul sans se sentir déplacé. Il commandait un Glenfiddich avec des glaçons et s'asseyait à une table, sa tache de naissance tournée du côté du mur. Ce soir-là, son deuxième scotch était déjà largement entamé quand des effluves lui parvinrent aux narines, un parfum sans nulle trace de mûre. Il leva les yeux.

– Tiens, tiens, tiens, dit Hannah Glorybrook, Lenny Bunce.

Le visage de Leonard se plissa de plaisir. Une pinte de Guinness et une cigarette à la main, Hannah était debout devant lui, vêtue d'un fourreau noir fendu sur le côté jusqu'à la taille. Elle avait rassemblé sa chevelure en une ruche de mèches blondes et portait des lunettes rondes à monture noire que Leonard ne lui avait jamais vues. Bizarrement – mais, pour Leonard, délicieusement – elle était pieds nus et ne portait ni bijoux ni maquillage. Mieux encore, elle était seule.

Elle tira sur sa cigarette, exhala la fumée.

– Bonsoir, Hannah, lui souffla-t-elle. Bonsoir, mademoiselle Glorybrook.

Leonard se leva en rougissant et se cogna le genou contre la table.

– Pardon. Aïe. Pardon, bonsoir.

Elle se glissa sur la banquette en face de lui.

Il se rassit. Sa main droite se porta instinctivement à sa tempe, feignant une démangeaison pour cacher sa tache de naissance.

– Lenny, ce n'est pas vraiment mon genre, dit-il.

Elle éleva le verre de Leonard à la lumière.

– Du scotch, dit-elle, beuark !

Elle but quelques gorgées de sa pinte. Leonard regarda autour de lui. Plusieurs hommes, au bar, avaient levé les yeux de leur whisky pour lorgner Hannah. Il y avait aussi deux épouses, trois petites amies et six femmes seules installées près de la table de billard qui lui lançaient des regards assassins. Elles étaient allées voir des pièces et des comédies musicales à Broadway et s'ornaient toutes de perles, de diamants, de rouge à lèvres et, jusqu'à la dernière, d'escarpins à talons.

– Ça m'étonne qu'on vous ait laissée entrer, dit-il.

Elle souffla de la fumée par l'interstice de ses incisives.

– J'ai vingt-six ans, dit-elle.

– Vous êtes pieds nus, dit Leonard.

– Ben oui.

– Vous avez rendez-vous avec quelqu'un ?

– Vous préféreriez ça ?

Il rougit et, de nouveau, gratta une démangeaison fantôme.

– Je parie que vous avez un rencard, Lenny, dit-elle avec un sourire. Je parie que vous avez rencard avec une jolie petite garce. Une traînée.

Leonard imagina Alison à plat ventre dans un caniveau.

– Une drôlesse, dit-elle. Une catin.

– Vous êtes bien éloquente, dit Leonard.

– Seulement jusqu'à ce qu'un homme m'ait domptée. Après, je suis docile, accommodante, réservée.

Leonard vira à l'écarlate.

Elle brandit son verre vide.

– Il me faut une autre pinte.

Il se hâta de gagner le bar, commanda une Guinness et un autre Glenfiddich. Il passa en revue sa journée à la vitesse de la lumière, en quête de l'exploit qu'il pouvait bien avoir accompli pour mériter cette compagnie. Quand il revint, Hannah allumait une nouvelle cigarette.

Elle reste, se réjouit-il. Même à travers la fumée, il sentait encore son parfum, comme l'odeur d'une liqueur exquise, une brise nocturne.

D'un mouvement circulaire du menton, elle désigna la salle.

– Toutes ces bonnes femmes me fusillent du regard. Elles n'aiment pas ma façon de m'habiller. Elles me trouvent hyperbandante. Elles sont jalouses.

– Faut dire, vous vous promenez toujours en ville sans souliers ?

Elle but sa bière brune.

– Parlons d'autre chose que de mes pieds, Lenny.

– D'accord.

Il chercha frénétiquement des sujets de conversation. Il pensait aux pastilles de menthe pour l'haleine qu'il avait croquées en venant au Cherrywood's.

– Vous croyez en Dieu ? demanda-t-elle.

– Oui.

– Quel est le pays le plus cool que vous ayez visité ?

– La Nouvelle-Zélande.

– Quel est le plus beau sport du monde ?

– Le foot.

– Perdu, dit-elle. Le hockey. Quelle est la plus jolie femme de la terre ?

Il pensa à des actrices qu'il adorait, à une pom-pom girl qui l'avait fait fantasmer, à la mère de son copain d'enfance Johnny Wuggs. Il se demanda si Alison Shippers avait la moindre chance de figurer dans un film, même dans un second rôle. Une préposée au péage, peut-être, se dit-il, ou une auxiliaire qui ferait traverser les gosses à la sortie de l'école.

– Le temps qui vous est imparti est écoulé, dit-elle.

– Wonder Woman ? proposa-t-il.

Elle éclata de rire. Sous la table, elle lui toucha le mollet du bout du pied.

– Moi, idiot, dit-elle.

Leonard rougit. Sa main se porta sur sa tache de naissance.

Hannah vida sa pinte. Elle se pencha en avant.

– J'ai pas l'air d'une bibliothécaire nympho, hein, Lenny ? demanda-t-elle à voix basse. L'air d'une intello qui aime se faire baiser ?

Il n'en croyait pas ses oreilles. Mais il n'osait parler, de peur de rompre le trip psychédélique dans lequel il devait être embarqué.

Sous la table, elle lui posa la main sur le genou.

– Qui est la plus jolie femme de la terre ?

Leonard se rappela sa langue, le serpent tapi dans sa bouche.

– Vous, siffla-t-il.

Elle lui pressa le genou.

– Et vous n'aimeriez pas me ramener chez moi pour me baiser ?

Leonard avait le ventre en feu.

– Oh là là, oui.

– Venez, dit l'assistante juridique.

Elle saisit les mains d'un Leonard Bunce ensorcelé pour le faire lever.

L'appartement de Hannah était au cinquième étage du Preemption. L'immeuble lui-même se dressait comme une tour obscure et mystérieuse dans Riverside Drive au niveau de la Quatre-vingt-deuxième Rue Ouest. Il possédait un luxueux ascenseur à commande manuelle et le hall d'entrée était éclairé par des lampes à pétrole scellées dans les murs. L'appartement de Hannah était décoré dans le même goût. Son père, Gerhard

Glorybrook, utilisait la fortune que lui rapportait l'industrie olfactive pour financer des safaris à travers le monde et léguait souvent à sa fille les trophées de ses expéditions. De telle sorte que deux bêtes gigantesques, prisonnières des rets de la taxidermie, se profilaient, menaçantes, dans la pièce principale. Suspendu au plafond, il y avait un énorme oiseau de proie et une panthère noire adulte était tapie, prête à bondir, à côté d'un lit de repos.

– Ouah-oh, fit Leonard Bunce.

Hannah n'actionna aucun interrupteur, mais alluma quatre hautes bougies, une dans chaque coin de la pièce. Debout près de la panthère, elle lui caressa la tête.

Leonard jetait des regards anxieux sur les bougies. Il imagina qu'il allait devoir se livrer à des pratiques sexuelles tantriques, avec peut-être une composante vaudou. Du doigt, il montra l'oiseau dont l'envergure devait faire deux mètres.

– Condor ? proposa-t-il.

– C'est une harpie, répondit Hannah qui ne fumait plus. Mon père l'a tuée en Amazonie.

– Ouah-oh.

– Elle s'apparente à l'aigle mangeur de singes des forêts des Philippines.

– Ah, fit Leonard.

– Ôtez vos fringues.

Hannah ouvrit la fermeture à glissière de son fourreau ; l'aine de Leonard durcit.

– Quoi ?

Le fourreau tomba autour des chevilles de Hannah.

– On va baiser dans l'ascenseur.

Leonard avait la bouche sèche. Devant lui, en soutien-gorge et minuscule slip noir, se tenait la déesse qu'il adorait depuis six mois.

Je vais la tomber, songea-t-il. En faire ma proie. Il se mit en caleçon. Elle croisa les bras, désigna le caleçon de Leonard d'un coup de menton.

– Ça aussi.

Il hésita parce qu'il bandait. Vas-y, se dit-il. Tu es un prédateur. Il prit une profonde inspiration et ôta son caleçon. Il était nu.

– Bien, dit-elle, allons-y.

Elle le conduisit jusqu'à la porte de l'appartement qu'elle tint ouverte. Il lui toucha le bras, par-derrière, lorgnant le creux de sa hanche. Il humait son parfum.

– Après vous, fit-elle en lui donnant une tape sur les fesses pour le pousser vers le palier. Dépêchons.

Et puis merde, pensa Leonard. Il bondit sur le palier et atterrit à quatre pattes. Il tourna la tête pour sourire à Hannah puis rugit comme un fauve.

– Viens, baby, gronda-t-il.

Elle lui ferma la porte au cul. Il l'entendit tirer le verrou. Ses traits s'affaissèrent.

– Eh, dit-il.

Il était encore à quatre pattes. Il bandait encore.

– Hannah ?

– Oui ? fit la porte.

– Venez.

– Non.

Il regarda à gauche puis à droite. Vingt portes s'alignaient le long du corridor éclairé par cinq lampes à pétrole.

– Hannah ?

La porte resta close.

– Oui ?

– Je croyais qu'on allait... faire l'amour dans l'ascenseur ?

– Non, j'ai dit qu'on allait baiser dans l'ascenseur.

– C'est ça.

Leonard sourit. Il attendit. Au bout d'un moment il cessa de sourire.

– Hannah ?

– Oui ?

– On va pas baiser dans l'ascenseur ?

– Hum.

Il s'approcha de la porte. Y appliqua les mains et l'oreille comme un perceur de coffres.

– Hannah ? Je suis tout nu sur le palier.

Pas de réponse.

Il entendit qu'on traînait quelque chose. Il actionna la poignée mais la porte était fermée à clé. Un mince rai de lumière filtrait sous la porte et, en y collant un œil, il crut apercevoir les pieds de Hannah.

– J'ai tiré ma panthère noire jusqu'à la porte, expliqua-t-elle. Elle vous fait face. J'ai enlevé toutes mes fringues et je suis à cheval sur la panthère.

C'est une blague, se dit Leonard. C'est les préliminaires.

– Mes poils se mélangent à ceux de la panthère. C'est bon.

– Dites, c'est une blague ?

– Imaginez ce que je dois être bandante, Lenny, à califourchon sur cette panthère empaillée, mes seins nus n'attendant que la main d'un homme.

– Ouvrez-moi, implora-t-il.

– Et je ne suis pas blanche, poursuivit-elle sur le ton du bavardage. Si vous vous attendiez à ce que j'aie une marque blanche à la place de mon sous-tif et de mon slip, vous vous fourrez le doigt dans l'œil. Je suis dorée partout, bronzage intégral. Je prends des bains de soleil toute nue sur le toit.

Malgré sa nudité, Leonard s'efforça de prendre une voix suave.

– Dites, Hannah, c'est les préliminaires, c'est ça ?

– Pas du tout. C'est une conversation sincère.

Il martela la porte du poing.

– Ouvrez cette putain de porte !

– Lenny ? Voyons, Lenny, fit-elle d'un ton égal, raisonnable. Si vous ne voulez pas traverser Central Park à poil pour rentrer chez vous, reprenez vos esprits et écoutez-moi.

Leonard se redressa, se mit à aller et venir devant la porte, le pénis pendouillant entre les jambes. Il fixait la porte d'un regard furibond. Dès qu'elle l'ouvrirait, dès qu'elle l'entrebâillerait, il se précipiterait à l'intérieur pour la monter.

– Lenny ? Vous avez repris vos esprits ?

– Salope ! siffla-t-il.

Hannah émit une série de petits claquements de langue réprobateurs.

– On dirait que cela va vous prendre un certain temps. En attendant, je vais me bercer d'avant en arrière sur ma panthère pour que les muscles raides de son dos empaillé donnent du plaisir à mes reins nus.

Leonard continuait d'aller et venir. Il regarda d'un côté puis de l'autre du corridor à la recherche d'un tapis dont il pourrait s'envelopper, mais il n'y en avait pas. Il jeta un coup d'œil à sa montre, unique accessoire vestimentaire qui lui restât. Il était près de minuit. Il avait rendez-vous le lendemain matin à huit heures et demie avec une riche et importante cliente, Joanna Krickmire. Mme Krickmire, pédégère de Krickmire Stocks, divorçait d'un jeune homme de vingt et un ans et comptait bien ne pas lui verser un sou. Elle avait demandé à Spuck et Hardison de mettre à son service l'avocat qui avait une tache de naissance rouge sang parce qu'elle s'attendait à un procès très dur, plein de coups bas, et souhaitait être représentée en conséquence.

– Mmm, fit Hannah d'une voix érotique. Mmm. Ohh.

Leonard pensa aux chemins qui traversaient Central Park. Par une chaude nuit d'été ils seraient tous pleins d'amoureux et de brigands.

– Oui, gémit Hannah. Oh, oui.

Leonard s'immobilisa devant la porte, y posa l'oreille. Il entendit un bruit feutré. On aurait dit qu'on griffait du linoléum.

– C'est vrai, vous êtes en train de vous...

– Mmm, geignit Hannah. Pas maintenant, Lenny, je suis occupée.

Il entendit encore ce bruit feutré. Il se représenta les cuisses de Hannah enserrant la panthère. Il frappa à la porte.

– Hannah, murmura-t-il. Hannah, ouvrez-moi. Permettez-moi de... de vous faire ce que vous vous faites. S'il vous plaît.

Le bruit s'interrompit.

– Vous avez retrouvé vos esprits ?

– Oui.

– Vous êtes encore gonflé ? Je veux dire, vous bandez ?

Il rougit.

– Y a pas de quoi avoir honte. C'est normal quand un homme entend une femme dans les soubresauts de la passion.

– Je préférerais vous voir que vous entendre, murmura Leonard. Ouvrez-moi.

– Non.

– Pourquoi ?

– Parce que c'est la seule façon d'avoir une conversation sincère. C'est cruel mais nécessaire.

– Je peux avoir une conversation sincère avec vous à l'intérieur.

– Lenny... fit-elle d'une voix moqueuse. Étant donné l'humiliation que je vous fais subir, si j'ouvrais la porte et que vous me voyiez nue, vous converseriez avec moi ou vous me baiseriez ?

Il fixa les yeux sur les lampes à pétrole au long du corridor, envisagea d'aller les éteindre.

– Disons que j'essaierais peut-être de... de mener notre soirée à son terme.

Elle gloussa.

– Non, non.

Il grimaça, l'aine palpitante.

– Je vous baiserais. Comme un fou.

Il entendit des applaudissements.

– Bravo, s'écria Hannah en riant.

– Au fait, vous devez penser à éteindre les lampes pour dissimuler votre nudité. Je dois vous mettre en garde : n'éteignez pas les lampes. Sinon, Sender, mon portier, va se montrer. Vous n'y avez pas intérêt.

Leonard grimaça de nouveau mais s'assit le dos contre la porte de Hannah, les bras croisés sur les genoux, et se tint immobile. Il avait entendu les bruits qui couraient sur le portier du Preemption.

– Et n'essayez pas non plus d'appeler l'ascenseur. Il ne fonctionne pas entre minuit et une heure du matin.

– Mais qu'est-ce que vous voulez, à la fin ? dit-il.

– Vous voulez connaître mes exigences ? Quand une personne

prend quelqu'un en otage, on s'attend à ce qu'elle ait des exigences.

– Je ne suis pas votre otage. Je peux me lever pour m'en aller quand je veux.

Elle se remit à rire.

– Lenny, Lenny, Lenny.

Il ferma les yeux. Il n'était pas assez fort pour affronter les voyous de Central Park. Il sentait le parfum de Hannah qui filtrait sous la porte.

– Très bien, marmonna-t-il. Je suis votre otage.

Dans l'appartement, Hannah était vraiment nue et chevauchait la panthère noire. Elle prenait vraiment du plaisir à se frotter sur l'animal qu'elle avait entre les jambes. Mais ce qui l'excitait plus encore, ce qui lui titillait à la fois le corps et l'esprit, c'était l'animal qu'elle avait pris au piège sur son palier.

– Je souhaite vous communiquer quelques renseignements, lui dit-elle, et vous poser quelques questions.

L'érection de Leonard était retombée. Il avait plutôt besoin d'aller aux toilettes.

– Avant tout, j'aimerais vous apprendre un fait intéressant. Mon père, Gerhard Glorybrook, a tué ces deux animaux, la harpie et la panthère, pendant un safari.

– Passionnant, soupira Leonard.

– Pas vraiment. La partie passionnante est la suivante : dans les deux cas, ce n'était pas l'animal qu'il a tué qu'il chassait. Il chassait le lion en Afrique quand il a tué la panthère et le crocodile en Amazonie quand il a capturé la harpie.

Leonard s'avisa qu'elle était peut-être en train de lui soumettre une énigme et que, s'il en trouvait la clé, elle serait à lui.

– Là, je dois vous demander pourquoi votre père a changé de gibier ?

Elle battit de nouveau des mains.

– Bonne déduction, Lenny.

Il avait mal au cul mais son aine reprenait espoir.

– Le truc, c'est justement que mon père, Gerhard Glorybrook, n'a pas changé de gibier, pas du tout. Il était en train de traquer lions et crocodiles quand la panthère et la harpie l'ont attaqué. Qu'en pensez-vous ?

Il se tortura les méninges.

– Alors, il les a tuées pour se défendre ?

– Exactement, s'exclama Hannah.

Il se releva d'un bond.

– C'est significatif ? C'est la morale de l'histoire ?

– Oui, cria-t-elle.

Il sourit, le souffle court.

– Alors vous allez m'ouvrir ?

– Sûrement pas. La conversation ne fait que commencer.

Il jura entre ses dents et se laissa retomber par terre.

– Lenny ?

Il ne répondit pas. Il pensa à uriner contre la porte.

– Houhou ? Lenny ? Y a-t-il un avocat à poil dans la salle ?

– Quoi, demanda-t-il calmement.

– J'aimerais vous poser une question.

Il entendit la panthère se rapprocher encore de la porte.

– Moi et ma nudité ne sommes qu'à quelques centimètres de vous.

– J'ai envie de faire pipi, dit-il.

– Eh ben, retenez-vous. Voilà ma question. Savez-vous ce que mon père fait dans la vie ?

Il regarda de nouveau les lampes murales. Et si, au lieu de les éteindre, il en répandait le pétrole dans le couloir pour déclencher un incendie. Des gens à poil surgiraient de tous les appartements et il cesserait d'être seul.

– Voulez-vous essayer de deviner ?

Il soupira.

– Il est boucher. Il vend de la viande de panthère.

Elle rit.

– Ah, monsieur est rigolo. Je me disais bien qu'Alison devait avoir une raison pour baiser avec vous.

Leonard retint son souffle.

– Mais oui, Lenny. Je suis au courant de vos petites escapades. Je sais aussi que la Shippers est amoureuse de vous et que vous vous foutez d'elle comme de votre première chemise.

La porte de l'appartement voisin s'ouvrit. Un type en blue-jean sortit sur le palier.

Leonard poussa un glapissement. Il plaqua une main sur son entrejambe, l'autre sur sa tache de naissance. Le sang lui battait aux tempes.

Le type bâilla, regarda à gauche puis à droite dans le corridor. Quand il remarqua Leonard, il se mit à rire.

– Ah non, encore ? fit-il en secouant la tête.

Leonard resta par terre mais se remit à marteler la porte.

– Hannah, bon sang, ouvrez-moi. Il y a quelqu'un ici, maintenant.

– Oncle Walter ? lança Hannah.

L'homme fit un clin d'œil à Leonard.

– Bonsoir, mon chou, vociféra-t-il.

– C'est mon oncle Walter, Lenny, expliqua-t-elle. Il habite l'appart d'à côté.

– Seigneur, dit Leonard.

– À plus, bâilla Walter.

Il rajusta son jean, rentra chez lui et referma la porte.

Leonard ferma les yeux.

– Hannah, je vous en prie, ouvrez-moi. Si j'ai fait quoi que ce soit pour que vous me détestiez, je vous demande pardon mais je vous en prie ouvrez-moi. Je me rhabille et je m'en vais.

– Walter vend des hot dogs, dit Hannah. C'est lui qui m'a eu l'appart pour un loyer défiant toute concurrence.

Leonard garda les yeux fermés.

Il comprenait désormais qu'on n'aurait pas pitié de lui. Il se demanda si elle traitait tous les hommes de la même façon ou réservait son courroux aux ogres défigurés. Il se concentra sur les étincelles de piment rouge qui fusaient derrière ses paupières pour tenter d'ignorer le parfum de femme qui passait sous la porte et lui montait aux narines.

– Pourquoi votre oncle a dit : « Oh non, encore » ?

– Revenons plutôt à mon père. Devinez ce qu'il fait dans la vie, vous avez droit à trois réponses. Si vous tombez juste, vous pourrez rentrer pour me baiser.

– C'est ça, oui.

– Non, c'est vrai. Seins de bois, tétons de fer, si je mens je vais en enfer.

Le sang de Leonard se mit à chanter.

– C'est vrai ?

– Absolument. Mais vous devinerez jamais.

Il croisa les jambes comme un fakir et se mit à réfléchir de toutes ses forces.

– Il est avocat, risqua-t-il.

– Alors ça ! Mon père est pas un dégonflé.

– Pardon ?

Hannah se mit à tousser.

– Il fait froid ici, j'ai mis la clim. Du coup j'ai les tétons qui raidissent. Vous imaginez ça, Lenny, mes seins qui bandent ?

Un rire féminin lui parvint de l'appartement de Walter Glorybrook et il tourna les yeux dans cette direction, repris par ses idées d'incendie criminel.

– Bref, dit Hannah. Où j'en étais ?

Il croisa les bras.

– Les avocats sont des dégonflés.

– Vous, en tout cas, vous êtes un dégonflé.

– Pas possible ?

– Il paraît que vous n'avez peur de rien au tribunal mais vous me matez en douce comme un écolier.

– Pas du tout.

– Je sens vos yeux, Lenny, ils me suivent partout, ils m'arrachent mes fringues.

Dans les films, les hommes font l'impossible. On les voit enfoncer les portes d'un coup d'épaule.

– Vous n'êtes qu'un dégonflé, Lenny. Comme vous n'avez pas les couilles de me parler, vous tringlez cette pauvre Alison.

Il pensa aux ongles de pied d'Alison, elle les avait vernis pour lui faire plaisir. Il en eut le frisson.

– Peut-être qu'Alison aime ça.

– Pourquoi vous m'adressez jamais la parole ? Vous me prenez pour une blonde idiote ?

– Non.

– J'ai réussi tous mes exams les doigts dans le nez, et aux tests d'évaluation j'ai eu la meilleure note en expression orale.

Il soupira. Avec un peu de chance, le lendemain matin, il serait en train d'aider Joanna Krickmire à manœuvrer son mari afin de l'amener plus ou moins dans la position qui était la sienne pour l'instant.

– Félicitations, soupira-t-il.

– Pour moi, c'est votre cicatrice qui vous file un complexe d'infériorité.

Il raidit les épaules.

– Ce n'est pas une cicatrice. C'est une tache de naissance.

– Vous avez la tronche du monstre de Frankenstein et ça vous démolit.

Il se sentit vraiment choqué. À l'heure du politiquement correct, personne ne s'était plus jamais moqué de sa difformité depuis le lycée.

– Écoutez, mademoiselle Glorybrook, je suis profondément...

– Ça va, la ferme. Pourquoi pas profiter de votre monstruosité ? Vous voyez, jouer les incompris, les meufs adorent ces conneries. Tenez, Lenny, essayons.

Il pensa aux tétons de Hannah, à ses hanches, à ses genoux enserrant la panthère. Il se déplaça un peu pour que son pénis ne touche pas le sol.

– Essayons ? Essayons quoi ?

– On est dans un bar. Je suis la meuf la plus bandante de l'endroit. Vous venez de m'aborder. C'est moi qui commence. « Ooooh, mais qu'est-ce qui vous est arrivé à la figure ? »

Elle avait adopté un ton de petite fille, dans lequel tremblait une composante dramatique. La main de Leonard se porta d'elle-même à sa tempe.

– J'ai une tache de naissance.

– Non, s'écria-t-elle, furieuse. Soyez un peu malin. Si vous voulez vous faire une meuf, faut être malin. Dire les choses qui marchent. Et arrêtez de vous cacher le front.

Il tourna la tête et regarda fixement la porte. Le parfum de Hannah emplissait ses narines. Il se dit que ce n'était pas de la magie. Mais enfin elle savait – elle avait senti – ce qu'il faisait.

Elle reprit :

– Ooooh, qu'est-ce qui vous est arrivé à la figure ?

L'esprit de Leonard se mit à tourbillonner.

– Un accident de moto.

– Oh là là. Où ça s'est passé ?

– À Pittsburgh.

Hannah retrouva sa voix normale.

– Chiant, dit-elle.

– En Irlande.

– Ooooh.

– Les routes sont étroites. Pleines de virages sans visibilité, improvisa-t-il, les yeux clos. Je longeais la côte, près des falaises, un camping-car m'a heurté.

– C'est terrible, fit-elle, gourmande.

Il vagabondait dans l'obscurité de ses yeux clos. C'était érotique, de mentir.

– Il y a eu un mort dans le camping-car, un enfant, inventa-t-il.

– Oh non.

– Un petit garçon, il s'appelait Seamus. Il n'avait pas attaché sa ceinture.

– Mon Dieu.

– Les règlements sont moins stricts en Europe.

– Chiant, fit Hannah d'une voix normale. Des conclusions d'avocat.

– Je suis allé à l'enterrement du petit garçon. À Kilkenny.

– Comme c'était gentil.

– La famille m'a bien accueilli. Ils savaient que je n'étais pas responsable. La petite sœur de Seamus a chanté un chant irlandais.

– Pauvre petit Seamus.

Il rouvrit les yeux. Il était à court de mots.

– Vous voyez, Lenny ? C'est facile.

Il se mordit les lèvres.

– Vous trouvez que je suis cruel avec Alison ?

– Oui. Mais elle se rendra forcément compte un jour que vous n'êtes qu'une brute.

– Ah, parce que je suis une brute ?

– Évidemment. Mais vous en faites pas pour ça. C'est la sexualité qui veut ça. Bestiale, brutale, cruelle... et nécessaire, conclut-elle d'une voix qui avait baissé d'une octave.

Leonard se remit à bander. Il se retourna pour s'agenouiller près de la porte.

– C'est bien de ça qu'il s'agit ? De sexualité ? murmura-t-il.

– Vous êtes prévenu, fit-elle, coquette. Seulement si vous devinez ce que fait mon père.

L'humeur de Leonard s'assombrit de nouveau. Il était furieux, frustré, il n'avait plus envie de faire mumuse. Il pensa au Golem, à Rictin-Rigdon, au Sphinx, à toutes ces énigmes qu'on doit résoudre pour des enjeux considérables.

– Des armes, lança-t-il. Votre père vend des armes. Pour la chasse.

– Non, fit Hannah qui prit une inspiration avant de poursuivre avec un soudain enthousiasme. Attendez, attendez. Dans un sens figuré, c'est vrai.

Il cogna à la porte, son cœur battant la chamade.

– Ouvrez. J'ai gagné.

– Non, non, fit-elle fermement malgré l'excitation que trahissait sa voix. Il ne vous reste plus qu'une chance. Il faut dire exactement ce que mon père fabrique et vend. Il faut que ce soit juste et précis.

Sa queue était douloureuse.

– Vous tiendrez parole, si je gagne ?

Il y eut un silence. On ne riait plus.

– Oui, souffla-t-elle, je la tiendrai. Mais vous ne devinerez jamais.

Il se leva et se remit à aller et venir. Il ne voulait pas débattre, argumenter. Il voulait savoir ce que Hannah pensait, savoir si elle était réellement demandeuse, à quel point elle était attirée par lui. Il était nu, désemparé, mais il s'agissait de gagner ce procès bizarre, alors que ses chances étaient presque nulles. Il gardait les yeux fixés sur la porte.

– Vous coucherez vraiment avec moi ?

Elle gloussa.

– Un monstre, il y a un monstre devant ma porte.

Il allait et venait à grands pas. Sa concupiscence était immense, son pénis tremblant, ridicule. Il pensa à l'enfance de Hannah, aux gâteaux d'anniversaire glacés de sucre rose, aux petites jalousies, se demandant ce que le père avait bien pu faire pour subvenir à ses besoins pendant ce temps-là, pour l'élever et en faire ce qu'elle était devenue. Il se passa la main sur le visage, sentant que la nuit se refermait sur lui, que la conclusion n'était pas loin.

– Allez, petite tête, dit Hannah, devinez. Qu'est-ce qu'il vend ?

Leonard Bunce s'immobilisa devant la porte. Il y avait du style, dans la voix qui filtrait jusqu'à lui, il y percevait du style et aussi de l'audace et de la férocité. Mais il y avait encore autre chose et, pour la première fois de la soirée, il écarta tout le reste pour se concentrer sur cette chose-là : l'odeur de Hannah. C'était d'ailleurs plus qu'une odeur. C'était un musc, une agression des sens. Elle s'était répandue autour de Leonard tout au long de la soirée, l'environnant comme une vapeur de miel, comme l'étreinte de membres tièdes, comme une haleine suave. Il se rendit compte que cette senteur accompagnait Hannah en tout lieu. Elle devait s'en imprégner pour l'irradier et la transmettre comme un héritage au monde qui l'environnait. Il se tint parfaitement immobile pour humer cette douceur qui montait autour de lui, qu'on veuille ou non la lui offrir. Il comprit que ce musc qui l'entourait comme une atmosphère était élégant et coûteux. Il s'en laissa envahir jusqu'à oublier son bureau, son appartement, le Cherrywood's Lounge, Central Park, tous les lieux sinistres qu'il fréquentait et où il refusait de se retrouver ce soir-là. Sa tache de naissance fourmillait comme un sixième sens, un don latent qui s'éveillait enfin. Il emplit triomphalement ses poumons.

– Du parfum, dit-il.

Tout raconter à Otis

À la fin d'un siècle, dans la ville de New York, vivait un jeune homme du nom de James Branch. Il était mince et taciturne, avec des yeux bleus un peu somnolents et des dents régulières, et il habitait l'immeuble Preemption. James travaillait à Wall Street comme comptable chez Harrow East, énorme compagnie de courtage. Là, comme ailleurs pendant la journée, James ne parlait presque à personne. Cependant, le soir, James parlait à Otis, l'ascenseur du Preemption. Il ne parlait ni à un quelconque liftier, ni à de quelconques passagers de l'ascenseur. Il parlait à l'ascenseur lui-même.

Depuis qu'il était petit, James avait toujours trouvé raisonnable de se taire en présence d'autrui. Fils unique, il avait grandi dans le nord du Minnesota, dans une petite ville du nom de Morris, où il n'avait eu le choix chaque jour qu'entre le hockey et les devoirs scolaires. D'une timidité épouvantable et affligé d'un fort bégaiement, James avait préféré sa chambre et ses livres à la compagnie de ses contemporains. Tout au long de son enfance, il avait vu se succéder les professeurs particuliers de diction – tous des hommes, tous américains –, qui n'avaient jamais réussi à lui délier la langue de sa grave infirmité. Chaque prof tenait environ six mois avant d'être remercié. James était content de les voir partir. Quand il fut lycéen, à l'époque où les garçons de Morris étudiaient la bière, la sexualité et la pêche, James, assis en tailleur dans sa chambre, se balançant d'avant en arrière, apprenait le calcul et les lois fiscales pour pouvoir aider son père à déclarer ses pertes.

Les parents de James habitaient une grande demeure branlante et pleine de courants d'air qui avait été autrefois la maison de campagne d'un riche industriel de Chicago. Quand les Branch en étaient devenus propriétaires, elle menaçait déjà ruine, avec des planchers d'une solidité douteuse et une piètre isolation, mais le père de James l'adorait et, quand il mettait des bougies aux fenêtres à l'époque de Noël, elle retrouvait majesté et grandeur. Quant à James, il n'avait guère de goût pour Noël ou toute autre festivité. Ce qu'il adorait, dans la demeure, c'était le vieux monte-plats encore en état de marche qui allait de la cave au grenier, avec un palier dans plusieurs pièces dont la chambre de James. Assez grand pour qu'un adulte puisse y tenir et manœuvrable de l'intérieur, il fut successivement pour James le fortin de son enfance, un refuge pour la sieste et une cachette pour les livres cochons. Pendant l'adolescence, quand son bégaiement mit une distance toujours croissante entre lui et ses amis, il s'en fit une cellule de moine. Il y emportait une lanterne, tirait sur la corde pour se hisser jusqu'au grenier, et passait des heures dans le monte-plats. À la lumière de la lanterne, il se plongeait dans ses manuels de calcul, plein d'amour pour les chiffres qui, au contraire des gens ou de sa langue, ne lui jouaient jamais de tours cruels. Parfois, il se contentait de fermer les yeux et de s'y balancer d'avant en arrière, humant l'odeur du bois des parois et se disant qu'il était heureux.

À partir de ses quatorze ans, James fut obligé, trois soirs par semaine, de recevoir une jeune femme qui s'appelait Anamaria. Elle était orthophoniste et les parents de James l'engagèrent parce qu'on lui prêtait une excellente relation avec les introvertis et qu'elle possédait une beauté classiquement latine. M. et Mme Branch espéraient guérir leur fils de son infirmité, en même temps que de son refus de fréquenter les filles et de sa passion obsessionnelle pour le vieux monte-plats déglingué.

Leur plan réussit d'ailleurs, dans une certaine mesure. Bien que vénézuélienne d'origine, Anamaria parlait un anglais clair et plein de charme. Au lieu d'imiter ses prédécesseurs masculins qui avaient donné leurs leçons à la table de la cuisine ou au salon, Anamaria s'introduisait dans la chambre de James dont elle fermait la porte. Elle s'asseyait en tailleur sur le plancher tandis que son élève se perchait à quelques mètres d'elle, en tailleur lui aussi, sur le fond du monte-plats. En l'entendant tourner les mots dans sa bouche, avant d'en dérouler la guirlande du bout de la langue, il percevait des échos de l'enfance d'Anamaria, des efforts laborieux et des colères qu'elle s'était imposés pour apprendre l'anglais. Il en vint peu à peu à se fier aux sons qui sortaient des lèvres d'Anamaria. Descendant de son monte-plats, il s'asseyait sur le plancher en face d'elle, ses genoux touchant les siens. Il se concentrait, respirait comme elle voulait qu'il respire, et il en vint même à imiter si parfaitement l'anglais de la jeune femme qu'il en adopta jusqu'aux défauts : la mélodie espagnole de ses voyelles, la prestance de ses consonnes.

Comme on pouvait s'y attendre, James tomba amoureux d'Anamaria. Elle portait des chemisiers blancs à col ouvert, un petit crucifix au cou et, lorsqu'elle se penchait en avant, James humait comme une légère chaleur intime qui émanait de ses cheveux de jais. S'il lui faisait plaisir en s'exprimant correctement, Anamaria souriait et, lui posant la main sur la joue, disait : « Oui, señor James. Oui. »

Au grand désespoir de ses parents, James ne devint pas plus disert en public. À vrai dire, il parla encore moins, répondant d'une inclination de tête à ses professeurs, marmottant une ou deux syllabes à l'adresse de ses proches. Au début de sa troisième année de lycée – qui était aussi la troisième avec Anamaria –, son bégaiement était pour ainsi dire guéri mais personne n'aurait pu le savoir. James remarquait bien l'expression apitoyée qui se peignait sur le visage des adultes de Morris, mais cela lui était égal. Sa parole était un secret, un art, un don intime qu'il ne souhaitait partager qu'avec Anamaria. James était beau garçon et il y avait au lycée des jeunes filles qui n'auraient pas mieux demandé que de céder au charme de ses yeux bleus placides. Mais il les trouvait trop simples avec leurs petits gloussements, leur accent du Midwest et leur souci obsessionnel de la ligne. Anamaria était tout autre. C'était une femme. Elle avait les hanches merveilleusement pleines, une nonchalance de tout le corps et comme une humeur sombre, quelque chose de révérencieux, dans le regard et la parole, qui donnait à James l'envie de partir avec elle bien loin du Minnesota, pour des villes où ils vivraient un roman d'amour impossible et haletant.

Seul dans sa chambre, la nuit, bien des heures après qu'Anamaria, ayant fini sa leçon, était repartie, James se relevait de son lit, se glissait dans le monte-plats, en fermait la porte et se suspendait entre deux étages de la maison. Ainsi totalement isolé, il s'asseyait en tailleur, s'entourait de ses bras et, se balançant d'avant en arrière, imaginait qu'Anamaria était assise devant lui. Alors il ouvrait la bouche et, avec une facilité d'élocution que nul ne lui eût jamais soupçonnée, il déversait à haute voix pour Anamaria les désirs et les aspirations secrètes de son cœur. Il lui murmurait aussi des blagues, des bribes de ragots du lycée, à moins qu'il ne la remerciât de l'avoir guéri de son bégaiement.

Mais, la plupart du temps, il expliquait à sa bien-aimée fantôme combien elle lui était chère, comment les inflexions de sa voix et la courbe de son épaule lui donnaient l'impression qu'il pourrait escalader une falaise ou nager dans la lave en fusion.

– Ou tout simplement trouver un travail, murmurait-il. J'ai le sens des chiffres. Je pourrais gagner de l'argent pour t'acheter tout ce que tu voudrais. Des chemises de nuit de pilou et des madeleines au beurre de cacahuètes, ou des diamants, ou de la bière et des *tamales*.

Au plus fort de ces confessions, il disait à Anamaria qu'il voulait s'accrocher à elle, nu, pour rouler par-dessus les sommets de l'Himalaya – que son prof d'histoire, M. Fenwick, appelait le Toit du monde – et l'emplir de lui et s'emplir d'elle et être si totalement heureux et épuisés qu'ils n'éprouveraient plus jamais, ni l'un ni l'autre, le besoin de parler.

Une semaine avant son dix-huitième anniversaire, le drame s'abattit sur lui. Anamaria annonça un après-midi qu'elle rentrait au Venezuela. Un petit ami perdu de vue depuis longtemps, Ramón, avait resurgi de son passé pour lui demander sa main et elle rentrait au pays le rejoindre. Elle aimait ce Ramón. Rouge de plaisir, elle confia à James la joie que lui causait la perspective de ce mariage. Elle lui parla de l'amour, passionné, du fond de l'âme, et lui dit que, lorsqu'il embrase ainsi deux êtres, on ne peut que le suivre et lui obéir. Ces paroles l'inspirant, désespérément désireux qu'il était de la garder à Morris, il lui avoua alors l'amour qu'il éprouvait pour elle. Respirant correctement et luttant contre son bégaiement, il lui parla de l'Himalaya et de tout ce qui s'embrasait aussi en lui. Les traits d'Anamaria s'affaissèrent. Elle lui posa la main sur la joue, qu'elle caressa, puis un gros baiser sur le front.

– Oh, señor James, dit-elle. Un jour ça vous arrivera à vous aussi.

À dater de cette journée, James Branch se cacha à l'intérieur de son propre esprit pendant sept ans. Il alla suivre les cours de la Pratt School of Business à Manhattan et obtint son diplôme de comptabilité et d'économie internationale avec les félicitations du jury. Harrow East l'engagea à la sortie de l'école et lui servit un salaire royal pour mettre ses finances à l'abri de l'Oncle Sam. Parvenu à l'âge de vingt-cinq ans, James était devenu un reclus comme la ville de New York peut seule en abriter. Il petit-déjeunait chaque matin d'un café et de muffins de maïs dans une bodega en face de l'immeuble de Harrow East. Chaque jour, il travaillait seul dans un petit bureau, sans jamais lever la tête, sautant le déjeuner. Tous les soirs, il prenait un taxi pour aller dans un restaurant minimaliste de l'East Village, le Flat Michael's.

Pour rentrer chez lui au Preemption, il prenait le métro. Par la fenêtre du wagon, il regardait défiler des lieux secrets, de sombres repaires de béton, des portails qui ne menaient nulle part. Quant aux autres voyageurs, il s'amusait à deviner les sports qu'ils pratiquaient et la vigueur de leurs os quand, du bras, ils le bousculaient au passage. Mais ce qu'il préférait, c'était l'indifférence de ces inconnus qui ignoraient son existence. Les hommes rentraient chez eux après avoir gouverné la terre : ils portaient des costumes vert olive et arboraient une expression renfrognée. L'unique exception à leur silence maussade était un musicien des rues nommé Morality John, spectre dégingandé aux yeux noirs qui voyageait sur les mêmes lignes que James et faisait la manche après avoir chanté. James lui donnait un billet de cinq dollars une fois par semaine au moins. Les femmes, quant à elles, s'habillaient de noir toute l'année, portaient des foulards de couleur et des bottes. Pour James, elles travaillaient dans l'édition, où elles relisaient les textes, maîtresses de l'action, des personnages et des caractères. Il aimait observer ces femmes et imaginer sur le lobe de leurs oreilles la paire de ravissantes boucles d'opale qu'il avait toujours dans sa poche comme d'autres y ont un chapelet. Un bijoutier improbable les lui avait offertes et, lorsqu'il les tenait dans sa main, il pensait aux pantoufles de Cendrillon, au roi Arthur arrachant Excalibur au granit. Autrement dit, il savait qu'il existait une femme et une seule à laquelle les opales étaient destinées et, du fond de son cœur timide et taciturne, il la cherchait. Chez lui, au Preemption, James partageait un appartement avec un trader flamboyant de Harrow East, Patrick Rigg. Ils s'étaient connus lors du cocktail organisé pour leur souhaiter la bienvenue dans la société, et tous deux cherchaient un appartement à l'époque. James avait accepté l'idée d'avoir un colocataire pour économiser sur le loyer – le Preemption était un immeuble ancien, célèbre et hors de prix – et aussi parce que Patrick, que les femmes obsédaient, lui fichait une paix royale. Ce fut pourtant à cause de Patrick Rigg que James se mit à parler à Otis, l'ascenseur.

Voici comment. Vers la fin de ses études à la Pratt School, quand il avait eu une chambre d'étudiant pour lui tout seul, James avait renoué avec sa vieille habitude nocturne de se lever la nuit pour s'asseoir par terre et se balancer d'avant en arrière. C'était peut-être le stress des examens ou la menace qui se précisait d'avoir à gagner sa vie à Manhattan, mais il constata qu'il avait besoin du réconfort de ce rite ancien, établi une fois pour toutes. L'unique différence était que, s'il souhaitait encore exprimer les secrets de son cœur, nulle Anamaria fantôme ne se montrait – ou plutôt il refusait de la laisser se montrer – pour recueillir ses confidences. Il lui manquait aussi le monte-plats qui l'aurait transporté dans l'obscurité tiède des limbes, suspendu entre les failles de la vie quotidienne. Il tenta de s'adresser à Dieu mais se sentit ringard et gêné. Pour finir, il marmonnait sans conviction à sa propre adresse, gravement déçu par l'auditoire.

Tout cela changea une fois qu'il fut devenu le colocataire de Patrick Rigg. Car ce dernier avait des horaires bizarres et des habitudes nocturnes plus singulières encore que celles de James. Il se glissait dans l'appartement à onze heures du soir, une femme somptueusement vêtue à son bras, l'entraînait dans sa chambre et fermait la porte. James guettait par moments, tendant l'oreille, dans l'attente de grognements sexuels ou de conversations. Mais il n'entendait rien et la porte de Patrick restait toujours fermée. Au bout d'une heure environ, la femme ressortait de la chambre, vêtue d'un pantalon de jogging et d'un T-shirt, avec une expression extrêmement troublée ou, au contraire, apaisée. Elle partait puis, un peu après minuit, l'appartement s'emplissait de louches personnages : videurs en tricot de corps, grands types dégingandés et souriants munis de sachets de haschich, longues femmes sublimement apprêtées. C'étaient les relations de Patrick, ou peut-être ses acolytes, et tout ce monde restait là pendant des heures à boire du gin et du whisky et à murmurer dans tous les coins. James n'arrivait pas à les situer. Les hommes étaient une bande d'excentriques qui se droguaient et connaissaient des langues étrangères. Les femmes étaient toutes belles jusqu'à la dernière mais avec quelque chose d'étrange et d'inquiétant. Elles avaient des fossettes, des grains de beauté, des taches de rousseur comme les femmes normales, mais elles observaient Patrick avec une telle intensité et se tenaient physiquement si près de lui que James se demandait si son colocataire n'était pas un mac ou un héros. Un matin qu'il avait décidé de l'interroger sur ses affaires personnelles, il trouva justement la porte de la chambre de Patrick entrouverte et, dans l'entrebâillement, il le vit accroupi, nu, devant sa fenêtre, occupé à nettoyer un pistolet et à y introduire des balles. Il pensa déménager et pourtant n'en fit rien, sans savoir pourquoi, peut-être parce que Patrick se montrait d'une cordialité sans faille avec lui. Bien des soirs, il l'invitait même à se joindre au cirque ténébreux de ses fêtes.

Mais James restait dans sa chambre et dormait. Quand le besoin l'envahissait de se lever pour aller se balancer sur le plancher en parlant tout seul, il découvrait souvent qu'il ne le pouvait pas. Ce qui se déroulait de l'autre côté de la cloison était rarement bruyant mais il en percevait la présence. La malice des hommes – leurs petits ricanements – et l'odeur des femmes lui parvenaient à travers sa porte et troublaient sa tranquillité. Ce fut ainsi qu'il contracta l'habitude qui en vint à structurer ses nuits.

Tout commença très simplement un mercredi. James s'éveilla dans son lit aux environs de minuit, prêt à se balancer en apostrophant l'obscurité. Entendant le cliquetis des verres et l'écho des rires dans la pièce voisine, il décida plutôt d'aller faire une promenade. Il s'habilla, se glissa hors de sa chambre, évita furtivement la fête et sortit sur le palier. Quand il monta dans l'ascenseur, il avait évidemment l'intention de descendre au rez-de-chaussée et, posant la main sur la manette, s'apprêta à l'abaisser jusqu'à RdC, mais il suspendit son geste. Peut-être parce qu'il était tard et qu'il n'y avait aucun bruit, peut-être parce qu'il était seul, il demeura immobile, absorbé dans la contemplation des parois de l'ascenseur. Il n'y avait pas un mois qu'il habitait le

Preemption et il n'avait encore jamais pris la peine d'examiner l'ascenseur de près.

C'était un ascenseur merveilleux, à l'éclairage solennel et tamisé. Le tapis de sol carré, de couleur bordeaux, était d'une épaisseur convenable et d'un moelleux idéal sous le pied. Les parois étaient du plus bel acajou, à garnitures de cuivre, et le levier de commande rappelait le gouvernail d'un élégant vaisseau. Quand on l'actionnait pour choisir son étage, l'ascenseur soupirait doucement, une seule fois, et se mettait à glisser sans heurts vers les combles ou vers le rez-de-chaussée de l'immeuble. À côté de ce levier, une clé de cuivre était fichée dans la paroi. Elle ne pouvait en être retirée, même par les mains de l'enfant le plus obstiné, mais on pouvait la tourner d'un cran vers la droite ou la gauche. Tournée vers la droite, sa position habituelle, l'ascenseur fonctionnait à la perfection. Mais quand on la tournait vers la gauche, il s'arrêtait aussitôt, sans secousses ni grincements, ni déclenchement d'une quelconque alarme.

Tout dans l'ascenseur dénotait une grâce et un savoir-faire anciens, des qualités d'un autre âge. En y songeant, James se rappela que les habitants de l'immeuble ne s'adressaient jamais la parole dans l'ascenseur. S'ils tenaient leur langue, ce n'était semblait-il ni par gêne, ni par hostilité – James savait que plusieurs d'entre eux étaient amis ou parents –, mais en vertu d'une espèce de respect inconscient pour le Preemption, ou pour l'ascenseur lui-même.

Et de fait, l'ascenseur du Preemption méritait le respect. C'était le plus vieux des ascenseurs Otis encore en fonctionnement à Manhattan. Installé en 1890, il n'avait jamais été remplacé. Les rouages et l'énergie qui l'animaient avaient été conçus et produits pour l'éternité, et l'unique personne de l'immeuble qui connaissait la façon d'accéder à ses entrailles mécaniques était Sender, le portier. Peut-être Johann Rook, le propriétaire, connaissait-il aussi les secrets de l'ascenseur, mais c'était un propriétaire absentéiste. C'était un vieux docteur d'origine germanique qui, croyait-on, passait le plus clair de son temps à Paris, au Ghana et dans les forêts pluviales du Brésil. Il était bien rare qu'un habitant du Preemption ait la chance de voir de ses yeux le docteur Rook, ne fût-ce qu'une fois dans sa vie, et tout ce que James Branch connaissait de son propriétaire était le portrait accroché dans l'entrée de l'immeuble. On y voyait, à demi dissimulé dans l'ombre, un homme à l'expression sévère sous une crinière de cheveux blancs, vêtu d'un smoking noir.

De toute manière, c'était Elias Rook – ancêtre de Johann et premier propriétaire de l'immeuble – qui avait supervisé l'installation de l'ascenseur et, contemplant la cabine dans laquelle il était suspendu, James ne pouvait qu'approuver les choix de cet homme. Il n'y avait ni miroir ni banquette. Une vague senteur de bois flottait dans l'air mais avec quelque chose de chaud et d'industrieux comme l'atmosphère d'une menuiserie. Et le tapis n'en était ni taché ni incrusté des fossiles noirs d'antiques chewing-gums. Il n'était d'ailleurs incrusté que d'une plaque de cuivre, directement devant les portes, sur laquelle était gravé *Otis*.

James examina cette plaque. Il songea aux après-midi et aux soirées de son enfance, quand il s'enfermait à l'abri du monde dans son monte-plats. Et là, à minuit, perdu dans la contemplation de cette plaque à ses pieds et dans le souvenir des parois de bois noueux de sa cachette enfantine, il eut soudain une vision étrange. Il imagina – ou plutôt cette image s'imposa à son esprit – l'ouvrier qui avait fabriqué l'ascenseur. C'était un homme de haute taille, robuste et silencieux. Un homme d'un autre siècle, au visage patient, vêtu d'une chemise de travail bleue et d'un pantalon bleu foncé. Il avait de grands yeux marron et les cheveux bruns, et portait les manches roulées jusqu'aux biceps. Rien ne lui prouvant le contraire, par un caprice qui lui apportait il ne savait quel réconfort, James décida que cet homme s'appelait Otis.

Ce qu'il fit ensuite était plus fantaisiste encore, voire, en toute objectivité, purement et simplement fou. Actionnant le levier, il fit descendre l'ascenseur à mi-chemin de son étage – le sixième – et de l'étage inférieur. Il tourna la clé de cuivre vers la gauche et l'ascenseur s'arrêta. Puis, inspiré par son confinement, il s'assit en tailleur sur le tapis, ferma les yeux et se mit à se balancer et à parler.

– Bonjour, Otis, dit-il à voix basse. Je m'appelle James Branch. Je suis de Morris, dans le Minnesota, et pour dîner, au Flat Michael's, j'ai mangé les Œufs.

James attendit. Il n'était pas assez fou pour attendre une réponse des ténèbres. Il attendit seulement pour voir ce qu'il allait dire ensuite.

– Je tiens les livres de la société Harrow East, expliqua-t-il. J'y travaille avec un certain Patrick Rigg. C'est aussi mon colocataire. J'éprouve parfois le besoin de lui échapper. Et voilà pourquoi je suis ici, Otis.

James se balançait toujours, il murmura :

– Je vois un type, dans le métro. C'est un chanteur des rues. Tu sais, Otis, un vagabond qui a une guitare. Il se fait appeler Morality John. Il me regarde toujours fixement quand il chante ses chansons. Elles sont plutôt bonnes, d'ailleurs, et je crois qu'elles sont de lui.

Il se tut mais continua à se balancer en réfléchissant avant de reprendre :

– Il craint un peu, Morality John, mais je lui donne de l'argent.

Cela dura ainsi pendant une heure. Au milieu de la journée ou plus tôt dans la soirée, des gens nombreux auraient appelé l'ascenseur et la tranquillité de James se serait dissipée. Mais l'heure tardive ou, peut-être, un sixième sens, empêcha d'autres locataires d'approcher l'ascenseur. À minuit et demi, une jeune femme nommée Hannah Glorybrook fit bien irruption dans le hall d'entrée avec un compagnon piaffant de partager son lit. Mais le portier, Sender, qui semblait toujours au courant de tout, dirigea d'un doigt impérieux le couple vers l'escalier.

– Otis, dit James, je suis heureux d'avoir fait ta connaissance. J'habite au sixième. Je suis sûr que je reviendrai te parler de temps en temps.

Il ouvrit les yeux, battit des paupières. Il était entouré de bois et de cuivre, le contact de son corps avait réchauffé le tapis. Il rougit, se leva et tourna la clé de cuivre vers la droite. Il remonta au sixième et se glissa chez lui. Une femme nommée Donna était debout sur la table basse du salon. Vêtue d'un gilet de velours et d'un pantalon, elle chantait une chanson de Billie Holiday pour Patrick et les hommes qui étaient là. James passa à la hâte, entra dans sa chambre et se recoucha. Il souriait et haletait un peu comme un petit garçon qui vient de désobéir. Il avait oublié d'enlever ses chaussures et son jean et s'endormit ainsi.

James Branch avait donc un nouveau confident : l'ascenseur Otis. Chaque soir, à minuit, il se glissait dans l'ascenseur, s'arrêtait entre le cinquième et le sixième, ouvrait la bouche, et témoignait. Il parlait de ses douleurs de sinus, des New York Knicks, de son goût pour la visite des Cloisters, de la solitude écrasante qui l'habitait.

– J'ai vu une femme dans le métro aujourd'hui, Otis, dit-il une nuit. Elle avait une robe à pois. Elle avait quarante ans, au moins, la robe qu'elle portait, c'était un truc de BD, rouge vif avec d'énormes pois blancs comme une robe de petite fille, on aurait dit Annie, la Petite Orpheline.

Les yeux fermés, James était tout à son souvenir.

– Elle était belle, cette femme, Otis. Tu comprends, en dehors de cette robe, tout était très adulte chez elle, son manteau et ses chaussures, les rides de son visage, et elle avait l'air tellement triste. Elle avait ce regard, tu sais, sombre, éteint, mais c'était ni une pute, ni une junkie. J'en suis sûr. Seulement voilà, je crois que je n'aurais pas remarqué combien elle était belle si elle n'avait pas eu cette robe ridicule. Et même – James se balançait d'avant en arrière –, et même, Otis, je me demande si elle aurait été aussi belle, aussi triste, si elle n'avait pas porté cette robe. Tu comprends ?

James s'interrompit. Puis :

– C'est bizarre, tout de même, non ?

Les choses se passaient ainsi. James demeurait parfois dix minutes seulement dans l'ascenseur. D'autres soirs, il y restait une heure entière. Il parlait à Otis de ses parents, de ses sujets de mécontentement chez Harrow East, de « N'en aime jamais une autre », une des chansons que Morality John chantait dans le métro, qui semblait avoir été écrite pour Anamaria et lui. James parlait en toute candeur et sans fioritures à Otis, comme les femmes écrivent dans leur journal intime. Souvent, tout en parlant, il tirait de sa poche la paire de boucles d'oreilles d'opale qu'il avait toujours sur lui. Il frottait les opales entre le pouce et l'index comme une patte de lapin ou quelque autre talisman. Cela lui faisait-il ou non du bien, il ne s'en souciait pas. Il obéissait simplement à l'impulsion de parler à Otis tous les soirs, comme certains boivent de l'alcool, adorent le chocolat ou se tranchent les veines.

L'habitude de James prit forme en l'espace d'un an, de novembre à novembre. Il défendait le secret de ses confessions nocturnes et de l'endroit où elles prenaient place aussi jalousement que les héros mythiques des bandes dessinées le secret de leur repaire. Sender, le portier, lui lançait des coups d'œil curieux mais tenait sa langue et, sans en avoir parlé avec James, interdit l'ascenseur aux autres locataires tous les soirs de minuit à une heure du matin. Parallèlement, Phillip, le patron de James, remarqua une intériorité nouvelle et farouche dans le regard de son comptable déjà ascétique. Mais Phillip l'avait toujours trouvé bizarre de toute façon et évitait le plus possible de lui parler. Même Patrick Rigg en savait aussi peu sur le lieu vers lequel son colocataire s'éclipsait chaque nuit que James lui-même sur ce qui pouvait bien se tramer entre Patrick et les femmes qui fréquentaient sa chambre à coucher. En somme, rien ne menaça le rituel que James avait instauré ni la chambre d'isolement dans laquelle il méditait jusqu'au 21 décembre 1999.

Ce soir-là, Patrick Rigg lança ce qu'il avait baptisé La Grande Débauche Millénariste du Solstice. Cela devait être une bacchanale de dix nuits successives dont le quartier général s'installerait dans l'appartement que James et Patrick partageaient. Patrick, dont la fortune était peu commune, avait aussi loué certains de ses établissements préférés de Manhattan pour quelques-unes des soirées de la Grande Débauche. Pour une centaine des relations de Patrick, il y aurait, le 23, un dîner servi au restaurant Duranigan's de Madison Avenue, un cocktail avec conteurs le 26 au Cherrywood's Lounge, une soirée au Lucas Theater le 29 et une rave au Minotaure pour le réveillon du jour de l'an. Les autres soirs, la porte du Preemption serait ouverte à tous les copains interlopes de Patrick et à toutes ses femmes fatales qui souhaitaient se retrouver dans l'appartement. À force de murmures, et peut-être aussi par télépathie, Patrick avait promis à ces hommes et à ces femmes une décade de la compagnie la plus recherchée, des meilleurs champagnes et des délices charnelles les plus exquises que la ville eût à offrir.

Le 21 à onze heures du soir, Patrick sortit de sa chambre pour inviter James à venir s'asseoir dans leur cuisine.

– Tu veux une bière ? lui demanda-t-il.

– J'y tiens pas, dit James.

– Prends-en une quand même.

Patrick sortit une bouteille glacée du réfrigérateur et la donna à son colocataire. Lui-même buvait ce qu'il buvait toujours, un old-fashioned confectionné avec du bourbon Old Grand-dad et deux cuillerées de sucre en poudre. Il portait un complet noir de la meilleure coupe et souriait, se dit James, comme une hyène pourrait sourire.

– Voilà le topo, Branch, dit Patrick. Ça va faire la fête grave dans le coin, à compter de ce soir.

– D'accord, dit James.

Patrick se rembrunit, il n'aimait pas qu'on l'interrompe.

– Je veux que tu participes.

James hocha du chef sans trop s'engager.

– Je veux que tu arrêtes de faire la gueule. Je veux que tu parles aux meufs et que tu boives de l'alcool.

James but une gorgée de bière.

Patrick lui tendit quatre cartons un peu plus grands que le format carte de visite. Tous quatre étaient identiques, noir foncé, et portaient le mot *Débauche* tracé en anglaises à l'encre argentée et scintillante.

– Pour le Duranigan's, le Cherrywood's, le Lucas et le Minotaure, dit Patrick.

– Hmm, fit James en empochant les cartons.

– T'as pas l'air de te rendre compte que c'est vachement précieux, ce que je viens de te filer, vieux.

– Bon, ben, merci.

Patrick lui tapota l'épaule comme un conseiller d'orientation.

– Pendant la quinzaine qui vient, tu fais partie de mon détachement. Vu ? Tu sais combien ça fait, une quinzaine, vieille Branch ?

– Un quinzaine, c'est deux semaines, soupira James.

Patrick rit de son étrange petit rire métallique.

– C'est exact, dit-il.

James entendit un choc sourd et un grincement dans la chambre de Patrick. Le grincement semblait celui des ressorts d'un sommier.

– Qu'est-ce que c'était ? demanda-t-il.

– Ce n'est rien, dit Patrick.

Les invités arrivèrent à minuit. C'était un mardi, ce n'était même pas encore Noël, mais l'humeur était joyeuse. Comme leur hôte, la plupart des hommes avaient revêtu un complet et ils envahirent l'appartement, portant des bouteilles d'Old Granddad pour lui. Assis sur le canapé, tripotant la cannette de bière qu'il n'avait pas lâchée depuis une heure, James regarda les effectifs des deux semaines à venir se compléter peu à peu. Il y avait là Henry Shaker, qui travaillait chez FAO Schwarz, et dont les deux sourcils se rejoignaient en un énorme arc broussailleux. Enveloppé d'une écharpe blanche qu'il refusait d'ôter, Tony DiPreschetto, bien terre à terre pour un violoncelliste, était arrivé en compagnie d'un acteur renfrogné, Jeremy Jax. Deux Iraniens avaient pris place à côté de James sur le canapé. Ils mangeaient du Toblerone et refusaient de révéler leur nom.

James s'avisa qu'aucun des amis masculins de Patrick n'était jamais accompagné, à l'exception d'un nommé Checkers, qui était fameux pour former avec Donna un couple inséparable. Pourtant, les femmes seules étaient nombreuses. Il y avait Eva, jeune nounou munichoise, Crispin, barmaid au nez aigu et busqué comme un bec. Une autre habitante du Preemption, d'une taille inhabituelle et aux yeux en boutons de bottine, Marcy Conner, buvait du champagne à la bouteille. Sarah Wolf, sereine jeune femme juive, alla se poster près de l'aquarium, et la ravissante Hannah Glorybrook débarqua. Hannah n'avait pas un geste à faire pour rendre jalouses toutes les autres femmes, à l'exception de Liza McMannus, splendide noire à la peau veloutée qui, à vingt-huit ans, avait déjà vendu trois scénarios à la Paramount.

En dehors de Checkers et Donna, le seul autre couple présent était constitué de la jeune Nicole Bonner – adolescente qui habitait l'appartement terrasse au dernier étage du Preemption – et du type bien plus âgé qu'elle avait à son bras. Freida, chanteuse connue des amateurs de rock new-yorkais, débarqua, fumant une cigarette au clou de girofle. Elle portait un justaucorps rayé de blanc et de rouge comme un sucre d'orge et des bottes noires, et, quand les Iraniens l'abordèrent, elle les invita à bien vouloir aller se faire foutre. Mais la véritable vedette de la soirée était Walter

Glorybrook. C'était un robuste marchand de hot dogs ambulant qui habitait au cinquième et était venu à la fête avec Eisenhower, son furet apprivoisé. Walter et Eisenhower étaient aussi m'as-tu-vu l'un que l'autre et le premier prenait un plaisir extrême à faire laper de la liqueur d'œuf dans un gobelet par le second ou à l'envoyer fouiner autour des chevilles de la chanteuse rock.

– Rappelez cette bête, glapit Freida, mais Walter n'en fit rien et tout le monde éclata de rire.

La stéréo diffusait les roucoulades de Sinatra.

– Jouons à un jeu, dit Nicole. Le portrait chinois.

– Les énigmes, dit Hannah.

– Le scrabble ? proposa Marcy Conner, qui écrivait dans le magazine *Powergirl* et vouait un grand amour aux mots.

– Soûlons-nous plutôt la gueule, dit Henry.

– Une biture à mort, dit Tony.

– Une quoi ? demanda Eva en plissant le front.

Nicole claqua des doigts.

– Jouons au Twister, suggéra-t-elle.

Les Iraniens levèrent leur verre avec un clin d'œil à Freida.

James Branch, qui ne voulait pas vexer Patrick, se contraignait à rester parmi les vociférations de ces brillants invités mais il se sentait distinctement déplacé, particulièrement quand Crispin et Walter Glorybrook se défièrent au bras de fer sur la table basse. Son trouble augmenta encore quand Sarah Wolf, qui lui avait semblé une personne timide et agréable, avala trois des poissons rouges de Patrick sur un pari. Quand, peu de temps après, Crispin et Walter passèrent du bras de fer à un débat passionné sur la cryoconservation des morts, il se leva pour s'en aller. Il se frayait un chemin parmi des corps agglutinés quand une nana ivre le saisit par le bras.

– Où est le jacuzzi ? cria-t-elle pour couvrir la musique.

Il indiqua vaguement une direction et la planta là. Dans le couloir bondé, il prit le chemin du vestibule, le chemin d'Otis. Mais il se heurta à Hannah Glorybrook, Freida et la petite Allemande, assemblées autour de la porte de la chambre de Patrick. Elles souriaient et caquetaient, Hannah tenait Eisenhower qui se tortillait entre ses mains. Freida entrouvrit la porte et Hannah introduisit l'animal à l'intérieur.

– Eh là, fit James.

Les femmes lui firent face. Freida referma la porte.

– Que faites-vous ? dit James.

Hannah lui montra les dents.

– Rien, dit-elle gentiment.

Il entendit un glapissement derrière la porte de la chambre.

– Patrick n'aime pas qu'on chahute dans sa chambre, dit-il.

Freida croisa les bras. Elle était grande et un gigantesque accroche-cœur lui cachait un œil.

– On peut savoir qui tu es ? demanda-t-elle.

– Le colocataire de Patrick, répondit-il.

À ces mots, les femmes reculèrent. Elles se perdirent dans la foule, caquetant toujours.

James se mordit la lèvre et examina la porte close. Il entendait Patrick rire quelque part mais, à sa connaissance, les furets étaient capables de réduire une chambre en copeaux en moins de soixante secondes. C'est pourquoi il se glissa pour la première fois de sa vie dans la chambre de Patrick, dont il referma la porte derrière lui.

– Eisenhower ? chuchota-t-il.

Il n'y avait pas de lumière, pas d'interrupteur au mur.

– Eisenhower ?

Le furet poussa un petit cri.

– Viens, Eisenhower, fit-il en se tapant la cuisse. Viens ici.

– Patrick ? fit une voix. C'est vous, Patrick ?

James se figea. C'était une voix de femme. Il y avait une femme dans la chambre avec lui.

– Y a quelqu'un ?

Il y avait de l'inquiétude dans cette voix.

– C'est pas Patrick, dit James à l'obscurité. C'est James. James Branch, le colocataire de Patrick.

– Ah bon – la voix se racla la gorge. Alors, colocataire de Patrick, pourriez-vous, s'il vous plaît, m'enlever la bête que j'ai sur le ventre ?

Il avança de trois pas. Ses yeux s'habituaient à l'obscurité et le peu de lumière qui venait de la fenêtre lui permit de voir ce qui était couché sur le lit de Patrick. C'était une jeune femme nue. Elle était étalée en croix sur le dos, les chevilles et les poignets étroitement attachés aux montants du lit avec des cravates noires. Elle avait les cheveux couleur de miel, coupés très court, une coupe presque militaire. Les courbes de son corps devaient plaire aux hommes et irriter les femmes, sur son torse nu allait et venait Eisenhower le furet.

– Eh ben, fit James en baissant les yeux, le visage en feu. Bonsoir – pardon – hum. Je vous laisse.

– S'il vous plaît, non, dit la jeune femme. Je m'ennuie horriblement.

Il leva les yeux, incapable de résister.

– Ça va, vous pouvez me regarder, ça ne me dérange pas, je suis ici depuis des heures. Mais enlevez-moi cette saleté de furet.

James prit une inspiration. Il n'avait pour ainsi dire aucune expérience des femmes nues. Il n'avait eu qu'une seule petite amie, Eleanor, une étudiante de Pratt, avec laquelle il avait couché bien timidement quelques dizaines de fois. Mais il ne l'avait jamais vue nue, ni debout ni couchée. Elle portait toujours une ample chemise de nuit vaporeuse pendant qu'ils faisaient l'amour. C'était une chemise de nuit violette, bouffante, comme une robe de grande prêtresse, et James avait fini par se mettre en tête que, pendant leurs années de lycée, on distribuait systématiquement ce genre de chemises aux jeunes femmes pour qu'elles les portent quand elles feraient l'amour plus tard.

– Viens, Eisenhower.

James déglutit à grand-peine, s'approcha du lit, tendit prudemment les mains.

– Viens, on s'en va, Eisenhower.

Le furet glapit, tenta de détaler mais il le saisit. Ses doigts effleurèrent au passage une cage thoracique mais ce fut son seul contact avec la jeune femme. Il lui montra le furet comme si elle venait de le mettre au monde. Elle leva les yeux au ciel.

– Quel petit salaud. Franchement, qui peut bien avoir l'idée d'appeler un furet Eisenhower ?

– Walter Glorybrook, dit James. Appartement 5-F.

– C'était pas une vraie question.

– Ah bon.

James s'efforçait de ne pas lorgner les cuisses splendides qu'il avait sous les yeux. Il était encore rougissant. La jeune femme poussa un soupir.

– Mettez-le à la porte et revenez me faire la conversation.

– Ah bon, très bien.

Il se débarrassa d'Eisenhower, s'assura qu'il avait bien refermé la porte puis revint jusqu'au lit. Ramassant une couverture bleue sur le plancher, il l'étala sur la nudité de l'inconnue. Il l'en couvrit des pieds jusqu'au cou.

– Vous n'êtes pas obligé, dit-elle. J'ai eu tout le temps de vaincre ma pudeur.

Il entreprit de desserrer la cravate qui enserrait le poignet gauche de la jeune femme.

– Il vaut mieux pas que vous me détachiez. Ça risque de le foutre en rogne. Je m'appelle Rally.

Les mains de James retombèrent. Il regardait la jeune femme en clignant des yeux.

– En rogne ? Patrick, vous voulez dire ?

Rally poussa un nouveau soupir.

– Si vous preniez une chaise ?

Il fouilla des yeux la pénombre. Par la fenêtre, il apercevait la lune sur l'Hudson. Il jeta un coup d'œil par-dessus son épaule en direction de la porte. Puis, rassemblant tout son courage, fit ce que Rally suggérait. Il prit une chaise. S'assit.

– C'est... hum, fit-il. C'est plutôt bizarre.

– Mais encore ?

– Vous êtes la copine de Patrick ?

– Je ne sais pas ce que je suis.

Il considéra les chevilles et les poignets de Rally.

– Vous êtes sûre que je devrais pas vous détacher ?

– Sûre.

– C'est quoi, c'est... une punition ?

Elle haussa les épaules. Tous deux se turent pendant quelques instants.

– Je ne sais pas très bien parler aux femmes, expliqua James.

– Vous inquiétez pas. Pour l'instant, vous réciteriez l'alphabet que je trouverais ça passionnant.

Il secoua la tête. Il examina la chambre qui ne contenait rien de spectaculaire en dehors de cette femme nue et ligotée. Par terre près du lit, il y avait un soutien-gorge noir et d'autres machins de dentelle.

– C'est quand même bizarre, dit-il.

– Vous avez l'accent espagnol, dit-elle en lui souriant pour la première fois. Vous êtes espagnol ?

– Non, c'est-à-dire que... commença-t-il en se massant la nuque. Quand j'étais au lycée, une Vénézuélienne s'est occupée de moi. Elle m'a guéri de mon bégaiement et du coup j'ai un peu pris son accent.

– C'est vrai ? Comment c'était ? Je veux dire, vous savez, comment vous parliez quand vous étiez bègue ?

James rougit. La couverture était mince et il distinguait encore les hanches et le bout des seins de Rally.

– Allez, faites voir.

– Très bien.

Il prononça quelques phrases comme autrefois.

– Eh ben, dites, vous étiez vraiment bègue.

– Oui.

– Mais vous êtes complètement guéri, alors ?

– Je crois.

– Et moi complètement nue, dit-elle en regardant à gauche puis à droite. Je croyais que la chambre de Patrick était interdite à tout le monde. D'ailleurs, pourquoi êtes-vous entré ici, James Branch ?

– À cause d'Eisenhower. J'ai vu des filles le lâcher ici et, hum, j'ai eu peur qu'il... fasse des dégâts.

– C'était qui, les filles ?

– Hannah et Eva. Et une troisième habillée en sucre d'orge.

– Les connes.

Il se fit un nouveau silence. James pensait à Eleanor qui voulait toujours se rhabiller pour jouer au gin-rummy sitôt après l'amour.

– Et alors, qu'est-ce que vous faites dans la vie ?

Il ne répondit pas. Son aine avait déjà tressailli puis s'était dégonflée. Il regardait par la fenêtre, se concentrant sur l'Hudson.

– Écoutez, je crois que je devrais vraiment vous détacher. Vous n'êtes pas... mal, comme ça ?

– Non, rétorqua-t-elle. Et tout ça ne vous regarde pas.

– Pardon.

Elle avait la tête tournée sur le côté pour regarder James.

– Il n'y a pas de quoi, dit-elle. Il faut croire que ça ne me regarde pas non plus, d'ailleurs. Il ne m'a jamais dit pourquoi il faisait ça.

– Ce n'est pas la première fois ?

– La curiosité est un vilain défaut.

À sa grande surprise, il faillit rire. Il réprima le rire dans sa gorge.

– Vous voulez que je m'en aille ? demanda-t-il.

– Je veux que vous me parliez. Dites-moi ce que vous faites.

Il la regarda. Elle avait de hautes pommettes arrondies et le menton finement dessiné. Il ne distinguait pas la couleur de ses yeux mais il sentait qu'elle devait avoir un regard intense, assorti à la ligne volontaire de ses pommettes. Il devinait aussi, sans savoir pourquoi, que la jeune femme n'était pas habituée à porter les cheveux courts. Son visage était joli mais avec quelque chose d'étonné, de surpris, comme s'il était aussi nu que son corps et pas accoutumé à être ainsi entièrement exposé.

– Allô, allô ? La Terre appelle James.

Il cligna des yeux.

– Oui. Pardon. Hum. Je suis comptable chez Harrow East.

– Un homme de chiffres. Alors, non seulement vous vivez avec Patrick, mais vous travaillez avec lui. Vous devez tout savoir de lui.

– Je ne sais rien de lui.

– Mais vous faites la fête avec lui. C'est bien ce que vous faites ce soir.

– Si on veut. En réalité, j'allais partir.

James portait une chemise de flanelle ample et molle et un blue-jean. Sous le tissu, il faisait jouer les muscles de ses avant-bras et de ses mollets, cherchant à imaginer ce que ce serait d'être entravé, ligoté comme l'était Rally. De nouveau, il parcourut des yeux les contours du corps de la jeune femme.

Elle suivit son regard.

– Il est bien, mon corps, non ?

James baissa brusquement la tête.

– Pardon.

– N'empêche, hein ?

Il approuva d'un hochement, les yeux toujours baissés.

– Patrick m'oblige à le regarder. Il me fait mettre nue devant le miroir qui est là pour que je regarde mon corps.

James se tenait parfaitement immobile. Il n'avait jamais entendu une femme s'exprimer ainsi. Il ne comprenait pas pourquoi elle ne l'avait pas fait sortir.

– Je crois qu'il veut me faire comprendre que je suis sexy. Très bien, je le suis. Non ?

Il examinait ses ongles.

– Je crois que je devrais m'en aller.

– Attendez un peu. Bon, si je suis sexy et qu'il m'oblige à

rester ici, toute nue, ligotée, pendant qu'il est là à flirter, vous croyez que c'est parce que ça l'excite ?

– Je ne...

– C'est un truc de mec ?

Il regarda les pieds de la jeune femme qui dépassaient de la couverture. Ils étaient fins, menus.

– Je ne sais pas. Je n'ai jamais... ligoté personne.

– Mais vous pourriez l'imaginer ?

Elle remua les épaules, appuya la tête sur un oreiller. Elle regarda James comme s'ils étaient deux étudiants préparant ensemble un exposé.

– Vous pourriez imaginer d'essayer et que ça bouleverse votre libido ? Votre énergie sexuelle ?

– C'est vraiment trop bizarre, dit doucement James.

– Oh, arrêtez ça.

– Mais... écoutez, je vous connais même pas.

Elle leva les yeux au ciel.

– Je m'appelle McWilliams, j'ai trente et un ans, je suis journaliste, j'écris sur le voyage. Je fréquente le Minotaure. Ça vous va ?

– Sur le voyage ? demanda-t-il en se redressant un peu. C'est vrai ?

– Je vous en prie, soupira Rally.

– Excusez-moi, c'est seulement...

Il s'interrompit. Il songea au Venezuela, aux plats qu'il voyait en imagination Anamaria préparer pour son mari. Il regarda la jeune femme droit dans les yeux.

– Non mais, je trouve que c'est la belle vie, quoi, dit-il.

Elle ouvrit la bouche, comme pour se plaindre, mais s'interrompit. Elle remarqua enfin le jeune homme mince qui était à côté d'elle, sa coupe de cheveux un peu négligée, son jean avachi. Il était assis bien sagement, les mains presque croisées sur les genoux et, sur le visage, l'expression d'une détresse rare et charmante. Elle pencha un peu la tête pour l'examiner de plus près.

– On s'est déjà vus ? demanda-t-elle.

– Je ne crois pas.

– J'aime bien vos yeux. Vous avez l'air un peu endormi, c'est mignon. Vous savez ?

– Ben, dit James. Hum. Merci.

Elle éclata de rire.

– Je vous terrifie, c'est ça ?

– Je ne sais pas... très bien parler aux femmes, c'est tout.

– Vous l'avez déjà dit.

– Excusez-moi.

Ils se regardaient droit dans les yeux. Par la fenêtre entrouverte leur parvenaient les échos de fêtards ou d'ivrognes lointains qui chantaient Noël quelque part dans la ville. Le rebord de la fenêtre était poudré de neige.

– Dites, fit-elle, quel âge vous avez ?

– Vingt-six ans.

– Pourquoi ç'a eu l'air de tellement vous intéresser, mon métier ? Êtes-vous un grand voyageur ?

Sous l'étoffe de son jean, il sentait qu'il avait de la sueur sur les genoux. Il ne savait pas pourquoi il était en nage, sinon que la coiffure de la jeune femme un peu ébouriffée était ravissante sur l'oreiller.

– C'est ce que je voulais être, dit-il.

– Ah oui ? Pour aller où ? J'y suis peut-être allée.

– Probablement pas.

– Qui sait, peut-être.

– L'Himalaya, dit-il.

Elle sourit.

– Le Toit du monde.

La mâchoire inférieure de James s'affaissa de quelques millimètres. Avant qu'il ait pu se reprendre pour répondre au sourire de Rally, la porte de la chambre s'ouvrit.

Il se leva d'un bond.

Quelqu'un entra en titubant. Dans la lumière qui venait du couloir, l'intrus exécuta une pirouette vacillante. C'était Crispin la barmaid.

– Les chiottes ? demanda-t-elle. C'est là ?

Elle se mit à défaire sa ceinture. Rally eut un petit rire et James se précipita et saisit Crispin sous les aisselles. Il la traîna dans le couloir et referma la porte.

– Salut, mec, fit Crispin en se laissant lourdement aller contre lui, tripotant toujours sa ceinture.

– Gardez votre pantalon, conseilla James.

– C'est où, les chiottes ?

Il la traîna le long du couloir jusqu'à la salle de bains.

– Qu'est-ce qui se passe ?

C'était Patrick, surgi de nulle part, à côté de James.

Crispin se redressa, pleine de dignité, le pantalon aux genoux.

– Faut que j'évacue, dit-elle à Patrick.

Elle tomba plus qu'elle n'entra dans la salle de bains. Patrick ricana.

– Elle était perdue, expliqua James, le souffle un peu court, elle cherchait partout dans l'appartement.

Patrick lui adressa un mince sourire.

– Tu t'amuses ?

Par-dessus l'épaule de son colocataire, James regarda dans la cuisine où Henry Shaker riait, portable à l'oreille, pendant que Checkers et Donna se tenaient étroitement enlacés. Il jeta aussi un coup d'œil à la poche de poitrine gauche du veston de Patrick, là où – il en était presque sûr – l'autre cachait son pistolet.

– Ben... fit-il. Bien sûr. Oui. Je m'amuse.

Il était tout rouge, le sang lui battait au visage.

Henry se marrait comme une baleine au téléphone et fit signe à Patrick d'approcher.

– Rigg, viens écouter ça.

Patrick jeta un étrange regard à James puis lui tapota la joue.

– C'est bien, dit-il.

Tout en se dirigeant vers Henry, Patrick regarda James par-dessus son épaule. Sous ce regard, James n'osa pas aller retrouver Rally. Toujours un peu hors d'haleine, il sortit à la hâte de l'appartement et courut vers l'ascenseur. Il actionna le levier, tourna la clé et s'installa par terre.

– Otis, chuchota-t-il, tu ne le croiras jamais.

James Branch n'était donc pas un homme à femmes. Dans ce domaine, ses parents avaient été un piètre modèle pour leur fils unique. Jamais ils ne s'embrassaient ni ne s'enlaçaient devant lui, ils ne sortaient jamais pour aller au restaurant ou au cinéma, et jamais James n'avait entendu ne fût-ce qu'une respiration bruyante à travers les murs de leur chambre à coucher. La seule fois qu'on l'avait confié à une baby-sitter était le samedi où ses parents avaient dormi dans un hôpital de Minneapolis pour l'appendectomie de sa mère. Jamais son père ne lui avait glissé un magazine porno – il n'en avait d'ailleurs jamais possédé aucun –, jamais il ne l'avait pris à part pour comparer les avantages physiques de Bo Derek, Kathleen Turner et Lady Di. Jamais sa mère ne l'avait mis en garde contre les périls du sexe, ses séductions et sa position dominante dans la culture américaine. Elle portait des robes toutes simples, faisait la cuisine et suivait les résultats de football américain. Les brises et les orages de sa jeune sexualité avaient eu pour unique épicentre Anamaria, l'idéal inaccessible avec lequel jamais il n'avait mis en pratique les tâtonnements et les faux pas des premières amours, quand on découvre parfois que l'autre a mauvaise haleine ou qu'on ne comprend pas un mot à la carte du restaurant rédigée en français.

Il n'avait que deux expériences avec le sexe opposé. L'une pendant sa première année de fac. Encore dans les affres de son amour déçu pour Anamaria, il était allé seul dans un bar, un soir, s'était soûlé de trois verres d'alcool de prunelle et avait fini dans une ruelle, adossé contre une benne, à bécoter une épaisse étudiante prénommée Clarice. Pendant les cinq minutes environ que cela avait duré, Clarice avait poussé des grognements à répétition, tripoté le pantalon de James et lui avait enjoint de lui enfoncer la langue dans l'oreille. Voyant qu'il refusait obstinément d'obéir à ces instructions, Clarice avait poussé un juron, flanqué une tarte à James et s'était éloignée au pas de charge.

Après Clarice, il n'y avait eu qu'Eleanor, qui avait peuplé quelques mois de la dernière année d'études de James avec ses chemises de nuit violettes et son gin-rummy. Ni l'une ni l'autre n'avait éveillé la moindre joie, le moindre espoir ni la moindre crainte dans son cœur. Il ne s'était jamais disputé avec elles, ni battu pour elles, n'avait jamais dansé avec elles, jamais appris à perdre son temps avec elles, à déposer des baisers à l'extrémité de leurs cils, à taire certaines choses.

Bref, quand Rally McWilliams surgit, James fut totalement pris au dépourvu.

Il la revit deux jours plus tard. C'était la troisième soirée de la Grande Débauche et la coterie de Patrick était attendue au Duranigan's à neuf heures. James, qui aurait normalement supplié d'en être dispensé, souhaitait voir Rally habillée et était donc resté en complet-veston après le travail. Il avait tué le temps au Rockefeller Center en regardant les touristes et les patineurs. Au coin de la Cinquième Avenue et de la Cinquante et unième Rue, il était tombé sur Morality John qui jouait devant un petit attroupement. Le vagabond chanta d'une voix mélancolique et tendre, le regard fixé sur James.

– *Va savoir pourquoi tout s'arrange*, chantait Morality John, *Pourquoi l'amour m'attend encore.*

James arriva au Duranigan's avec un quart d'heure d'avance. Décoré pour les fêtes, le restaurant était devenu un lieu magique. L'avant-salle du rez-de-chaussée était une véritable serre, pleine de houx, de roses blanches et rouges, dominée par un sapin sobrement décoré. Deux êtres célestes, de six mètres de haut, taillés dans la glace, se dressaient dans un bassin de marbre, les ailes plus hautes encore que l'auréole. Un chemin d'escalier grenat avait été posé sur la spirale de marches qui montait au premier étage, que Patrick avait entièrement réservé pour sa fête. En haut de l'escalier, devant une porte en chêne fermée, se tenait une grande femme anguleuse au teint olivâtre, chargée de demander les tickets noir et argent de la Grande Débauche. Cette femme d'allure hautaine et méditerranéenne était vêtue d'une robe noir et argent parfaitement assortie à la couleur des tickets.

– Oui, dit-elle quand James lui tendit son carton et, sans sourire, elle ouvrit la porte.

Quand James entra, il faillit tomber à la renverse. Jamais il n'avait vu tant de luxe, déployé de façon si ravissante avec un tel mélange de prodigalité et de minutie dans le grandiose, accumulé dans une seule pièce. Le sol était un rectangle recouvert du même tapis grenat que le chemin d'escalier. Dans un coin, à l'extrémité la plus éloignée de la pièce, un énorme foyer dans lequel brûlait un feu gigantesque. Le plus gros animal que James eût jamais vu à l'intérieur d'une maison y rôtissait sur une broche. Sans en juger par la forme de scs pattes ou la couleur dorée de sa peau, il supputa que la créature était quelque énorme cochon exotique. Un homme en tunique de chef blanche faisait tourner la broche. La main dont il faisait tourner le cochon était gantée d'un gros gant noir et il semblait chuchoter des menaces à l'animal pour lui interdire de brûler ou de se dessécher. La poignée de la broche était une roue de cuivre d'une circonférence de plus d'un mètre qui faisait songer à l'engrenage de quelque horloge miraculeuse du Jugement dernier.

Dans un autre coin, Tony DiPreschetto jouait du violoncelle, vêtu d'un smoking noir et de son éternelle écharpe blanche. Deux chariots à vin, gardés par deux sommeliers, occupaient chacune des deux extrémités de la salle, chargés de bouteilles des meilleures années des plus grands crus. Au centre étaient disposées cinq tables de vingt couverts, dix de chaque côté – formant un élégant quinconce. Sur les tables, tout ce qui n'était pas en argent ou en cristal était comestible à l'exception des bougies couleur de vanille qui étaient allumées et qui, aux yeux éblouis de James, auraient d'ailleurs pu être des bâtons torsadés de sucre filé ou de massepain inflammables.

Et parmi tout cela, bien sûr, il y avait les invités. Les hommes, à l'exception de Checkers et de James lui-même, portaient le smoking noir classique. James ne se rappelait pas avoir entendu Patrick évoquer la tenue de soirée et les cartons ne précisaient rien mais ces hommes, guidés par quelque instinct collectif d'urbanité, avaient tous compris qu'elle était de rigueur. Walter Glorybrook, sans son furet, était au bar, corpulent et correct. Il buvait des gimlets en compagnie de Henry Shaker, qui avait semble-t-il élagué ses sourcils. Au bar aussi, seule, Marcy Conner, avec ses yeux en boutons de bottine, brandissait une bouteille de champagne qu'elle tenait par le col, animée d'une profonde rancune contre l'intensité de son célibat. Les Iraniens n'étaient pas là mais il y avait des jumelles identiques, de Juneau – des Inuit nommées Fifre et Tambour –, dont le père était un iconoclaste musical. Elles s'étaient approchées du violoncelliste pour l'écouter.

– Salut !

James pivota sur les talons. C'était Nicole Bonner avec son mec plus âgé qu'elle et Liza McMannus.

– Je vous présente Douglas Kerchek, dit Nicole.

Ils se serrèrent la main. Le smoking de Douglas était quelconque et froissé et l'homme arborait une expression un peu effarée, comme s'il n'en revenait pas d'avoir cette fille à son bras. Sa vue rasséréna James.

– C'est pas magnifique ? demanda Liza en parcourant des yeux la salle avec un sourire.

– C'est Rivendell, dit doucement Douglas.

– Non, dit Nicole, c'est Patrick, tout simplement.

Au bar, James prit un whisky-soda. Il examina l'assistance, aussi ébahi par le vêtement des femmes que par l'armée de smokings.

Ce soir-là, les invitées de Patrick s'étaient surpassées. Leurs robes, droites ou plissées en luxueux ruchés sur les hanches, étaient presque toutes de diverses nuances de noir et d'argent. Eva Baumgarten était en fourrures, Hannah Glorybrook en satin et Sarah Wolf ne cessait d'appliquer sa main gantée de blanc contre sa joue dans l'espoir que quelqu'un le remarquerait. Il y avait des dizaines de femmes, rouées et cruelles ou gentilles et vaguement inquiètes, mais toutes portaient des tenues exquises. James avait comme l'intuition que le vêtement de chacune d'entre elles avait, après mûre réflexion et à grand prix, été conçu et coupé précisément pour son corps et pour son tempérament. Tout cela avait quelque chose de trop apprêté, se dit-il, de trop volontairement somptueux, comme la décoration de la salle, et il se demanda s'il ne courait pas quelque danger sans trop savoir lequel.

Puis James vit Rally. Debout près de la cheminée, elle bavardait avec le chef. Elle portait une robe bordeaux qui lui descendait juste aux genoux. Ses boucles d'oreilles étaient de simples petites gouttes d'argent mais, dans la clarté des flammes, ses cheveux courts semblèrent encore plus militaires à James, comme ceux d'un cadet ou d'un deuxième classe. Il s'abandonna quelques instants à de vagues fantasmes : elle avait effectivement des activités paramilitaires, elle passait ses journées à subir un entraînement physique ultra-secret et si elle était là ce soir, c'était que la chance l'avait fait bénéficier d'une de ses rares permissions. Le violoncelle émettait une plainte grave et, contemplant Rally, James se remémora les courbes de son corps, le loisir qu'il avait eu d'en délecter ses regards. Il songea aussi – et ce n'était pas la première fois – aux opales qu'il avait dans la poche, aux nuances qui les allumeraient peut-être sur la peau de Rally. Puis il vida son verre et, rougissant déjà, se dirigea vers la cheminée.

– Hum, fit-il. Bonsoir.

Rally se détourna du chef. Elle lui toucha le bras.

– Mais c'est James Branch, ma parole, dit-elle.

Il fit bêtement oui de la tête. Elle l'observa, souriante, tandis qu'il se torturait pour trouver quelque chose à dire. Il finit par indiquer le foyer d'un geste du pouce.

– C'est quoi, cette bête ? balbutia-t-il.

Le chef se renfrogna considérablement.

– Un sanglier.

– Oui, dit James, c'est bien ce que je me disais.

– Pour votre information, ajouta le chef, le sanglier a un point commun avec vous : il grommelle.

– Ah, très drôle, fit James en se balançant sur les talons, souffrant le martyre. Ha, ha, ha, fit-il.

Rally émit un petit rire perlé en fronçant le nez.

Vas-y, achève-moi, songea James. Mais Rally lui prit le coude et l'entraîna loin de la cheminée.

– On n'est pas en smoking, James Branch ?

Il était toujours aussi rouge.

– On dirait, fit-il.

– Vous êtes vachement courageux.

Elle l'entraîna vers celui des deux chariots à vin devant lequel il n'y avait personne.

– Un verre vous fera du bien.

Il accepta un verre de Frascati. Il lorgnait les poignets de Rally, guettant les marques des liens.

– Donc, vous n'avez pas beaucoup fréquenté les teufs de Patrick.

Il se redressa.

– Ça se voit tant que ça ?

– Trancher sur les copains de Patrick est plutôt une bonne chose, fit-elle dans un bâillement qu'elle transforma en sourire. Vous n'êtes pas comme les autres.

Il ne dit rien. À la porte, Freida et Crispin entraient bras dessus bras dessous. Walter et Henry Shaker quittèrent le bar pour aller à leur rencontre.

– Vous avez... vous avez vraiment été dans l'Himalaya ?

Rally fit claquer ses doigts.

– Les Cloisters ! C'est là que je vous avais vu. Je vous ai vu, une fois, aux Cloisters.

Il secoua la tête.

– Je ne vous aurais pas oubliée.

– J'avais les cheveux longs. On a regardé une tapisserie. La Licorne.

James n'arrivait pas à penser aux Cloisters. Il se demandait ce qui se passerait s'il saisissait le bras de Rally pour y planter les dents ou l'embrasser du poignet à l'épaule.

Elle aspira une gorgée de vin, ses lèvres devinrent luisantes.

– Vous pensez à l'autre nuit ? Hein, James Branch ? Au spectacle que j'offrais, c'est ça ?

– Je pense au spectacle que vous offrez en ce moment même, dit James.

Elle leva les sourcils. Elle s'était apprêtée à reprendre la parole, à dire quelque chose de spirituel et de coquet. Au lieu de quoi elle regarda les épaules de James, qui étaient plus larges qu'elle n'avait cru le deviner dans la pénombre de la chambre de Patrick. Son regard se fixa sur les yeux de James, sur la bonté de leur pâleur bleue, leur expression pensive.

Elle inspira profondément.

– Comment vous trouvez le vin ?

Ils sursautèrent tous les deux. Leur hôte était là, souriant, il leur avait passé les bras autour des épaules.

– C'est toi, Patrick, souffla Rally. Salut.

Patrick portait le smoking en grand seigneur. Il embrassa Rally sur la joue. Puis James, et sourit alternativement à son colocataire et à la jeune femme.

– Tu es radieuse, dit-il à Rally. Scintillante. À croquer.

Rally s'écarta.

– Patrick.

– C'est pas vrai, Branch ? On en mangerait, non ?

– Patrick, le réprimanda-t-elle.

– C'est vrai, oui ou non ?

James avait reculé pour s'adosser contre le chariot à vin.

– Ben, dit-il. Peut-être, oui.

Patrick lui assena une claque sur l'épaule.

– Notre Branch est un peu timide avec les dames.

Rally vida son verre.

– Il y a des dames qui trouvent ça très séduisant.

– Et comment, qu'elles trouvent ça séduisant. Et comment.

Patrick ne riait plus. Il souriait toujours de son sourire d'hyène.

– Rally est journaliste, elle écrit sur le voyage, ma vieille Branch.

James se racla la gorge.

– Je le...

– Il sait ce que je fais, interrompit Rally. Il vient de me parler de l'Himalaya. Je lui disais que je n'y suis jamais allée mais que j'en ai très envie.

– Mais dites donc, s'exclama Patrick en hochant exagérément du chef, on dirait que James et Rally avaient une vraie conversation. C'est ce que tu dirais, Branch ?

– Je crois, dit-il.

– Tu entends ça, fillette ? Il « croit ».

– Je ne suis pas sourde, chuchota-t-elle.

– Bien, bien.

Tendant la main, il saisit le coude de Rally entre le pouce et l'index. James crut la voir tressaillir.

– Mademoiselle McWilliams, dit Patrick, vous avez fini votre verre. Puis-je me permettre de vous accompagner jusqu'au bar ?

Elle soupira.

– Patrick...

– J'aimerais vous dire un mot en particulier, mademoiselle McWilliams.

– Oh – bon, Patrick, d'accord.

Patrick tourna la tête vers James.

– Je suis très content que tu sois venu, dit-il d'une voix neutre.

Puis il entraîna Rally vers le bar, laissant James tout seul.

– Je me demande, Otis, murmurait James. C'est bizarre. Patrick réunit des tas d'hommes et de femmes. Les hommes sont beaux, les femmes aussi, mais si un mec parle trop longtemps à une fille, Patrick s'amène, comme une espèce de chaperon. Sauf que c'est pas un chaperon, c'est...

Il se tut. Il ne savait pas au juste ce qu'était son colocataire, il n'avait pas de mot pour le dire. Tout ce qu'il savait, c'était que ce pouvoir ou cette qualité qui semblait émaner de Patrick l'inquiétait, le mettait mal à l'aise. Il changea donc de sujet.

– Tu sais, Otis, elle était sublime. Elle avait une robe bordeaux, des boucles d'oreilles d'argent et ses cheveux dorés faisaient comme un pelage. J'avais envie d'y passer la main.

James se balançait, les yeux clos.

– On n'était pas à la même table. Elle était assise à côté de Patrick, et moi coincé entre Liza McMannus et un type de Harrow East.

Il plissa le front.

– Je ne crois pas que Patrick soit amoureux d'elle. Tu comprends, Otis, c'est ça, le truc. Je crois pas qu'il soit amoureux d'aucune d'entre elles.

Il était une heure du matin. Il y avait une espèce de tic-tac à l'intérieur des murs qu'on n'entendait que par intermittence et qu'il aimait bien entendre. Il imaginait que c'était le Preemption qui digérait tout ce qu'il disait.

– On nous a servi du sanglier rôti arrosé d'un porto étrange. C'était comme un festin moyenâgeux sauf que Sarah Wolf n'a pas voulu de sanglier parce qu'elle mange kasher et que Liza n'arrêtait pas de demander des légumes parce qu'elle est végétarienne. Je crois qu'il n'y avait pas de végétariens au moyen âge, vois-tu, Otis.

Il se balançait sans cesse. Sa respiration était régulière, il humait le léger parfum d'acajou qu'il aimait. Il faisait plus chaud que d'ordinaire dans l'ascenseur et il s'y sentait bien après avoir lutté contre le vent dans la rue.

– Je ne crois pas que Rally soit un diminutif. Je crois que c'est Rally, voilà. Que c'est son vrai prénom.

Il songea à la façon dont Patrick avait agrippé Rally par le coude, à la façon dont elle avait tressailli avant de partir avec lui. Il n'avait pu être seul avec elle ni même lui adresser la parole pendant tout le reste de la soirée. Il avait projeté de la coincer après le dîner mais quand il était ressorti des toilettes, aux environs de minuit, elle avait disparu.

– J'espère que c'est Rally, rien d'autre, chuchota James.

Pour se rendre à la soirée de contes de la Grande Débauche, au Cherrywood's, Patrick voulut absolument partager un taxi avec James. C'était le lendemain de Noël et, par la vitre de la voiture, James regardait les trottoirs couverts de neige sur lesquels régnait un calme qui tranchait avec l'animation des semaines précédentes. L'œil du cyclone, pensa James. Pour le nouvel an, ça va être la folie.

Il était en smoking, n'ayant pas voulu détoner et déparer comme il l'avait fait au Duranigan's. Patrick portait un pardessus noir sur un T-shirt, un pantalon et un blazer noirs également.

– Je vais te dire, vieille Branch, dit Patrick qui s'était assis le dos à la portière du taxi, face à James, comme dans une limousine. Il faut qu'on parle tous les deux. D'une certaine jeune femme.

James retint son souffle. Il sait, pensa-t-il.

– Il faut qu'on parle de cette nana, là, Freida.

– Freida ? Le sucre d'orge ? Celle qui a la drôle de coiffure ?

Il mit les doigts en crochet au-dessus de son oeil pour illustrer ce qu'il voulait dire.

Patrick poussa un rire hennissant et fit oui de la tête.

– Eh ben, quoi ?

– Elle est absolument dingue de toi.

Patrick avait les bras croisés. Il braquait sur James l'éclat de ses yeux verts.

– ... elle m'a jamais dit deux mots de suite.

– Ecoute, vieille Branch, c'est la chanteuse d'un groupe de filles. Qu'est-ce que tu sais au juste des chanteuses des groupes de filles ?

– Rien.

– Bon. J'aurais tendance à les décrire comme éminemment baisables.

James se passa la langue sur les lèvres. Il avait du mal à suivre.

– Quoi ? dit-il.

– Tu sais, les chanteuses des groupes sont des meufs hypersensibles, au fond, parce que c'est elles qui écrivent les chansons de leur groupe, d'ordinaire. Mais comme elles occupent aussi le devant de la scène, il faut qu'elles aient du jus et qu'elles soient sexy en plus. En additionnant tout ça, t'obtiens une meuf éminemment baisable du nom de Freida Wheeler qui en veut à ton piston magique.

James cligna des yeux.

– Piston ?

– Le piston. Le chibre. Elle veut coucher avec toi.

Le taxi s'arrêta à un feu rouge près du Lincoln Center. À trois mètres sur le trottoir, Morality John jouait de la guitare. La vitre était entrouverte et James entendit ce qu'il chantait.

– *Ça devient de plus en plus ardu,* chantait Morality John, *de faire deux amants avec deux inconnus.*

Le feu passa au vert et le taxi repartit.

– Qu'est-ce que tu racontes ? demanda James.

Patrick sourit.

– Pose pas de questions, Branch. À cheval donné, on ne regarde pas les dents. Disons que j'ai eu une petite conversation avec Freida récemment et qu'elle m'a refilé l'info. La bonne nouvelle.

Il ricana.

James contemplait son colocataire, son sourire de loup. Il y avait quelque chose d'artificiel dans la voix de Patrick ce soir-là, comme dans la chaleureuse et sincère insolence avec laquelle l'animateur d'un jeu télé s'adresse à un candidat.

– Attends, tu verras, vieille Branch, dit-il. C'est elle qui viendra te parler. Attends, tu verras.

Quand James et Patrick y arrivèrent, le Cherrywood's était déjà plein de l'élite des participants à la Grande Débauche. Depuis le début de la décade, ils avaient eu le temps de faire connaissance, d'établir entre eux une série de plaisanteries rituelles, de révéler des secrets. Tout le monde savait que Hannah Glorybrook allait travailler pieds nus en été, que Crispin avait un jour pris un bain dans une baignoire pleine de vodka, que Liza McMannus, à dix-sept ans, avait couché avec Orlando Fisk, le Monsieur Muscles de Hollywood. Le rire régnait en maître. Walter Glorybrook et Henry Shaker étaient devenus inséparables et tout le monde, à l'exception de James, était en tenue de ville.

Selon une tradition bien établie, des conteurs se produisaient au Cherrywood's et, sur une scène exiguë, entre deux bibliothèques, il y avait un fauteuil équipé d'un petit micro. Patrick voulait que ses invités prennent le micro l'un après l'autre pour conter quelque chose à l'auditoire. Il fallait que ce soit très gentil ou terrible, avait dit Patrick, et ceux qui ne trouveraient rien devraient simplement dire ce qu'ils considéraient comme la pire ou la plus merveilleuse chose qui se soit produite au vingtième siècle. En somme, c'était le genre de jeu qui foire d'ordinaire dans la plupart des groupes au grand dam de l'hôte. Mais Patrick Rigg n'était pas un homme qu'on pouvait décevoir. Il circulait parmi ses hôtes et, lorsqu'il tapotait l'épaule d'un homme ou chuchotait à l'oreille d'une femme, la personne choisie, rajustant sa coiffure ou lissant sa robe, montait sur scène pour prendre la parole.

Checkers passa le premier.

– La chose la plus merveilleuse, dit-il, qui soit arrivée au vingtième siècle est ma femme, Donna Reichard. Point barre.

L'assistance applaudit, les femmes soupirèrent et Donna rougit. Fifre et Tambour le suivirent en scène. Elles se serrèrent l'une contre l'autre sur le fauteuil, se tinrent par la main et entonnèrent un long chant étrange dans leur langue maternelle. Après quoi Douglas Kerchek nomma son livre préféré et Jeremy Jax raconta une blague qui, à sa grande surprise, déclencha des rires qui lui firent monter aux yeux des larmes de joie.

D'un bout à l'autre de ces numéros, James, assis au bar, sirota un Coca-Cola pour calmer ses crampes d'estomac. Il était gêné d'être en smoking et redoutait d'être invité à monter en scène et contraint de parler. Et il ne voyait Rally nulle part. Mais ce qui l'inquiétait le plus était Freida Wheeler qui, comme Patrick l'avait prévu, s'était mise à lui faire du rentre-dedans sitôt qu'il était entré. Pour l'heure, elle était debout près de lui, très près de lui, adossée au bar, les seins en avant. La moitié de son visage disparaissait derrière son accroche-cœur mais son œil visible, qui dédaignait la plupart des hommes, était exclusivement fixé sur James.

– T'as entendu dire que le soleil donne de la vitamine E ?

– Hum, fit James. Non.

– Sans blague. D'après certains chercheurs et je sais plus qui d'autre, il suffirait de se balader au soleil pour se charger la peau en vitamine E. Une vitamine qui fortifie l'épiderme.

James parcourait la salle des yeux. Il s'efforçait d'éviter de regarder Freida et la flamme de son œil unique mais aussi la bande de chair crémeuse que révélait son T-shirt ultracourt.

– Ah oui, dit-il.

– Écoute, mon pote. Je suis pas conne. Je bouquine énormément.

– D'accord.

Il essaya de concentrer son attention sur la scène où les deux Iraniens discutaient devant le micro.

Freida lui saisit le menton et le tourna vers elle.

– Moi, ce que je dis, c'est : Est-ce que ça tient debout ? Que le soleil puisse nous charger en vitamines ? Les vitamines qui viennent de la bouffe, d'accord. Tu bouffes un steak, ça te donne des vitamines. T'avales un comprimé, t'avales des vitamines.

– Je comprends, dit James au fond du désespoir.

– Les vitamines viennent de trucs matériels que t'avales et qui passent dans le sang par l'estomac. D'accord. Mais le soleil ? Je regrette, fit-elle en rejetant son accroche-cœur en arrière. Ou alors c'est qu'il y a une espèce de photosynthèse qui se produit dans la peau. Ce serait dingue. Tu veux un truc à boire ?

– Oui, merci.

Il ne voyait toujours pas Rally où que ce soit. Freida commanda deux whiskys. Patrick Rigg monta en scène.

– Mes parents se sont connus au cours d'un rendez-vous organisé par un copain de fac de mon père, Emilio Snodgrass.

Dès que la voix de Patrick résonna, les invités se tournèrent vers lui et le silence se fit dans la salle.

– Selon ma mère, mon père était paralysé de timidité la première fois qu'ils sont sortis ensemble. Il lui dit à peine deux mots et l'emmena voir *La Nuit des morts vivants,* qui la fit complètement flipper. Sans compter que mon père était amoureux d'une autre, une jolie blonde qui elle aussi en aimait un autre.

Patrick jeta un coup d'œil dans la direction de James avant de poursuivre :

– Mon père avait même parlé de cette blonde à ma mère dès leur premier rendez-vous. Mais ma mère, qui est brune, au fait, ne se dégonfla pas. Elle regarda les zombies, elle écouta pleurnicher mon père et, à la fin de la soirée, quand il la raccompagna chez elle, lui donna un baiser qui lui fit totalement oublier la blonde.

Les brunes présentes au Cherrywood's poussèrent des acclamations.

– Mes parents se marièrent trois mois plus tard, conclut Patrick en levant son verre. Et donc, un toast à la santé d'Emilio Snodgrass.

Tout le monde rit et trinqua, à l'exception de James qui garda les yeux fixés sur son verre. Il était certain qu'il venait d'entendre une fable. Certain qu'aucun couple nommé Snodgrass n'aurait jamais eu l'idée de baptiser son fils Emilio.

Freida le heurta de la hanche.

– Elle est craquante, son histoire.

Il observait les femmes présentes dans la salle. Il notait que toutes, où qu'elles soient, et quel que soit l'homme avec lequel elles étaient en train de flirter, jetaient de temps en temps un petit coup d'œil dans la direction de Patrick. C'était bref, discret, mais le fait était là.

– Allez, dit Freida, on se casse.

Il se raidit.

– Quoi ?

Elle se pencha tout près de lui pour murmurer :

– Tu flippes complètement, je me dis que c'est peut-être parce que t'as peur de parler devant tous ces gens.

Il respirait avec une certaine difficulté. C'était vrai, il flippait. Il n'avait rien à dire à cette bande et Freida portait un parfum aguichant qu'il croyait bien avoir humé quand il était près de Rally, au Duranigan's. Mais Rally n'était pas là, il ne savait pas trop comment on procède pour se défendre des avances d'une femme et Freida lui appuyait avec insistance la hanche contre la cuisse.

– En faisant vite, on peut encore y couper.

Il scruta l'assistance une dernière fois.

Sois là, implorait-il. Mais Rally n'était pas là et Freida le traîna jusqu'à la porte. Elle le fit prestement monter dans un taxi, l'emmena au Village, lui fit boire des bières au Chumley's. Deux heures plus tard elle le tenait chez elle, dans son antre dont les murs étaient peints en noir, le sol tapissé de moquette rose à bouclettes et l'éclairage stroboscopique. Elle lui fit boire encore de la bière puis l'installa sur son lit, prit sa guitare et lui chanta une chanson intitulée « J'emmerde les bisons ». Quand elle eut fini, elle l'embrassa fougueusement sur la bouche.

– Arrêtez, protesta-t-il.

La bière l'étourdissait un peu mais il s'écarta de Freida sur le lit.

– Eh ben, quoi ? fit-elle à voix basse en lui caressant le bras.

– Je, je...

Il s'efforça de maîtriser sa respiration pour combattre le bégaiement qui le reprenait parfois quand il avait bu.

– J'aimerais savoir ce qui se passe, dit-il.

Freida lui mordilla l'oreille.

– Nous deux, voilà ce qui se passe.

Il se dégagea de nouveau. L'éclairage stroboscopique mettait une palpitation dans l'air.

– Mais, mais, sérieusement. Pourquoi est-ce que je vous plais, tout d'un coup ?

– Il me faut une raison ?

– Pourquoi ? martela James en se levant.

Elle replia les jambes sous elle sur le lit. Elle haussa les épaules.

– C'est l'aube du troisième millénaire, dit-elle. T'es craquant.

Les jambes de James tremblaient. Il se sentait pris au piège.

– Vous connaissez Rally McWilliams ? balbutia-t-il.

Elle tapota le lit.

– Viens te pieuter. Je vais te fortifier l'épiderme.

Il déglutit avec peine. Il regardait la poitrine de Freida, son pantalon de stretch noir, son sourire d'invite. Pourquoi se compliquer la vie ? Il était excité, elle était ravissante – mais sa présence à lui en ce lieu avait été orchestrée. Sans vouloir régler la question en se persuadant que Freida n'était qu'une pute, il savait, aussi dingue que cela puisse paraître, que Patrick avait trouvé un moyen de la convaincre de se lancer dans cette entreprise de séduction. Il en était sûr.

– Il faut que j'y aille.

Elle suivit des mains la ligne de ses hanches.

– T'es malade ? Regarde-moi.

Il prit son manteau. Il avait besoin d'Otis.

– Excusez-moi, dit-il.

– Attends, tu déconnes. Eh ! Mec ? Eh !

James avait déjà passé la porte.

Cette nuit-là, dans l'ascenseur, James ne parla guère. Il se balança sans fin, les yeux clos, sans penser à rien. Au rythme de sa respiration, il ressentait l'assemblage de ses membres et de ses muscles qui le faisait tel qu'il était. Au bout d'un moment, trois images paisibles lui vinrent à l'esprit. La première était celle de sa mère, étendue sur le canapé du salon, lisant les pages sportives du journal, la deuxième, Fifre et Tambour sur le fauteuil du Cherrywood's, interprétant leur chant inuit. Elles avaient expliqué ensuite que c'était un chant de la Création, décrivant la naissance du monde selon le mythe de leur tribu. James croyait bien avoir vu Tambour essuyer une larme pendant qu'elle exposait ce mythe.

Enfin, il songea à la forme du crâne de Rally. Elle avait, se rappelait-il, un curieux, un léger renflement derrière l'oreille, un petit supplément d'os qui ne devait pas être visible quand elle portait les cheveux longs. Parce qu'elle était présente de part et d'autre de la tête avec une parfaite symétrie, James savait que cette petite bosse n'était pas cancéreuse ou inquiétante. Elle faisait partie d'elle et voilà tout.

James chercha Rally pendant tout le reste de la Grande Débauche. Les soirs où l'appartement s'emplissait d'invités, il espérait sans cesse voir paraître la coupe militaire de ses cheveux couleur de miel. Il parlait joujoux avec Henry Shaker, fit plus ample connaissance avec Douglas Kerchek, supportait même les assiduités vaguement prédatrices de Freida. Au Lucas, quand le groupe alla assister à la revue de fin de millénaire, *Fizzle*, James rit et applaudit avec les autres. Chaque soir, il rendait compte à Otis de l'absence de Rally.

– Elle est peut-être en voyage, Otis. Je ne sais quelle mission de fin de millénaire, en Europe ou en Asie.

Ce qu'il n'arrivait pas plus à exprimer à Otis qu'à lui-même, c'était le soupçon, la peur enfouie au plus profond de son être, que Patrick eût banni Rally de la Grande Débauche, du seul fait qu'elle s'était entendue avec lui, James. Il savait que son colocataire tenait des dizaines de femmes sous sa coupe mais l'idée le glaçait que Patrick pût exercer un ascendant suffisant sur elles pour les manipuler comme des marionnettes, en empêcher une de le voir, en contraindre une autre à se jeter dans ses bras. Qu'offrait-il au juste à ces femmes, se demandait James, pour jouir d'une telle autorité sur elles ? Et quel plaisir en obtenait-il en retour ? Il s'imaginait Freida ligotée nue aux montants du lit de Patrick comme il y avait trouvé Rally. Il imaginait Liza McMannus, Eva, Crispin, et Sarah Wolf, et Hannah Glorybrook dans la même position, toutes celles qu'il avait vues sortir une nuit ou une autre de la chambre de Patrick au cours de l'année écoulée. Hédonisme pur et simple, s'était-il dit sur le moment sans y penser plus que ça. Mais pendant la décade de la Grande Débauche, il changea d'avis. Observant Patrick, il le vit en conversation intime avec Crispin, dans un coin, ou tenant la main d'Eva pendant la représentation de *Fizzle*. Il obéissait à une espèce de code de chevalerie personnel et vaguement tordu, éprouvait manifestement une affection intense pour chacune des femmes dont il était l'ami et souhaitait la protéger.

Mais James ne voulait ni réfléchir à toutes les femmes de Patrick ni faire connaissance avec elles. Il ne voulait que Rally, c'était la première fois que son cœur d'adulte le poussait si violemment vers une femme. Il avait donc besoin de la voir, de lui parler, de découvrir si le nœud qui lui serrait l'estomac finirait par se défaire quand elle serait près de lui. Mais l'idée, la possibilité diabolique que Patrick eût perçu tout cela et poussé Freida en travers de sa route pour faire diversion et l'empêcher de poursuivre une aventure merveilleuse, voire honorable, avec Rally, le terrifiait.

– Tu crois qu'il est jaloux, Otis ?

L'obscurité resta muette.

– Il doit être jaloux.

Puis une nouveauté s'insinua dans ses veines. Sans cesser de se balancer, il se rendit compte qu'il retenait son souffle, se rendit compte qu'il préférerait être empalé sur la pointe du Chrysler Building que d'envisager la possibilité que Rally se retrouve un jour nue et ligotée dans la chambre de Patrick.

Mince, se dit-il. Est-ce que je suis amoureux ?

Le réveillon du nouvel an apporta la réponse à cette question. James se présenta, carton noir à la main, au Minotaure, dans l'ancien quartier des abattoirs. Jamais encore il n'avait assisté à une rave et jamais il n'était venu au Minotaure, mais il se souvenait que Rally avait dit fréquenter l'établissement, aussi s'y risqua-t-il. Rien ne l'avait préparé à ce qu'il découvrit dans l'obscurité luxueusement propice de la boîte, son dédale d'alcôves, ses bars d'acier inoxydable, la lumière bleue qui brillait derrière les alignements de bouteilles. Dans une pièce se dressait une authentique Vierge de fer, la porte ouverte, et dans une autre, le mobilier d'une cuisine américaine des années 1950 – gazinière, réfrigérateur, table et chaises – avait été cloué à l'envers au plafond. Dans le Forum, la grande salle caverneuse qui occupait le centre du Minotaure, Freida Wheeler et son groupe, les Racailles, se contorsionnaient en scène, torturant leurs instruments et vociférant. Hannah Glorybrook et Fifre et Tambour faisaient les punks sur la piste de danse, toutes trois vêtues d'amples robes noires au décolleté plongeant, les yeux charbonneux, une croix d'argent en piercing à la langue.

Le célèbre DJ du Minotaure, Half Stack, qui faisait aussi office de videur et avait un soir enfermé une heure durant dans la Vierge de fer l'entraîneur des New York Mets parce qu'il était ivre et faisait du scandale, présidait aux réjouissances dans le Forum. Il était furieux d'être supplanté par un groupe et remonté à bloc contre le propriétaire qui avait loué la boîte à Patrick pour une soirée privée un vendredi et, qui plus est, le soir du réveillon de l'an 2000. Le vendredi était la soirée normalement dévolue au ska et la boîte s'emplissait des plus ardents fans de Half Stack, dont le courroux ne trouva à s'apaiser un peu que dans le spectacle de Liza McMannus en minijupe rose électrique.

James traîna sa perplexité de salle en salle. La boîte était en sous-sol et s'étalait sous tout un pâté de maisons ; il la parcourut dans tous ses recoins sans jamais passer deux fois au même endroit. Dans un coin, il tomba sur Tony DiPreschetto, un genou en terre devant une femme que lui, James, n'avait encore jamais vue. Non loin de là, adossée à la Vierge de fer, Marcy Conner berçait sa solitude. Dans une autre pièce, Jeremy Jax et le propriétaire du Lucas, Michael Hye, trinquaient avec des petits verres d'une liqueur jaune et fluorescente.

– Pour le nouveau millénaire, dit Jeremy, je coucherai avec une prostituée vierge.

– Moi, gloussa Michael, j'escroquerai la mafia chinoise.

– Je deviendrai coprésident de Mensa.

Michael rota.

– Je désinventerai les bonbons.

Dans une autre alcôve, un homme au visage chafouin était assis en compagnie d'une femme dont la chevelure descendait jusqu'à la taille. Ils se tenaient par la main et, quand ils virent James, le type chafouin dit :

– Viens participer à notre veille.

James poursuivit son errance à travers le Minotaure, perdu mais sans crainte. Plusieurs salles avaient des parois mais pas de plafond, et le bruit et la clarté venus d'en haut y indiquaient toujours la direction du Forum au centre du labyrinthe. Il dérivait donc dans cette direction générale, surprenant des bribes de conversations, lorgnant des inconnues en talons hauts, jusqu'à ce qu'il parvienne à une pièce vide à l'exception d'un homme assis par terre dans l'ombre qui grattait une guitare. C'était la salle de la cuisine cul par-dessus tête.

– *Fais-y quelque chose, il serait temps,* chantait le guitariste, *parce que je ne veux plus vivre sans.*

James scruta l'obscurité. Il reconnaissait cette voix.

– C'est vous, John, dit-il. Morality John.

Le chanteur termina sa chanson. James ne voyait que des dents et un menton. Jamais encore il n'avait adressé la parole à ce type, mais il se sentait plein d'audace.

– C'est quoi, le titre de cette chanson ? demanda-t-il.

– « J'attendrai pas un jour de plus », firent les dents.

– Je vous ai déjà entendu la chanter. Je vous écoute dans le métro.

– Je sais, dit l'homme qui n'avait pas bougé d'un millimètre. Je sais qui tu es.

James jeta un coup d'œil vers le plafond, vers la cuisine qui semblait figée là-haut.

– Comment avez-vous fait pour entrer ? Patrick vous a invité ?

– C'est pas ce que t'as besoin de savoir, firent les dents.

James retint son souffle.

– Ce que t'as besoin de savoir, c'est ce que tu vas faire, dit Morality John.

James regarda sur sa gauche puis sur sa droite pour s'assurer qu'ils étaient seuls.

– Ce que je vais faire à propos de quoi ?

Morality John se contenta de sourire.

James fit un pas en avant. Il n'osait pas s'approcher suffisamment pour voir le visage du guitariste – il lui semblait que ç'aurait été enfreindre une règle, ce soir-là – mais il se sentit comme un profane en pèlerinage à Delphes.

– Elle ? chuchota-t-il. C'est sur elle et moi que vous... chantez vos chansons ?

Dans le lointain, les guitares des Racailles s'interrompirent au beau milieu d'un morceau. Il y eut un grand bruit et un hurlement. James regarda vers la porte. Les bruits venaient du Forum. C'étaient des cris, un martèlement de bottes.

– Que se passe-t-il ? se demanda-t-il à haute voix.

– Va voir, dit Morality John.

James tapota ses poches. Il se dirigea vers la porte, s'arrêta, regarda en arrière.

Morality John posa un doigt sur ses lèvres et indiqua la direction du Forum.

– Va voir, répéta-t-il.

Quand James y arriva, des skinheads envahissaient la piste de danse. Ils étaient plus d'une centaine, des gamins musclés avec des anneaux dans le nez, des filles aux sourcils épilés, des types de l'âge de James tatoués, le crâne rasé, chaussés de bottes à la pointe renforcée d'acier. C'était un coup de force : Half Stack souriait près de la scène, devant la sortie de secours de la boîte, qu'il avait ouverte pour faire entrer ses frères punks exilés dont le flot continuait de se déverser. Fifre et Tambour et Hannah saluaient l'arrivée des nouveaux venus avec des cris de joie mais Eva Baumgarten, qui était claustrophobe, s'était mise à grimacer. Freida et les Racailles, ayant posé leurs instruments, attendaient dans l'incertitude sur la scène tandis que Patrick Rigg, penché au-dessus du comptoir d'un bar, discutait âprement avec le propriétaire du Minotaure. Du geste, il désignait les intrus. Le propriétaire haussa les épaules et ouvrit les mains, Patrick balança un coup de pied dans le comptoir et un panneau de verre vola en éclats. Half Stack avait bondi dans la cabine du DJ et lancé les BossTones. La piste de danse devint une aire de battage martelée de Doc Martens et survolée de coudes virevoltants. Sarah Wolf, qui ne connaissait que le tango, courut se mettre à l'abri. Debout au bord de la piste, James regardait la mêlée. Il était onze heures trente.

– C'est la prise de la Bastille, dit Douglas Kerchek près de James.

Ce dernier approuva de la tête puis se figea sur place. À cinq ou six mètres de lui, cette jupe de jean, ces bottes de cuir marron et cette chemise blanche de western décorée de paillettes bleues – c'était Rally. Elle tournoyait en riant sur la piste et à la voir bousculer les hommes autour d'elle et se faire bousculer en retour, James vit bien qu'elle était l'une d'entre eux et avait fait irruption avec le déferlement des intrus au crâne rasé. Il en fut déprimé, Rally lui parut encore plus étrangère et inaccessible. Mais quelques secondes plus tard, au milieu d'une pirouette, Rally aperçut James. Elle poussa un cri, chargea à travers la foule, faillit le renverser d'une étreinte.

– Vous êtes là ! se récria-t-elle.

James l'écarta de lui sans lui lâcher les avant-bras. Son haleine sentait l'amaretto mais elle ne semblait pas ivre.

– Je… je suis là, confirma-t-il.

– Bonne année, fit-elle, pantelante. Venez danser avec moi.

– Oh. Hum, je suis pas vraiment très...

– Vous allez danser avec moi.

Elle le traîna au milieu du tourbillon en folie. Elle le repoussa, l'expédiant loin d'elle, éclata de rire quand il rebondit comme une bille de flipper entre les corps enchevêtrés, lui abattit joyeusement les mains sur les épaules quand il trébucha de nouveau jusqu'à elle. Il se trémoussa comme il put, tentant d'imiter l'enthousiasme des filles et des garçons qui l'entouraient, s'efforçant de rester près de Rally. La musique se poursuivit ainsi sur un rythme de crise cardiaque jusqu'à quelques minutes avant minuit, quand une agréable mélodie interprétée au piano la remplaça soudain. Comme sur un signal, les skinheads échangèrent des révérences grand siècle avant de se séparer. Rally s'inclina devant James et lui prit les mains.

– Eh ben, dit James.

– C'est Dolly Parton, expliqua-t-elle. C'est « Here You Come Again ». Je vais conduire.

Il s'emmêla les pinceaux, rougit. La musique était suave, les paillettes de Rally, absurdes. C'est dingue, songea-t-il.

– Half Stack passe ça tous les vendredis à minuit, dit-elle, c'est une tradition du Minotaure.

Il suivait les pieds de Rally. Elle le faisait valser en décrivant de grands cercles. Tout autour d'eux des couples – des hommes avec des hommes, des hommes avec des femmes, des femmes avec des femmes – virevoltaient avec élégance. Toute leur sauvagerie semblait avoir disparu. Nombre d'entre eux chantaient sur la musique. Vêtus de cuir en lambeaux et criblés de piercings cruels, ils n'en clignaient pas moins de l'œil à l'intention de James, comme pour accueillir une nouvelle recrue.

– C'est dingue, chuchota-t-il.

Rally avait sa joue contre la sienne.

– C'est la tradition, dit-elle.

James dansait. Il ne lui demanda pas où elle était passée ces derniers temps, ne l'interrogea pas au sujet de Patrick. Il dansait en humant l'odeur de sa chevelure. Elle avait la joue en sueur. Il n'était qu'à quelques centimètres de son petit renflement, derrière l'oreille.

– Je n'arrête pas de penser à vous, chuchota-t-il.

– Il est presque minuit, dit-elle. Bonne année.

– Vous m'avez entendu ? Je n'arrête pas de penser à vous.

Elle le fit basculer en arrière, tint la pose, le regarda droit dans les yeux.

– Alors embrasse-moi, idiot. Le morceau est presque fini.

Et James le fit. Renversé en arrière, le visage de Rally juste au-dessus du sien, James l'embrassa. Un bon baiser, pas faramineux mais leurs langues se touchèrent, leurs dents s'entrechoquèrent. Quand il fut fini, Rally ramena James à la verticale. La danse était finie aussi et il rougit, attendant de savoir comment il s'en était tiré.

– Et vous, vous avez... pensé à moi aussi ? demanda-t-il.

Elle lui prit la main.

– J'ai faim, dit-elle. Attaquons un pizzaïolo.

Elle l'entraîna vers la sortie de secours. Il regardait sa tenue de western, la jupe qui lui moulait les cuisses. Il l'avait vue nue, et pourtant cette panoplie était plus excitante.

– Attendez, s'obstina-t-il. Vous avez pensé à moi ?

– Dehors, dehors, dehors, fit-elle en le poussant vers la porte. Trouvons des pizzas. À l'assaut.

Ils se retrouvèrent dans une ruelle, de la neige sous les pieds, un bouquet d'étoiles au-dessus de la tête. James pensa à son manteau qui était resté au vestiaire du Minotaure. La sortie de secours se referma, plus question de reculer.

– Bon sang, dit-il. On gèle.

– Je suis morte de faim, dit Rally.

Immobiles, ils se regardèrent. Une vapeur montait de leurs bras.

– Je parie que tu l'aimes aux poivrons, dit Rally.

– Je suis fou de vous, dit James.

Elle se campa sur les hanches et croisa les bras.

– Tu me connais pas.

Ça y est, je l'ai dit, pensait James. Je suis là, devant elle, et je l'ai dit.

– Je l'aime aux poivrons, lui dit-il.

Elle l'entoura de ses bras pour leur deuxième baiser.

Les choses se passent parfois ainsi, cela peut arriver. Il peut arriver que la ville fasse un petit signe de la main, qu'elle laisse deux êtres s'éprendre aussi totalement que James et Rally s'éprirent l'un de l'autre. Cette nuit-là, ils ne montèrent pas seulement à l'assaut d'une pizzeria, ils prirent un taxi pour faire tout le tour de l'île. En l'honneur de la nouvelle année, le chauffeur leur offrit des buvards d'acide mais ils refusèrent. Leurs propres langues leur suffisaient, ils s'embrassèrent doucement, parlèrent peu. À trois heures du matin, ils étaient chez Rally, dans son appartement de SoHo, dans son lit, apprenant lentement à connaître le corps de l'autre. Ils se caressèrent, se taquinèrent, se sourirent, retardant la consommation. Ils échangèrent des murmures et des orgasmes. Elle lui chanta une chanson qu'elle se rappelait de son enfance. Au lever du soleil, ils sortirent devant la fenêtre sur le palier de l'escalier d'incendie, enveloppés de couvertures, pour regarder la lumière.

Une semaine de parfait bonheur suivit, au cours de laquelle ils ne se quittèrent pour ainsi dire pas. James prit cinq jours de congé et Rally se consacra à lui. Ils passèrent des après-midi entières dans son lit. Ils prirent le train pour Coney Island et arpentèrent le sable crissant de l'hiver. James invita Rally au Flat Michael's où elle n'était jamais allée et elle lui fit connaître les hamburgers incomparables du Corner Bistro. Ils s'assirent main dans la main au cinéma Angelika, allèrent deux fois au théâtre, menèrent des expériences sur divers styles de dessous, firent la grasse matinée. Ils s'aimaient et, à minuit passé, le jeudi, leur sixième nuit ensemble, James alla s'asseoir sur le carreau de la salle de bains de Rally et sanglota de bonheur. Rally dormait, il passa une demi-heure dans la salle de bains, toutes lumières éteintes. Otis lui manquait, comme lui manquait cette part de lui-même qui observait objectivement les événements de sa vie mais sa nouvelle orientation intérieure était entière, inéluctable. Il était accro à l'odeur de la peau de Rally, accro au son de sa voix. Morris, le Minnesota, Anamaria et tout son passé de mutisme se volatilisèrent comme sous une frappe chirurgicale et il ne vit plus que les bras de Rally, les cuisses de Rally, la gorge de Rally. Quand il marchait avec elle dans SoHo, main dans la main, il guettait le regard des passants pour voir si Rally et lui étaient encore deux entités physiques distinctes ou si leur bonheur les avait rendus invisibles. Leurs seuls désaccords portaient sur le choix d'un film à voir, d'une rue à emprunter, de l'endroit du monde où ils feraient leur premier voyage ensemble.

– La Nouvelle-Zélande, dit James.

Rally lui embrassa les mollets. Ils étaient au lit, nus.

– L'île de Skye, dit-elle.

– Le Serengeti.

Elle s'agenouilla entre ses jambes, remonta lentement le long de ses cuisses, les effleurant des lèvres.

– L'île de Skye.

James avait fermé les yeux.

– Tokyo, murmura-t-il.

– Hmmm. Tu crois vraiment que t'es en position de discuter ?

– Non, expira-t-il.

Toute la semaine, ils évitèrent l'appartement de James. Ce dernier y passa deux ou trois fois prendre des vêtements mais il le fit toujours en fin de matinée, quand Patrick était au travail. James n'avait pas précisément peur de voir son colocataire, mais ni lui ni Rally ne voulaient l'affronter pour l'instant. Ils ne savaient pas comment il réagirait à leur couple et ne souhaitaient formuler, ni pour lui ni pour quiconque, ce qu'ils étaient l'un pour l'autre. En conséquence, ils ne savaient pas comment les hostilités de la Grande Débauche s'étaient terminées et, d'ailleurs, s'en fichaient. Ils imaginaient que Walter et Henry resteraient copains, espéraient que Nicole Bonner allait épouser Douglas Kerchek, mais pour le reste, ils s'empressèrent d'oublier ces dix journées. À sa grande joie, Rally se rendit compte que Patrick ignorait son adresse. C'était toujours elle qui était allée chez lui, jamais l'inverse. James et elle pouvaient donc se consacrer entièrement l'un à l'autre. Manhattan, le monde, le temps semblaient s'ouvrir devant eux comme pour une lune de miel.

Ils allèrent patiner au Rockefeller Center. Ils allèrent aux Cloisters, s'arrêtèrent à l'endroit où ils savaient maintenant s'être vus pour la première fois. Ils buvaient du café, mangeaient des gâteaux. Ils parlaient de la neige, de la peine de mort, mais par-dessus tout, plus que tout, l'un de l'autre. James se sentait obligé de décrire à Rally son apparence, comme si tous les miroirs dans lesquels elle s'était regardée au long de sa vie avaient été infidèles.

– Tu es belle.

– Non.

Il l'embrassa derrière l'oreille.

– Tu es belle.

Pour se venger, elle lui dit qu'il était son tigre.

– Qu'est-ce que je suis ?

Ils étaient nus, dans le lit de Rally, encore une fois. C'était un samedi soir. Elle s'assit, prit un volume sur une étagère.

– C'est mon poème préféré. « Désillusion de dix heures. » de Wallace Stevens. Écoute. « Les maisons sont hantées de chemises de nuit blanches... »

– Recouche-toi, dit James en la tirant par le coude.

– Non, écoute. « Les maisons sont hantées de chemises de nuit blanches. Il n'en est pas de vertes, de violettes rayées de vert, de vertes rayées de jaune, de jaunes rayées de bleu… »

– T'en mets pas, de chemise de nuit, railla James.

Rally lui décocha une bourrade.

– Non, écoute, s'il te plaît. J'en ai envie.

– D'accord.

– « … de jaunes rayées de bleu. Il n'en est pas d'étranges, pas de dentelles, pas de ceintures de perles. On ne va pas rêver de babouins ni de pervenches. Pourtant, çà et là, un vieux matelot, ivre et dormant tout botté, capture des tigres dans la tempête pourpre. » Voilà. C'est tout.

Elle reposa le volume et s'allongea pour se blottir contre James.

Il emplit ses poumons de sa présence, puis croisa les bras derrière la tête.

– Alors, je suis le tigre, dit-il.

– Et moi l'ivrogne. Le matelot.

Elle lui suça le creux de l'épaule puis s'arrêta.

Leurs deux têtes sur le même oreiller, ils se regardèrent.

– Je croyais que c'était Patrick, mon tigre, murmura-t-elle.

– Ah.

L'estomac de James bascula.

– Sois pas fâché. Je te le dis parce que c'est pour ça que je le laissais me faire des drôles de trucs. M'attacher et tout ça. Je croyais qu'il était unique.

– Ah.

– Mais je le crois plus, dit-elle en lui enfonçant très fort le doigt dans la poitrine. C'est toi. C'est toi, l'élu.

James ferma les yeux. Il voulait se battre avec Patrick Rigg, remonter aux sources du Nil, rester où il était, dans ce lit, à jamais.

Il pensa à Otis.

– C'est comme ça que tu veux que je sois ? demanda-t-il. Bizarre ?

Elle l'embrassa.

– Non, mon amour.

Il la regarda. Il avait envie de lui parler d'Otis, mais son cœur lui dit d'attendre. Garde ça, lui dit son cœur, comme un dernier recours.

C'était un samedi soir, le second de la nouvelle année. Patrick Rigg arpentait son appartement. Il bouillait depuis une semaine, cherchant à ignorer l'absence de James. Il savait que James était avec Rally. Au Minotaure, ils avaient dansé ensemble, protégés par l'océan des punks, puis ils avaient disparu.

Patrick avait essayé de remplir ses journées de son travail et ses soirées de ses autres femmes. Il avait attiré Crispin et Tambour dans son lit, une nuit, et les avait cajolées jusqu'à en obtenir des exploits dont la plupart des hommes se contentent de rêver. Mais dans son cœur, pendant sept jours, une herbe vénéneuse et noire avait poussé : Rally avait choisi James. Cette phrase lui emplissait l'esprit comme une litanie. Rally avait choisi James. Rally avait choisi James. Rally McWilliams, sa gonzesse la plus excitante, la plus têtue, la plus obsédée d'elle-même, était tombée dans les bras de ce ringard taciturne de James.

Et puis après? se disait Patrick, arpentant toujours. T'as toutes les meufs que tu veux. Laisse-la tomber, cette garce.

Mais il ne pouvait pas. L'âme de Patrick était un château de cartes fragile dont les cartes étaient les femmes de sa vie, posées en équilibre, chacune à sa place. Il dépensait tout son argent pour ses femmes, les cajolait, les manipulait. Il n'avait qu'elles. Il avait une mère morte, un frère mort dont le souvenir le hantait chaque jour. Ses relations de Manhattan ne l'approchaient que pour les fêtes qu'il donnait, les sombres libéralités qu'il dispensait. Il comptait donc sur ses femmes, sur leur corps et leur compagnie, comme James comptait sur Otis. On ne l'aurait pas bouleversé en lui ôtant certaines distractions périphériques comme Freida mais qu'un autre homme s'empare de certaines de ses femmes, et particulièrement de Rally, cela lui pesait sur la poitrine et l'empêchait de respirer. Il avait l'impression d'un effondrement intérieur, l'impression d'avoir perdu son épine dorsale, son intégrité, l'impression que l'horreur et la solitude de l'univers avec lesquelles il était parvenu à instaurer une trêve fragile dénonçaient leur accord pour passer à l'attaque. Sans compter que Rally était la seule de ses femmes qui eût satisfait à ses exigences tacites et impossibles. Debout devant son miroir ou ligotée à son lit, elle était tombée amoureuse d'elle-même, s'était éprise de son propre corps, de son âme – et, en cela, à cause de cela, était devenue infiniment plus admirable et nécessaire à Patrick.

C'est moi qui l'ai faite, songeait-il amèrement. Je l'ai faite ce qu'elle est. Et ce n'est pas un comptable aux yeux de veau qui va me la prendre.

Il saisit son manteau. Grinçant des dents, il sortit en trombe du Preemption, incapable de maîtriser le frémissement de ses jambes, la rage de ses poumons, le souvenir de ses mains sur le ventre nu de Rally.

C'est dingue, songeait Patrick. Il descendait Broadway à grandes enjambées, piétinant les grilles qui recouvrent la station de métro de la Soixante-douzième Rue. En contrebas, sous la grille, il y avait des formes, des voix, le son d'une guitare.

C'est dingue, songea-t-il encore une fois. Mais sa fureur se déroulait en lui comme la bande d'un téléscripteur et la seule façon de l'arrêter était d'utiliser l'arme qu'il avait dans sa poche de poitrine gauche.

– *J'espérerai toujours arriver à changer les choses un jour,* chantait une voix montant du sous-sol.

Patrick s'immobilisa. Sous la grille, il distingua une longue et sombre silhouette qui tenait un instrument.

– C'est moi ? hurla Patrick en trépignant sur le métal.

– *J'avais tort,* chantait l'homme. *Et tu trouveras ta place.*

Patrick continuait de cogner la grille du pied en jetant des regards furieux vers le sous-sol.

– C'est sur moi que vous chantez ?

La silhouette se fondit parmi les ombres.

Patrick reprit sa marche. Il descendait vers le sud, vers Wall Street, vers St. Benedict, l'église où il se faufilait chaque soir de la semaine pour écouter le curé. Avant d'y arriver, il lui faudrait parcourir une bonne moitié de l'île mais il débordait de délire et d'adrénaline ce soir-là. Il marchait avec détermination, tendu vers un seul but, regardant droit devant lui, tournant rarement la tête. Son haleine lui sortait de la bouche en exhalaisons rapides comme autant de fantômes et, sur les trottoirs, voyant l'éclat mauvais de son regard, les passants s'écartaient.

J'ai besoin du curé, songeait Patrick. Rally a choisi James et j'ai besoin du curé.

Patrick n'était pas religieux. Il ne désirait pas les sacrements traditionnels. Il lui fallait la seule chose capable de l'arrêter net en dehors des femmes : la voix de Thomas Merchant. Le père Merchant, le curé de St. Benedict, délivrait des sermons qui galvanisaient mystérieusement le cœur de Patrick, des sermons qui lui faisaient l'effet d'une gifle et pouvaient illuminer, derrière ses yeux, l'obscurité de son espace intérieur. Ce soir-là, il sentait qu'il avait besoin de cette lumière. Il sentait que, sans cette lumière, il allait dégainer son SIG, actionner la détente et abattre quelqu'un.

Il descendit donc au pas de charge jusqu'au bout de l'île, jusqu'à Wall Street. Il mit deux heures mais parvint à St. Benedict. Il entra, trouva le prêtre dans le confessionnal, se glissa dans le compartiment des pécheurs. Puis, seul dans l'obscurité, il se mit à parler.

En noir

De naissance, Thomas Merchant possédait un cœur pur et bon, mais pas grand-chose d'autre. Il n'était ni beau, ni éloquent, ni musclé. Il passa sa première enfance à l'ouest de l'Irlande, dans la petite ville côtière de Spiddal. Son père construisait des bateaux et sa mère était ménagère, mais Thomas n'avait que sept ans quand tous deux moururent d'une terrible maladie de peau inconnue. On l'envoya alors à New York, à Harlem, où il fut élevé par ses trois tantes, Mabel, Margaret et Mary Jude Merchant. C'étaient des triplées d'un mètre quatre-vingts que les enfants de Harlem considéraient comme trois fées. De l'enfance jusqu'à leur lit de mort, les sœurs Merchant eurent en commun des yeux verts au regard perçant et une chevelure de jais qui leur tombait jusqu'aux reins. Elles ne grisonnèrent jamais, ne se marièrent jamais et jamais n'occupèrent d'emploi. Elles vivaient ensemble aux abords d'un terrain vague dans ce qui avait été autrefois un garde-meubles. Elles étaient riches et le bruit courait qu'elles étaient venues de Galway en 1959 avec deux sacs pleins de pièces d'or. On imaginait qu'elles avaient dissimulé les sacs dans l'entrepôt et que Mabel Merchant, l'aînée de deux minutes et la plus taciturne des trois sœurs, était celle qui allait chercher les pièces dans les sacs. Le garde-meubles se dressait dans la Cent-vingt-cinquième Rue, artère principale de Harlem, mais les voleurs les plus endurcis n'osaient s'en approcher malgré l'attrait de l'or, par crainte des fées Merchant.

Dans ce coin de Manhattan arriva donc Thomas Merchant, rejeton ordinaire d'un village de pêcheurs d'au-delà de l'océan. À la suite de la mort de ses parents, Thomas ne proféra pas un mot pendant un an. Dans les salles voûtées du garde-meubles, il contemplait des métiers à tisser disloqués, des pianos, des penderies, mastodontes de bois d'un autre âge, abandonnés désormais à l'obscurité et aux toiles d'araignées. Il inhalait avec plaisir l'air moisi de ces salles. Au premier étage du garde-meubles, il y avait l'appartement des tantes de Thomas, enfilade de pièces chaleureuses, joyeuses, propres et pleines de soleil. C'était là que les sœurs Merchant s'occupaient de Thomas tous les soirs. Elles le nourrissaient de ragoût d'agneau et lui lavaient la tête. Elles lui lisaient des histoires et lui chantaient des chansons pour l'endormir. Mais elles se gardaient de l'asticoter à propos de son silence et, pendant la journée, le laissaient parcourir à sa guise l'entrepôt pour y contempler tout ce qu'il souhaitait. En bonnes Irlandaises, elles comprenaient le deuil sous toutes ses formes et manifestations. Elles savaient les perversions de caractère qui risquent de résulter chez l'enfant que les adultes harcèlent en interférant trop souvent avec son exploration du monde. Aussi n'avaient-elles pas inscrit Thomas à l'école et, le jour où M. Gammer, le travailleur social des services de l'immigration chargé de veiller sur Thomas, s'aventura au garde-meubles, les trois sœurs lui firent-elles barrage, à la porte, les poings sur les hanches.

– Bonjour, dit M. Gammer. Pourrais-je voir Thomas ?

– Certainement pas, dit Mary Jude.

C'était la sœur la plus revêche, celle qui avait le moins de considération pour les hommes.

– Ah... fit M. Gammer, dont la cravate ressemblait à un poisson. Que fait-il, Thomas, ces temps-ci ?

– Beaucoup d'introspection, dit Mabel.

– Et il joue un peu de piano, dit Margaret Merchant avec un sourire.

Margaret était la sœur amicale, celle qui prenait le plus de plaisir à son séjour sur terre.

– Il a appris tout seul, ajouta-t-elle.

– Du piano, répéta M. Gammer en hochant la tête d'un air approbateur avant de noter quelque chose dans son calepin. Et s'est-il fait des petits camarades parmi les enfants du quartier ?

– Au revoir, dit Mary Jude.

Thomas avait observé et entendu cette conversation depuis sa cachette derrière un bahut écossais. Il s'y cachait aussi pour observer Jack Lance, le fils du boucher, quand il livrait les ragoûts d'agneau et les biftecks enveloppés de papier blanc, ou le dimanche Brenda McMannus, une jeune fille noire de quinze ans qui venait livrer le *New York Times*. Thomas regardait Jack remettre entre les mains de tante Mabel le parallélépipède de papier blanc sur lequel le prix de la viande était griffonné à l'encre bleue. Il admirait les raies, profondes comme des sillons, que Brenda McMannus traçait dans sa chevelure, l'allure de ses bains de soleil, la façon dont elle tenait le paquet de journaux entre la hanche et le poignet pendant qu'elle bavardait avec tante Margaret. Quand Thomas se concentrait sur ces rites, le retour régulier de ces petits événements physiques, tout le reste s'effaçait de son esprit. Il oubliait les pustules jaunes dont les bras de sa mère étaient criblés, l'atmosphère confinée de l'avion bondé à bord duquel il avait traversé l'Atlantique. Mais surtout, il découvrit qu'en s'immergeant ainsi dans l'instant, sans méfiance, pour isoler sur le fond du rideau de velours noir de son esprit la chose qu'il avait sous les yeux, il sentait sa solitude se dissiper et trouvait la paix.

Les tantes de Thomas remarquèrent cette faculté de concentration, la clarté inquiétante du regard qu'il fixait constamment sur les choses. Elles en parlaient quand il n'était pas là.

– Il sera inventeur, prédisait Margaret.

Mary Jude s'indignait.

– Il flanquera la trouille aux gens, oui. Voilà ce qu'il fera.

– Il sera prêtre, disait Mabel.

À huit ans, Thomas retrouva peu à peu la parole. Il alla au lycée, joua au basket, connut les affres de la puberté, s'inscrivit à l'université de Columbia. Il fréquenta et tripota des filles dont l'une, Jocelyn Rich, mit le chaos dans son cœur quand il avait dix-neuf ans. Pour le soutenir à travers toutes ces épreuves, il eut cette faculté instinctive, hermétique, décapante de son esprit, cette capacité qu'il avait toujours possédée – sur les rochers du bord de mer, à Spiddal, dans le caverneux entrepôt de ses tantes – d'exclure de sa concentration tout ce qui n'était pas la chose ou la personne présentes. À cause de cet instinct, une bonne part du monde était triste pour Thomas quand elle ne lui était pas carrément interdite. Car il découvrit très jeune que bien peu de choses pouvaient endurer l'intensité de son regard. La nature – les arbres, le gazon et l'Hudson – supportait d'être contemplée fixement et Thomas passa, dans sa jeunesse, d'innombrables heures heureuses à Riverside Park, témoin des jeux de la brise, s'emplissant les poumons des fleurs et des neiges. Avec les créatures, c'était une autre affaire. Les bêtes, à l'exception de l'amitié servile d'un chien, par ci par là, détalaient toutes comme le furtif écureuil, fuyant tout contact avec Thomas. Avec les gens, c'était pareil. Au lycée,

Thomas n'avait jamais vu d'inconvénient à rester sur le banc de touche pendant les parties de basket-ball, admirant la course et les bonds de ses coéquipiers sur le terrain, le mouvement de leurs bras et de leurs jambes qui s'élevaient et s'abaissaient comme des pistons. À la grande horreur de Thomas, cette habitude contemplative poussa le coach à le prendre un jour à part pour lui demander s'il n'était pas pédé, par hasard. De la même façon, la première fois qu'il ôta le soutien-gorge de Jocelyn Rich, il contempla sa poitrine nue si longtemps en silence que Jocelyn tira sur la couverture pour se recouvrir.

– Allez, quoi, dit-elle à Thomas. Vas-y. Touche-moi.

Il tressaillit et ces mots le décontenancèrent. Il était en présence d'un objet ravissant et voulait demeurer dans ce ravissement, et non se précipiter vers l'instant suivant.

– Je te regarde, murmura-t-il.

Jocelyn fronça les sourcils.

– Eh ben non.

Il tenta d'écarter la couverture mais Jocelyn la tira sous son menton.

– Laisse-moi te regarder, dit-il.

Jocelyn leva les yeux au ciel.

– C'est jamais que des seins.

Ce fut comme s'il avait reçu une gifle. Rien, pour lui, n'était jamais *que* ce qu'il était.

– Et je ne suis qu'une fille, pas un objet d'adoration.

– Je ne t'adorais pas, je te regardais.

– Eh ben, arrête.

Il tenta de sourire.

– Tu sens bon, dit-il. Et... comment dire, chaud.

Elle soupira.

– On baise, oui ou non ?

Pour Thomas, il en allait ainsi avec la plupart des gens. Toutes les femmes ne lui demandaient pas de les baiser, non, mais il lui semblait, particulièrement à la fac, que les êtres humains allaient au pas de charge, à un rythme bien trop effréné, s'attendant à être jaugés, jugés, utilisés ou résumés très vite. Les étudiants discutaient de Platon et d'Alfred Hitchcock comme si la lecture d'un ou deux livres, la vision d'un ou deux films leur avaient suffi pour accéder métaphysiquement à la connaissance intime du cœur et de l'esprit de ces hommes. Thomas ne leur faisait pas grief de cette habitude, ne la taxait pas de prétention. Il ne la comprenait pas, voilà tout. Il avait le sentiment d'appartenir à une autre race, originaire d'une autre planète, où les êtres restaient à se regarder dans les yeux, pendant des siècles parfois, avant d'oser s'adresser la parole.

D'ailleurs, lors de son avant-dernière année à Columbia, Thomas suivit un cours d'art dramatique et ce fut justement l'exercice que le prof demanda à ses étudiants. Ils devaient s'asseoir deux par deux en tailleur l'un en face de l'autre et se regarder dans les yeux en silence pendant cinq minutes. Il était interdit de prendre la parole ou de détourner les yeux. Thomas se retrouva en face d'une étudiante de dernière année, Elvetta Vandemeer, qui avait récemment tenu le rôle de Juliette au théâtre du campus et déjeuné une ou deux fois avec lui à la cafétéria. Elle avait une frange de boucles noires qui lui barrait le front, des yeux bleu nuit, et la première chose que Thomas vit quand il regarda dans ces yeux fut la fierté d'Elvetta, le plaisir que lui causait l'idée qu'elle avait été une Juliette tragique et remarquable. Mais au bout d'une minute, quand les autres couples commençaient déjà à étouffer de petits rires, Thomas transperça la Juliette dans les yeux d'Elvetta et entrevit ce qu'il y avait au-delà.

Elvetta aspira profondément et demanda, inquiète, à voix basse :

– Quoi ? Qu'est-ce qu'il y a, Thomas ?

Thomas ne dit rien, ne cilla pas. Il était perdu soudain dans la jeune femme qu'il avait devant lui, dans les galaxies bleues de ses craintes, dans la vastitude de son cœur. Tout le reste s'effaça et Thomas contempla, à l'intérieur d'Elvetta, les histoires qu'elle imaginait, ou qu'il imaginait, et dans lesquelles, attachée à un rocher, elle était dévorée par un monstre marin, ou bien dans lesquelles ils étaient nus ensemble, Thomas et Elvetta, Elvetta assise sur les genoux de Thomas, qui comptait un par un tous les cheveux de sa tête.

– Arrête, souffla-t-elle, décidée à ne pas perdre, à ne pas détourner les yeux. Arrête, Thomas.

Mais il continua, contemplant une autre histoire encore au fond des yeux d'Elvetta, une histoire dans laquelle elle avait saisi un homme à la gorge.

Elle le gifla.

– Arrête !

Il cligna des yeux, sortit de sa rêverie. Il était de retour dans la salle de cours, assis sur l'estrade, la joue en feu. Il y porta la main pour la frotter sous le regard mauvais d'Elvetta.

– Pourquoi as-tu fait ça ? s'étonna-t-il.

Le prof s'approcha à la hâte, plein d'espoir.

– Oui, pourquoi ? demanda-t-il.

Elvetta rougit. Les autres étudiants firent cercle autour d'eux.

– Thomas a été... grossier, dit-elle.

Elle se leva, quitta la salle et n'adressa plus jamais la parole à Thomas.

Thomas en resta stupéfait. Stupéfaction qui ne fit que croître quand, au lendemain de cet exercice, Elvetta renonça à jouer le rôle de Juliette.

– Pourquoi est-ce que les gens ont peur de moi ? demanda-t-il à ses tantes.

Il avait continué d'habiter le garde-meubles, qui n'était qu'à une dizaine de rues de l'université.

– Parce que tu n'as peur de rien, dit Mary Jude.

Il médita cette déclaration. Il était en train de jouer aux cartes en buvant du café avec ses tantes, une partie d'écluse, jeu dont les règles étaient connues d'elles et de lui seuls. On était en février et les branches des arbres étaient gantées de glace. Thomas avait vingt ans. Mabel fumait une pipe de bruyère.

– Je ne suis pas un héros, maugréa-t-il.

– Je n'ai jamais dit ça, rétorqua Mary Jude en ramassant une carte. J'ai dit que tu n'avais peur de rien.

– Et tu joues merveilleusement du piano, ajouta Margaret.

Les trois sœurs approuvèrent simultanément de la tête. Elle n'étaient pas d'accord sur grand-chose, en dehors de Thomas et des particularités de sa nature. Chaque soir, Thomas rentrait à l'appartement et se laissait tomber sur le canapé, exténué, anéanti par tout ce que Manhattan avait fait ingurgiter à son esprit, les corps, les murs, les détritus, la nourriture. Quand l'objet de son attention lui avait semblé paisible ou sain, comme un arbre, ou un nourrisson éveillé, Thomas tirait de la vigueur de sa contemplation. Mais le plus souvent il éprouvait, par une sorte d'absorption et d'empathie visuelle, les terreurs qui possédaient les hôtes de Manhattan. Il lisait la hâte et l'avidité dans les graffitis, dans le plafond crevé des petites épiceries délabrées. Dans les boîtes de nuit, contemplant les femmes en robe noire, il aurait voulu succomber à leur magie mais sentait au contraire la tristesse de leur cœur en miettes. Une fois, dans une soirée, en serrant la main d'un jeune homme, il avait éprouvé au bout de ses doigts la conviction que ce garçon battrait sa copine le soir même.

Il avait peu d'amis parce qu'il ne savait pas plaisanter sur les femmes, les sports ou le malheur. Il fallait que sa tante Mabel – celle des trois sœurs qui avait les mains les plus vigoureuses – lui masse le dos, qu'il boive plusieurs tasses de café arrosé et qu'il dispute plusieurs parties d'écluse pour qu'il parvienne à exprimer les vérités étranges qui l'avaient assailli pendant la journée.

– J'ai vu une femme au parc aujourd'hui, dit-il un soir.

Les sœurs Merchant échangèrent un regard. Margaret lui toucha doucement le poignet.

– Que faisait-elle ?

– Elle était assise sur un banc, répondit-il en contemplant ses cartes avant d'en abattre une sur la table. Elle arrachait les petites peaux de ses ongles de pouces. Elle n'arrêtait pas.

Mary Jude ramassa la carte que Thomas venait de défausser. Puis elle abattit son jeu.

– Écluse, annonça-t-elle.

– Zut, chuchota Mabel.

– Elle saignait, dit Thomas.

Margaret lui versa du café. La bouche de chaleur du chauffage cliquetait.

– Pendant combien de temps l'as-tu regardée ? demanda Margaret.

– Longtemps.

Mary Jude tira ses cheveux en arrière et les attacha avec une pince. Puis elle fit face à son neveu, avec la sévérité presque féroce que cette coiffure conférait à son visage.

– Tu n'as pas à te mêler des affaires de cette femme.

– Voyons, Mary, l'admonesta Margaret, laisse-le parler.

Thomas baissa les yeux.

– Elle se faisait saigner. Elle était en larmes.

Mary Jude fronça les sourcils. Elle voulait arracher son neveu à son obsession de fraternité, son penchant à la compassion. Elle voulait qu'il aime le whisky, les filles et la rigolade.

– Oublie-la, cette femme, grommela-t-elle.

Il sourit tristement à ses tantes.

– Je ne peux pas, dit-il.

Deux ans plus tard, Thomas était séminariste en Pennsylvanie. Il était baptisé et, si ses tantes ne l'avaient jamais emmené à l'église, la vie dans l'ancien garde-meubles avait sans cesse renforcé sa nature contemplative. Il avait regardé si longtemps et avec une telle intensité l'ameublement du monde – les sièges, les gens, le ciel – que son esprit avait fini par réclamer plus. C'était ce que Thomas s'efforçait d'expliquer de son mieux à son confesseur et maître de noviciat, le père Reese, dans le bureau de ce dernier.

– Tu veux dire, Thomas, demanda le bon père, que tu as découvert le Christ à la racine de la Création ?

Thomas secoua la tête.

– Non, je dis que Dieu seul supporte que je pense à lui tout le temps.

– C'est de l'orgueil, dit le prêtre.

Thomas haussa les épaules. Il avait vingt-trois ans.

Le père Reese se radossa à son fauteuil. C'était un homme

corpulent, grand amateur de golf. Quand il levait les sourcils, son front était tout ridé.

– Et les femmes, Thomas ? demanda-t-il. Supportes-tu d'y penser ?

Thomas regarda le prêtre dans les yeux. Il crut y voir de la gourmandise, l'amour de la viande rouge, le goût très vif du plaisir.

– J'ai été amoureux, soupira-t-il. J'ai été avec des femmes.

Le prêtre sourit.

– Mais encore, Thomas ?

– Elles ne connaissent pas assez leur propre beauté pour m'inspirer le respect.

Thomas gratta un bouton qu'il avait sur la nuque. Le bureau du prêtre sentait la cigarette.

– Voyez-vous ça, dit le père Reese.

– Aucun d'entre nous ne connaît assez sa propre beauté, dit Thomas.

Petit con, songea le prêtre. Pauvre morveux.

– Et qui nous enseignera notre beauté, Thomas ? Toi, quand tu seras prêtre ?

Thomas fouilla plus avant dans les yeux de son vis-à-vis, au-delà des longs putts et des steaks saignants, et il finit par y déceler la jalousie.

– Non, dit-il. Je ne suis pas un héros. Je vois les choses, c'est tout.

– Tu vois les choses.

Le père Reese avait de grands pieds. Il remua ses grands orteils à l'intérieur de ses grandes chaussures.

– Dis-moi, Thomas, connais-tu cette citation des écritures, *Vous ne pourrez voir mon visage, car nul ne me verra sans mourir.*

Thomas poussa un nouveau soupir. Il détestait la sémantique.

D'ailleurs, la plupart du temps, il détestait parler, tout simplement.

– Je n'essaie pas de voir le visage de Dieu, dit-il doucement. J'essaie de voir Son esprit.

Le père Reese souffla bruyamment par le nez. Bonne chance, petit, songea-t-il.

Thomas sortit du séminaire à vingt-six ans. Il passa une licence de théologie puis alla faire un stage dans une paroisse de Brooklyn. À trente-deux ans, il sollicita et obtint le poste de curé de St. Benedict, dans Wall Street. C'était une église sombre et caverneuse, avec un tapis rouge le long de l'allée centrale et de grands porte-cierges dans le narthex, près du porche. D'habitude, les prêtres rechignaient quand on les assignait à St. Benedict, mais Thomas aimait le silence de ses murs de pierre et sa maigre fréquentation. La plupart de ses voisins de Wall Street s'affairaient à gagner de l'argent et à diriger le monde, de sorte que ses ouailles se réduisaient à quelques Irlandaises vieillissantes accrochées à leur chapelet. Cela faisait parfaitement l'affaire de Thomas. C'était un mystique, pas un missionnaire, et il préférait la subtilité monastique de l'obéissance et de la contemplation à l'héroïsme du travail de conversion des âmes. À St. Benedict, chaque jour semblait un Noël tranquille et solennel et, à la messe de cinq heures, Thomas prononçait des sermons sur le discernement et la grâce plutôt que sur l'avortement ou la politique. Quand il les prononçait, Thomas contemplait par-dessus la tête de ses ouailles les grands cierges blancs qui luisaient à l'autre bout de l'église. C'était, trouvait-il, un excellent point de mire et, quand il en brûlait un nombre suffisant, ils répandaient un léger parfum d'encens. Il découvrit que, s'il les contemplait avec assez d'intensité et en respirait le parfum, il en était inspiré.

Les tantes de Thomas venaient en métro de Harlem une ou deux fois par semaine entendre prêcher leur neveu en lui adressant des clins d'œil de complicité depuis leur banc. Il les rejoignait encore tous les dimanches au garde-meubles pour un dîner de ragoût d'agneau et, le reste de la semaine, dirigeait au sous-sol du presbytère la petite soupe populaire de St. Benedict qui nourrissait les cinquante premières bouches qui se présentaient. Thomas avait une préférée parmi les sans-abri, une muette prénommée Esther. Esther approchait apparemment de la soixantaine et il lui manquait une incisive. Elle était maigre, minuscule et souriante. Elle portait tous les jours un ruban rose crasseux dans les cheveux, ne manquait jamais une messe et grignotait en silence près de lui des sandwiches au jambon chaque soir de la semaine entre sept et neuf heures.

Telle était l'existence que menait Thomas. Il passa ainsi une quinzaine d'années à St. Benedict dans une paix délicieuse, lisant, priant, nourrissant les affamés, souriant à Esther. Il lui arrivait de baptiser un nouveau-né et de célébrer quelques services funèbres mais, la plupart du temps, il contemplait ses cierges, prononçait ses sermons et vivait dans un bonheur tranquille et dévot.

Il avait quarante-sept ans quand le changement se produisit. Tout commença par une fraîche soirée de la fin septembre, un lundi. Thomas était en train de prononcer son sermon – celui des travailleurs de la vigne que le maître engage vers la fin du jour – quand il remarqua un homme au fond, dans le narthex, près des cierges. Du moins lui sembla-t-il que c'était un homme. Au-delà des cierges c'étaient les ténèbres et il discernait tout juste les épaules voûtées et le menton baissé de ce qui semblait bien un homme de haute taille en manteau noir. L'homme se tenait dans une immobilité parfaite de chasseur ou de garde du corps et paraissait écouter intensément. Thomas remarqua aussi une forte odeur huileuse mais n'y attacha pas d'importance sur le moment. À peine terminait-il son sermon qu'il entendit soupirer les portes. L'homme avait disparu.

Le lendemain, après déjeuner, Thomas était assis à la table de la cuisine du presbytère, perdu dans la contemplation de la salière et de la poivrière. La Bible était ouverte devant lui. C'était là qu'il s'asseyait chaque jour pour composer son sermon du soir. Ce jour-là, pourtant, il n'arrivait pas à se concentrer. L'homme de la veille, la silhouette vêtue de noir, se dressait dans l'antichambre de son esprit, lointaine, mais définie. Il se demandait ce que l'homme pouvait bien chercher, ainsi tapi dans l'ombre, et reparti avant la fin de la célébration. C'était peut-être un sans-abri affamé. Ou peut-être un trader de Wall Street qui avait perdu une fortune et cherchait la rédemption. Ou, qui sait, songeait Thomas, un amateur d'architecture venu admirer le plafond de St. Benedict. Pour finir, il le chassa de ses pensées et se concentra sur la Bible.

Mais le soir même, l'homme parut de nouveau. Il se glissa dans l'église juste avant l'évangile et demeura dans l'ombre. Thomas interrompit son prêche pour jauger les proportions de l'homme. L'inconnu mesurait plus d'un mètre quatre-vingts et portait le même manteau noir. À la forme de son torse, comme à sa rapidité de déplacement quand il était entré dans l'église, Thomas supputa qu'il était jeune, la trentaine peut-être. Mais il y avait plus troublant : l'odeur âcre, une odeur de brûlé, qui semblait avoir pénétré dans l'église en même temps que lui et couvrait le parfum des cierges. Toute sa vie, Thomas avait regardé au cœur des choses : il pouvait prédire le temps qu'il ferait avec une justesse qui l'inquiétait lui-même et, quand il visitait les hôpitaux, il savait au premier coup d'œil les heures qu'il restait à vivre à tel ou tel patient atteint d'un cancer. Mais là, debout devant l'autel, il se rendit compte que jamais l'odeur, l'aura, d'un être humain ne lui avait causé un tel choc. La puanteur émanait manifestement de l'homme en noir.

– Et... et le Christ vous cherchera et vous atteindra là où vous vivez, martela-t-il, cherchant à reprendre le fil de son sermon. Il agira quelles que soient les circonstances dans lesquelles vous vous trouvez...

Il s'interrompit de nouveau, s'efforça de respirer seulement par la bouche. C'était une odeur délétère, tenace. Âcre, ténébreuse, pas une odeur d'ordures ou de déjections, pas non plus celle d'une personne mal lavée, mais semblable à celle que produirait un morceau de bois détrempé d'acide auquel on aurait mis le feu et qui finirait de se calciner en polluant l'air environnant. Thomas considéra ses ouailles. Assise au premier rang, Esther lui souriait. Esther, songea Thomas, Esther qui se bouche le nez quand on ouvre une boîte de thon ou qu'on fait brûler une tartine. Apparemment, elle ne sentait rien du tout et, quand Thomas regarda d'autres visages de l'assistance clairsemée, tous étaient paisibles. Il en fut abasourdi. Il se débattit avec le reste de son sermon et, quand il l'eut terminé, l'homme en noir disparut. Quand les portes de St. Benedict se furent refermées, Thomas aspira une bouffée d'air et toussa.

– Grough ? Greunh ?

Sur son banc, Esther grognait en grimaçant, le visage levé vers le prêtre. Elle s'était rendu compte que quelque chose n'allait pas. Thomas inspira, expira, recommença. La puanteur s'était évanouie. Il ne restait que la légère exhalaison des cierges.

– Tout va bien, dit le prêtre en s'épongeant le front et en se raclant la gorge. Tout va bien.

Cela se reproduisit tous les soirs. L'homme en noir et son odeur terrifiante arrivaient juste avant l'évangile et partaient juste après le sermon. L'homme se tenait toujours dans l'obscurité et Thomas se rendit compte au bout de quelques soirs que ses ouailles ne s'avisaient pas de la présence de l'homme. Malgré l'air putride, les fidèles ne levaient jamais le nez, n'essayaient pas de découvrir la source de la pestilence. Après les quelques premières messes auxquelles l'homme en noir avait assisté, Thomas demanda d'un air détaché à Esther et à ses tantes si elles avaient senti une mauvaise odeur.

– Vous savez, un peu comme une odeur de brûlé ? Comme si les conduits d'aération étaient bouchés ?

Les femmes secouèrent négativement la tête mais Mabel Merchant dévisagea attentivement son neveu. C'était, des trois sœurs, celle qui était la plus sensible aux intrigues et aux manigances. Chaque année, à l'approche de Pâques, Thomas trouvait une pièce d'or dans la corbeille de la quête et savait, sans avoir à le demander, que sa tante Mabel l'y avait glissée. Croisant son regard, il sut alors qu'elle avait flairé quelque mystère mais, voyant qu'il tenait sa langue, elle hocha doucement du chef et se détourna. Il avait envie de se confier à sa tante mais était sincèrement effrayé. Comment se pouvait-il qu'un homme répande une odeur infecte que seul un prêtre pouvait sentir ? Pourquoi cet homme se matérialisait-il seulement pour l'évangile et le sermon avant de disparaître de nouveau ?

Il examinait tout cela dans son cœur, assis dans sa cuisine, perdu dans la contemplation de sa salière et de sa poivrière. Il en vint à se demander si un démon n'avait pas élu domicile dans son église. À moins que ce ne soit un ange, songea-t-il plein d'espoir. C'est peut-être Gabriel, ou Michel, ils sentent mauvais pour les mortels et nul ne le sait. Qui que fût ce visiteur en noir, Thomas savait en tout cas que ce n'était pas un homme ordinaire. Il savait – grâce à ce don d'empathie qui, chez lui, était presque devenu un muscle – que le visiteur était de sexe masculin, profondément perturbé et capable d'une immense concentration d'esprit. Car, tandis qu'il prononçait son sermon et que l'homme en noir se tenait dans l'ombre, le prêtre sentait toute son énergie s'écouler de lui vers cet homme. En temps normal, il espérait que ses paroles seraient une espèce de carburant pour ses ouailles, une manière de cordial, une offrande de grâce et de bonté. Mais quand il faisait face à cet homme en noir, c'était comme une transe ou un duel à mort. L'homme semblait l'écouter avec une avidité palpable, la tête penchée en avant, l'oreille voracement tendue vers la vérité. Thomas devint physiquement conscient des mots qui lui sortaient de la bouche pour se muer en vapeur que l'homme en noir aspirait dans ses poumons et emportait en quittant St. Benedict. Chaque soir, quand l'homme partait, Thomas manquait s'effondrer sur l'autel. Il fermait les yeux, sentait la sueur lui couler sur le front. Ses doigts tremblaient sur le calice.

– Tu as mal au cœur ? demanda Margaret Merchant.

– Tu as vomi ? dit Mary Jude.

Esther grognait, accrochée au bras de Thomas.

Margaret toucha la joue de son neveu.

– Qu'est-ce qui t'arrive ?

Il serra les mâchoires et ne répondit pas.

Il était vrai qu'il avait mal au cœur, se sentait au bord de la nausée. Il se mit à préparer ses sermons en pensant à l'homme en noir. C'étaient des sermons sévères, tonnants, apocalyptiques, que l'inconnu semblait lui arracher, comme si ses dizaines d'années d'observation et de douceur n'avaient été qu'une longue préparation, un moyen de rassembler ses forces pour la bataille qui se présentait maintenant.

– Pas de favoritisme en Dieu, prêchait Thomas. Tous les instants se valent aux yeux de Notre Seigneur.

Le prêtre regardait fixement, par-delà les cierges, son unique cible, dans l'ombre.

– Que Dieu ait rempli votre vie de joie ou choisi de vous montrer sa face obscure, que cela soit sans conséquence sur vos actes, dans un sens ou dans l'autre. Saint Paul nous enjoint de prier pour être préservés de l'éloquence du Mal. Mais si nous devenons familiers du Mal, si nous le comprenons, nous n'en sommes pas moins obligés de parler contre lui. De le surmonter pour vivre.

Quand Thomas parlait ainsi, ses ouailles s'agitaient. Esther tortillait son ruban rose autour de son pouce et plusieurs fidèles cessèrent de venir. Personne apparemment n'avait envie d'entendre parler du Mal mais Thomas ne pouvait s'en empêcher. L'odeur de l'homme en noir était radicale et surnaturelle et, à en juger par l'excellente coupe de son manteau, n'avait rien à voir avec une mauvaise hygiène personnelle. Elle avait à voir avec le Mal, songeait Thomas. Quand, debout devant son autel, il s'adressait à la silhouette derrière les cierges, les genoux de

Thomas tremblaient un peu sous sa soutane. Quelque chose lui disait que l'ignoble odeur de l'homme était celle d'une âme putride et purulente. Sous le manteau de l'homme, sous son apparence soignée se dissimulaient quelque violence monstrueuse, une haine, un mépris, ou les appétits d'une sexualité aberrante. Peut-être l'homme n'avait-il même pas conscience de sa propre pestilence. En tout cas, pour des raisons qui lui échappaient entièrement, Thomas était certain que l'homme était armé.

– Nous sommes inquiètes pour toi, dirent les triplées.

Thomas était au garde-meubles pour le ragoût et l'écluse du dimanche mais il avait chipoté dans son assiette et jouait mal aux cartes.

– Tu as maigri, dit Margaret.

– Oui, grommela Mary Jude. Et tes sermons deviennent dingues.

Mabel leva la main et ses sœurs se turent.

– Dis-moi ce qu'il y a, Thomas, dit-elle.

Par la fenêtre, Thomas contemplait la lune d'octobre.

– Il y a quelqu'un que je dois secourir, dit-il.

– Qui ? demandèrent les sœurs.

Thomas secoua la tête.

– Je dois agir seul. Je suis le seul qui puisse... lui parler.

Mary Jude abattit violemment la main sur la table.

– Qui ça, lui, bon sang ?

Les yeux de Thomas se fixèrent sur ceux de sa tante Mabel.

– Lui, murmura-t-il.

La confrontation eut lieu quelques mois plus tard, un samedi soir, en plein hiver. Thomas était dans le confessionnal au fond de

St. Benedict. Assis sur un petit tabouret dans sa partie du confessionnal, il écoutait à travers la grille les péchés de ses ouailles.

C'était le début du mois de janvier du nouveau millénaire et les voix invisibles à travers la grille examinaient des moyens de repentir, des résolutions à prendre. D'ordinaire, Thomas fermait les yeux pour entendre la confession. Il aimait l'odeur du chêne et l'obscurité mais l'intimité physique de cette espèce de placard le gênait. Il avait souvent l'impression que la personne dont ne le séparaient que quelques centimètres et une mince paroi était nue dans la cabine d'essayage d'un important magasin de vêtements ou encore dans le cachot d'une prison. Il entendait chaque soupir, chaque sanglot, dans une proximité qui, malgré son office, lui donnait le sentiment d'un voyeurisme inconfortable. Sa faculté naturelle la plus puissante, la vue, lui était refusée et il n'avait, pour percer les ténèbres, que ses autres sens plus imparfaits. Voilà pourquoi, même les bons jours, il n'aimait pas entendre ses ouailles en confession. Mais ce fut avec une pure frayeur, un soir, qu'il entendit se refermer la porte de l'autre partie du confessionnal. Une frayeur qui parcourut sa peau et lui donna la chair de poule car, à travers la grille, lui parvenait l'odeur de brûlé qu'il connaissait bien.

– Vous savez qui est là ? fit une voix basse.

Thomas frissonna, se signa, se couvrit le nez d'un mouchoir.

– Oui.

– Comment le savez-vous ?

L'esprit de Thomas fonctionnait à toute vitesse. Il avait cru qu'il existait un pacte entre lui et la silhouette en noir. Un accord tacite selon lequel, quoi que cette créature pût désirer de lui, elle ne l'obtiendrait qu'en se tenant à distance, en silence derrière les cierges, pour écouter ses sermons.

– Je le sais, c'est tout, dit Thomas.

L'inconnu réagit par un reniflement de mépris.

– Vous vous demandez pourquoi je vous aborde ce soir. Après si longtemps.

Le cœur de Thomas cognait dans sa poitrine. Il avait l'impression, exacte, que la nef était vide au-delà du confessionnal. Il était neuf heures, la confession était en principe terminée. Mais il n'était pas possible de renvoyer cette créature. Thomas prit une profonde inspiration et ouvrit les yeux sur le panneau sombre qui le séparait de l'inconnu.

– Oui, dit-il, je me le demande.

Il y eut un froissement puis un silence. L'inconnu venait de s'installer.

– Je suis venu vous dire, fit sa voix, que la vie des hommes est absurde.

– Je vois, dit Thomas.

L'inconnu invisible eut un rire.

– Ça m'étonnerait. Mais n'empêche, la vie des hommes est absurde et je vais mettre fin à la vie d'un homme.

Thomas gardait son mouchoir sur le nez.

– Vous allez mettre fin à la vie d'un homme ?

– Oui.

– La vôtre ?

– Non, répondit l'inconnu dans ce qui semblait un bâillement. Je vais tuer quelqu'un.

Comme un athlète avant l'épreuve, Thomas fit le vide dans son esprit. Ignorant la puanteur qui l'environnait, il dit une prière pour lui et pour l'inconnu. *Seigneur Jésus, viens-nous en aide,* telle fut la prière de Thomas.

– Dites-m'en plus, dit-il.

– Il s'appelle James Branch, dit l'inconnu. C'est mon colocataire. Je vais l'abattre.

– Pourquoi ?

Dans le silence, Thomas perçut presque la saveur du ricanement de l'homme.

– Il n'y a pas de pourquoi, mon père. Il n'y a que l'absurdité. Les gens meurent. Et voilà, c'est comme ça.

– Je trouve que c'est quand même assez commode pour quelqu'un qui envisage un meurtre.

– Allez au diable, mon père.

Thomas se tut et attendit. Il songea à des choses qu'il avait contemplées au cours de sa vie et dont il s'était émerveillé. Il songea à l'abdomen de Jocelyn Rich, à des fleurs mortes, à des mains de mendiants.

– Que pourriez-vous bien savoir de l'absurdité, mon père ?

– Je crois en savoir un peu.

– Sans blague. Figurez-vous que moi, sur l'absurdité, j'en connais un rayon. Mais alors un rayon.

Thomas se contraignit à maintenir le vide dans son esprit. Il écarta de sa pensée le soupçon que l'homme était armé.

– Mon frère a été tué quand il était petit, mon père. Il a été tué dans un parc d'attractions par un type déguisé en personnage de dessin animé. Par Guppy, le Poisson magique.

Thomas attendit. La puanteur suffocante de l'inconnu emplissait tout le confessionnal comme un lieu d'aisances.

– Ne vous gênez pas pour rire, mon père. Je sais que c'est drôle.

– Je n'ai pas envie de rire. J'ai de la peine pour votre frère.

– Ben voyons.

Thomas commençait à situer la voix de l'inconnu. C'était

bien un jeune homme, en définitive, un jeune homme puissant, cynique, qui avait besoin de vider son sac.

– Parlez-moi de James Branch, dit Thomas.

– Je vais vous parler de ce dont j'ai envie, moi, décréta l'inconnu.

– Soit.

Du temps s'écoula. L'obscurité les enveloppait comme les limbes.

– Je vais vous parler de mes femmes.

– Très bien.

– J'en ai un paquet. Comme un harem. Je suis riche. Je les emmène dîner au restaurant et elles viennent chez moi tous les soirs, se déshabillent. Je les ligote et elles font tout ce que je dis.

– Ce n'est pas commun.

– Fermez-la, père Merchant.

Thomas fut surpris d'entendre son nom. Il eut l'impression qu'on lui lisait sa feuille de route.

– Ces femmes... marmonna le jeune homme.

Sa voix semblait trahir du dégoût, il ne s'appartenait plus.

– Ces femmes me font... elles me permettent d'avoir moins mal, à l'intérieur. Parfois.

Thomas songea aux hommes et aux femmes de Manhattan. Il les vit au restaurant, attendant leur café, partageant des ascenseurs, tendus, sans un mot, s'embrassant à Battery Park, se disputant au lit. Puis, en un éclair, il vit comment pénétrer dans l'esprit du jeune inconnu. Il avait compris.

– Ce James, risqua-t-il. Ce James Branch. Il a pris une de vos femmes. Il est tombé amoureux d'elle.

La silhouette, de l'autre côté de la grille, ne dit rien.

– Et elle est tombée amoureuse de lui, poursuivit Thomas. Et c'est votre préférée.

Il entendit la respiration de l'homme comme un soufflet de forge.

– Ça ne rime à rien de préférer qui que ce soit, mon père. Dieu nous le reprendrait.

– Pas toujours. Et quand bien même, Dieu ne fait jamais que nous prêter les gens.

– Silence, curé, fit l'inconnu en remuant dans sa cage. N'essayez pas de faire le malin avec moi. Le monde est absurde et vous le savez très bien.

Thomas ferma les yeux de nouveau.

– Alors, pourquoi êtes-vous venu ? demanda-t-il doucement.

Le visiteur demeura silencieux un long moment.

– Vous avez vu juste, pour la fille, finit-il par dire.

L'esprit de Thomas était devenu un drap de satin noir. Étalée dessus, il y avait une jeune femme nue, à la chevelure couleur de miel.

– Alors, pourquoi tuer votre ami ? demanda-t-il.

– Je n'ai jamais dit que c'était mon ami. C'est mon colocataire.

– N'empêche.

– Je ne peux pas tolérer... Il essaye de...

La puanteur augmenta encore dans le confessionnal. Thomas se demanda pour la première fois s'il pouvait exister une odeur surnaturelle, ignoble, un remugle qui se dégagerait de l'âme humaine quand elle tente d'en dominer une autre.

– Pourquoi votre colocataire ne peut-il avoir cette femme ? demanda le prêtre. Vous dites que vous avez un harem. N'est-ce pas suffisant ?

– Dans ma vie, cracha l'autre, rien n'est suffisant.

Thomas respirait seulement par la bouche. Il s'était penché en avant, le visage près de la grille, les yeux toujours fermés.

– Vous êtes armé ?

– Oui.

– Est-ce pour cela que vous n'approchez jamais la Sainte Table ?

– Oui.

– Vous croyez que les choses que vous faites et celles que vous pensez sont trop affreuses pour que Dieu puisse jamais vous approuver ?

Les dents de l'inconnu grincèrent.

– Oui, dit-il.

Thomas s'épongea le front. Le sang lui battait dans la tête sous le poids de la vie d'un homme. Son passé, la façon dont ses tantes l'avaient élevé, la clarté de son cœur, tout cela trouvait soudain un but unique. Il ne pouvait plus parler que d'une chose et une seule.

– Écoutez, dit le prêtre, vous ne pouvez pas tuer un autre être humain. C'est contraire à la loi de Dieu et vous le savez, sinon vous ne seriez pas venu. Mais il est une chose que vous ignorez.

– Laquelle ?

– En réalité, Dieu vous approuve.

L'inconnu prit une profonde, une douloureuse inspiration puis souffla.

– Qu'est-ce que vous en savez ? Comment pouvez-vous le savoir ?

– Parce que Dieu vous a fait un don. Il vous a donné une odeur.

– Une odeur ?

– Ne riez pas, le pressa Thomas. Je parle sérieusement. Chaque soir, quand vous franchissez la porte, l'église s'emplit d'une odeur de brûlé, une odeur âcre, atroce. Et personne ne la sent, que moi. Et cette odeur ne vient ni des cierges ni de quoi que ce soit d'autre. Elle vient de vous.

L'obscurité demeura immobile.

– Vous êtes fou, chuchota l'inconnu.

Thomas approuva de la tête, convaincu du ridicule de ses propres paroles. Mais la crainte du Seigneur est le commencement de la sagesse, songea-t-il, et il est temps de flanquer une frousse de tous les diables à ce type.

– Je vous sens en ce moment même, dit-il doucement. C'est dégoûtant. Presque insoutenable.

Le jeune homme s'était levé dans le confessionnal. Quand il parla, pour la première fois il y avait de la panique dans sa voix :

– Vous êtes fou, maudit curé.

Thomas se leva aussi. Il fit face à ce qu'il ne voyait pas. Il ouvrit les yeux.

– Vous devriez être reconnaissant. Cette odeur est un don, un signe et un avertissement. Dieu vous l'a donnée parce qu'il vous aime mais qu'il sait que vous êtes tenté de vous servir de votre arme.

– Taisez-vous, cracha le jeune homme en ouvrant la porte de son compartiment.

– Maintenant que vous savez que vous puez, dit Thomas, vous vous interdirez d'attenter à la vie de quiconque.

Les deux hommes étaient sortis du confessionnal. La silhouette en noir fila vers la porte de l'église.

– Vous vous croyez dénaturé, lança le prêtre. Mais vous ne l'êtes pas. Vous croyez votre cas désespéré mais il ne l'est pas.

– Allez vous faire foutre, vociféra le jeune homme.

Il trouva en titubant le chemin de Wall Street et disparut.

Thomas Merchant aspira l'air frais à pleins poumons. Il gagna le presbytère à la hâte, il lui fallait le téléphone et son manteau. Il n'y avait pas eu d'acte de contrition, il n'y avait pas eu d'absolution, mais Thomas enfila son parka et le boutonna. Après tant d'années, il était prêt à sortir de son ermitage, de la caverne de son esprit, prêt à agir, prêt à suivre dans les rues la grâce épouvantable qui avait été lâchée sur la ville.

Le ballon vert

James Branch était inquiet. C'était le deuxième samedi de janvier et il avait emmené Rally McWilliams, son nouvel amour, dîner au Flat Michael's. Assis à une table de coin, ils mangeaient le Poulet, préparé avec de l'ail, du romarin et un vin inconnu. Après le repas, ils burent du café. Leur garçon était un petit homme nommé Juan qui, enchanté de leur bonheur, multipliait les courbettes et les servait avec empressement.

James était inquiet parce qu'il souhaitait faire deux choses. Il voulait mettre Rally au courant de la bizarre habitude secrète qu'il avait prise de parler à l'ascenseur Otis de l'immeuble Preemption, où il demeurait. Et il voulait lui donner une paire de boucles d'oreilles d'opale qu'il avait depuis longtemps en sa possession et qui étaient toujours sur lui.

– Quoi ? lui demanda Rally.

Ils étaient tous deux en blue-jean et, sous la table, la cheville de Rally reposait contre le mollet de James.

– Rien, fit James.

À trois tables de la leur, une bande de skinheads partageait un plat de Seiche. James avait reconnu en eux des habitués et Rally les rencontrait au Minotaure. Mais les amants et les voyous avaient seulement échangé un petit salut de la tête. Leurs soirées respectives se déroulaient parfaitement. Ils n'avaient besoin que d'eux-mêmes.

– Allez, quoi, le taquina Rally. Tu penses à quelque chose d'excitant. À quoi ?

Il aspira une gorgée de café.

– À rien, mentit-il.

De fait, en contemplant Rally, James pensait au bonheur. Inspiré par l'amour ou la caféine, son esprit vagabondait ce soir-là parmi les plaisirs exquis et interdits qu'offre notre planète, dans leurs mérites et leur diversité. Il y a des gens qui cueillent des pâquerettes, songeait James, d'autres visitent le pays de Galles, choisissent la cocaïne, creusent des latrines pour les pauvres et les démunis. Il tripotait les opales dans sa poche. Il les avait acquises dans un lieu mystique, et voilà qu'en regardant battre un vaisseau dans le cou de Rally il comprenait que ces pierres précieuses pourraient le conduire vers un lieu aussi rare, la contrée que l'on atteint seulement quand, couché dans le noir avec une femme, on s'abandonne aux couleurs qui défilent derrière nos paupières.

– Dis-moi, implora-t-elle.

– Je te le dirai, promit-il.

Quand ils sortirent du restaurant, l'air était vif. James s'en emplit les poumons. Il tenait la main de Rally et vérifia la présence de la lune. Ils firent quelques centaines de mètres à pied puis prirent le métro pour le Preemption. Il brûlait de parler d'Otis à Rally et de lui donner les boucles d'oreilles mais il voulait d'abord clarifier la situation avec Patrick pour officialiser leur couple. Aussi, disant qu'il expliquerait plus tard, demanda-t-il à Rally de monter avec lui par l'escalier, et non par l'ascenseur, jusqu'à l'appartement. Quand il lui fit franchir la porte, la tenant toujours par la main, son cœur cognait dans sa poitrine. Mais Patrick n'était pas là.

– Il est seulement dix heures, dit Rally. Il est sans doute au Duranigan's avec une femme.

– Au Duranigan's ?

– C'est toujours là qu'il nous... qu'il les emmène.

Elle lui étreignit le bras.

Il regarda par terre.

Elle lui chuchota à l'oreille.

– Je t'aime, tu te rappelles ?

Il fit oui de la tête. Elle lui posa un baiser sur la tempe.

– Alors, on l'attend, tu crois ?

Il jeta un coup d'œil dans la direction de la chambre de Patrick puis haussa les épaules.

– Il rentre à onze heures d'ordinaire. Ça ne fait qu'une heure.

Ils attendirent donc.

Assis sur le canapé, ils essayèrent de regarder la télé mais James n'arrivait pas à se concentrer. Il refusa aussi d'enlever ses chaussures, ce qui inquiéta Rally et l'empêcha à son tour de se concentrer. Pour finir, James éteignit le poste et ils restèrent assis en silence, main dans la main. Par désœuvrement, James enfonça la touche d'écoute des messages sur le répondeur. Il y eut plusieurs messages joyeux d'amis puis ceci :

– Allô. Je suis le père Thomas Merchant. Je suis prêtre. On est samedi soir, il est neuf heures trente. J'ai un message urgent pour M. James Branch.

Ce dernier se redressa.

– Le père quoi ? demanda Rally.

– Chut, fit James.

– … votre numéro par les renseignements. Voici mon message. Sortez de chez vous tout de suite, s'il vous plaît. Votre colocataire, un de mes paroissiens, vient de me quitter et il est très... il est dans un état de grande agitation. Il va peut-être rentrer et vous êtes peut-être en danger. C'est lui qui a précisé votre nom. Il est armé.

– Putain, chuchota Rally.

– … me joindre à l'église St. Benedict de Wall Street, quelle que soit l'heure. Je propose que nous nous voyions immédiatement. Votre ami a besoin de soins. D'ailleurs, je vais peut-être...

Il y eut un bip prolongé. Le message du prêtre s'interrompit.

– Il est catholique, Patrick ? demanda Rally.

James se leva, lui saisit la main.

– Allons-nous-en.

Ils enfilèrent leur manteau et sortirent à la hâte. Ils allaient se diriger vers l'escalier quand Rally poussa un cri de surprise. À une vingtaine de mètres devant eux, Patrick Rigg leur barrait le chemin.

– Salut, vous deux, dit-il.

Il leur faisait face, vêtu de noir, les bras le long du corps, les mains ouvertes. Il était apparemment là depuis un certain temps et tout, dans son attitude concentrée d'athlète sur la ligne de départ, prêt à bondir, proclamait le danger. À mi-chemin entre lui et les amants, la porte close d'Otis, l'ascenseur.

– S-salut, dit James.

Rally avança d'un demi-pas derrière James.

– Ça fait un moment que je ne vous ai pas vus, dit Patrick. Depuis le nouvel an.

James entendait la respiration de son colocataire, bruyante, douloureuse.

Patrick se racla la gorge.

– On dirait que ça marche, vous deux.

– On s'aime, dit Rally. On était... venus te le dire.

Patrick se redressa de toute sa hauteur.

– Tu l'entends, vieille Branch ? Rally dit que vous vous aimez.

– Je suis pas sourd, murmura James.

– Bah, fit Patrick en se grattant la mâchoire, des gens qui s'aiment ou qui arrêtent de s'aimer, ça arrive tout le temps.

– Je parle sérieusement, dit Rally d'une voix raffermie. Je suis avec James, maintenant. On est ensemble.

– On n'a rien contre toi, dit James. Seulement, on... tu sais. Hum. On voulait te le dire. Que ce soit clair.

– On allait sortir, dit Rally.

Patrick poussa un soupir. D'un geste dégagé, comme s'il suivait des instructions, il sortit un pistolet de sa poche et le pointa sur James.

– Mon Dieu, dit Rally.

Il n'y avait qu'eux sur le palier. James se plaça devant Rally.

– Tu ferais peut-être bien de ne pas bouger, vieille Branch.

– Oh, non, dit Rally.

James sentit comme une faim, un vide, dans son ventre. C'était la première fois qu'on dégainait une arme à feu devant lui – et qu'on le visait – et il la regardait, les yeux écarquillés d'horreur, avec une espèce de respect vertigineux. Les doigts de Patrick étreignaient si fort le SIG que ses phalanges semblaient faire partie intégrante de la crosse. Cela rappela à James, qui s'efforçait de respirer calmement, un de ses maîtres du cours élémentaire, un homme très maigre qui répétait souvent à ses élèves *Le corps humain est une machine.*

– Écoute, Patrick, dit-il.

Le regard et l'arme de Patrick étaient fixés sur James.

– Tu ferais peut-être bien de la fermer, aussi, lui enjoignit Patrick.

James se frotta les mains l'une contre l'autre. Il pensait aux opales dans sa poche, à l'espoir qu'il plaçait en elles. Il ne quittait pas le pistolet des yeux.

– Écoute, dit-il doucement, tu as... hum. Tu as, je sais pas, une centaine de copines. Elles t'adorent toutes.

Patrick ferma les yeux, crispa les paupières, puis les rouvrit.

– Rally. Ça ne t'ennuierait pas de venir par ici une minute ?

Rally pleurait. Ses ongles, courts et pointus, s'enfoncèrent dans le biceps de James.

– Sûrement pas, espèce de malade, dit-elle en reniflant.

James recula de deux pas, la faisant reculer avec lui.

– Arrêtez, dit Patrick. Ne bougez pas.

James s'immobilisa.

– Elle est bouleversée, expliqua-t-il. Hum. Tu n'es pas un malade.

Il eut l'impression que le menton de Patrick tremblait.

– Est-ce que je t'ai dit que j'avais un frère aîné, James ? demanda Patrick.

– Non.

– Eh ben, figure-toi que j'en avais un. Il s'appelait Francis. Il s'est fait tuer dans un parc d'attractions.

– Merde, c'est affreux.

Patrick grimaça. Il n'avait toujours pas bougé d'un pas.

– Patrick, je t'en prie, implora Rally.

– C'est pas rigolo, ça, vieille Branch ? C'est pas rigolo que Francis soit mort dans un parc d'attractions ?

James se rappela quelque chose qu'il avait lu. Les gens qui se font descendre chient dans leur froc.

– Je trouve pas ça rigolo, Patrick, dit-il.

– Pourtant, ça l'était. C'est une longue histoire mais, si tu l'avais lue dans les journaux, tu te serais marré.

– Si tu veux, dit James.

– Comment ça, si je veux ? Je voulais rien du tout de tout ça.

Il actionna la sécurité du SIG.

– Au secours ! cria Rally. Au secours !

– Ta gueule ! ordonna sauvagement Patrick. Ferme-la et viens ici tout de suite.

Elle geignit. Enfouit son visage dans l'épaule de James.

– Fais-la venir ici, bordel.

James foudroya Patrick du regard.

– Non, fit-il, les dents serrées.

La porte de l'ascenseur s'ouvrit. Un prêtre en descendit. Il regarda Patrick sur sa droite, puis James et Rally sur sa gauche.

– Mince, fit James.

Les yeux exorbités, Patrick recula d'un pas.

– Père Merchant !

Le prêtre portait un parka rouge au capuchon doublé de fourrure grise dans le style eskimau. C'était un parka bon marché comme les enfants en portaient pour faire de la luge dans les années 1970. En dessous, il avait une chemise noire et un col clergyman.

– Rangez cette arme, dit le prêtre.

Ôtant son capuchon, il s'interposa entre Patrick et les deux autres.

– Vous m'avez suivi ?

– J'ai cherché l'adresse de votre colocataire, dit Thomas, et le portier m'a indiqué le numéro de l'appartement. Rangez cette arme.

– C'est moi, James, dit ce dernier dans le dos du prêtre. James Branch. C'est à moi que vous avez téléphoné, mon père.

Le prêtre ne dit rien. Il faisait face à Patrick et à Patrick seul, affrontait de toute la force de son esprit, de toute sa maîtrise, son paroissien désespéré. S'ils avaient pu voir le visage du prêtre, James et Rally auraient constaté qu'en dehors de ses beaux yeux bleus toute son expression était révulsée comme par une odeur épouvantable.

– Donnez-moi ce pistolet, dit Thomas Merchant. Laissez ces gens tranquilles.

La main de Patrick tremblait sur la crosse mais le SIG était pointé sur le prêtre, à moins de dix mètres.

– C'est avec moi qu'elle doit être, dit Patrick.

– C'est absurde. Personne ne doit être avec qui que ce soit.

Le prêtre ouvrit son parka, découvrant son col blanc et rigide.

– Allez, donnez-moi ce pistolet. Vous n'avez aucune raison de le pointer contre des gens que vous aimez.

Les yeux de Patrick s'ourlèrent de larmes.

– Je ne les aime pas.

– C'est ça. Donnez-moi ce pistolet.

Le prêtre tendit la main, paume ouverte.

– Vous n'avez pas à me parler sur ce ton, dit Patrick, les doigts crispés sur le SIG. Personne ne me parle sur ce ton.

– Mon père, dit James.

– Donnez-moi le pistolet, dit le prêtre.

De la main gauche, Patrick caressa le canon de l'arme.

– Il est à moi, balbutia-t-il.

Le prêtre tapa du pied.

– Donnez, j'ai dit. Finissons cette comédie.

– Je ne peux pas.

Patrick sanglotait.

– Lâchez-le, ordonna le prêtre en faisant un pas en avant.

– Arrêtez. Je ne peux pas. Je ne peux pas.

Le pistolet vacillait.

Le visage de Thomas Merchant se vida de son sang. Il considéra le garçon pitoyable qu'il avait devant lui, avec ses vêtements sombres, coûteux, ses bras tremblants, son expression égarée, effarée, ses larmes. L'index de Patrick tremblait sur la détente et le prêtre perçut avec une force terrible ce qu'il avait perçu dans les sanglots des pénitents à confesse, dans la forfanterie des manchettes des journaux pendant la guerre, au cœur le plus profond des Écritures : le temps de la parole était passé. Une arme était pointée, une volonté mauvaise était à l'œuvre et de jeunes vies étaient en jeu. Pour l'amour de ces vies, pour l'amour de l'amour et de la charité, Thomas fit la seule chose qu'il croyait pouvoir faire afin de concentrer sur lui-même toute la violence de Patrick. Il adressa un rictus moqueur au jeune forcené.

– Vous êtes totalement bouffon, persifla le prêtre.

– Arrêtez, implora Patrick.

– Mon père, avertit James.

L'homme en ridicule parka rouge éclata de rire. Il se contraignit à le faire.

– Grands dieux, mon garçon, railla-t-il. Vous ne voyez pas que vous êtes complètement grotesque ?

Le coup partit presque tout seul. Rally poussa un cri, Patrick bondit en arrière sous l'effet de la surprise et le sang ruissela à la tempe du prêtre. Thomas Merchant s'effondra sur lui-même.

– Patrick, murmura James.

Tous trois regardaient l'homme qui saignait par terre.

Patrick avança en titubant, les yeux agrandis d'horreur.

– Oh, mon Dieu.

– Tu l'as tué, cria Rally.

Patrick tomba à genoux. Avançant la main gauche, il toucha du pouce le talon du prêtre, recula vivement la main comme s'il s'était brûlé. La tête de Thomas Merchant reposait sur le sol, les cheveux poissés de sang.

– Oh, mon Dieu.

Patrick respirait par à-coups. Il tremblait de tout son corps. Sa main droite amena le SIG contre sa tempe.

– Non, hurla James.

Il plongea par-dessus le corps du prêtre vers son colocataire, mais Patrick avait déjà tiré.

Les infirmières de St. Luke's Hospital s'habituèrent vite à James. Peut-être voyaient-elles les traces de la passion sur lui, l'histoire d'amour qui l'attendait au-delà des murs de l'hôpital. Car James venait toujours seul à St. Luke's. En tout cas, les infirmières souriaient à ce jeune homme aux yeux un peu somnolents qui s'asseyait chaque jour au chevet de Patrick Rigg.

Le prêtre avait survécu. La balle lui avait entaillé la tempe. Elle avait pénétré dans le crâne et n'avait fait qu'érafler le cerveau. Si James et Rally n'avaient pas été là pour le panser et appeler une ambulance, Thomas Merchant se serait peut-être vidé de son sang, par terre, dans le Preemption. Mais de fait, deux jours seulement après l'incident, le prêtre pouvait déjà se lever de son lit d'hôpital et se déplacer avec précaution. Il n'était pas encore sortant mais arpentait les corridors, visitant les malades et les mourants, le crâne enveloppé d'un gros pansement bleu. La seule atteinte permanente à son intégrité physique, si c'en était une, était un léger mais constant larmoiement dont les médecins disaient qu'il risquait d'être définitif. Il avait été causé, ajoutaient-ils, par le tissu cicatriciel que la balle avait laissé dans le cerveau et qui comprimait certains nerfs. Ce n'était pas opérable. Ainsi Thomas Merchant, qui avait joui jusqu'alors d'une clarté de vision presque surnaturelle, passerait-il le restant de ses jours un mouchoir à la main pour empêcher son monde de se brouiller.

Patrick Rigg, lui, était paralysé et dans le coma. La paralysie affectait tout son côté droit, de l'œil jusqu'aux orteils. La balle avait mordu le lobe frontal. Elle avait pu être extraite et les chances que Patrick sorte du coma et survive étaient bonnes. Mais les médecins n'avaient guère d'espoir qu'il guérisse de son hémiplégie.

Quant à James, il prit deux semaines de congé supplémentaires pour veiller son colocataire blessé. Traumatisée par ce qui s'était passé et craignant d'approcher Patrick malgré son état, Rally attendait à SoHo des nouvelles de son amant. James l'appelait de St. Luke's et lui murmurait des projets d'avenir.

– On ira manger des *gelati* à Palerme.

Rally n'était pas enthousiaste. Elle n'aimait pas Palerme.

– Alors des anguilles, à Shanghai.

– Pourquoi te sens-tu obligé de rester avec lui ? Il voulait nous tuer.

– On habite ensemble. Il n'a que moi. Il a un père quelque part mais on ne peut pas le joindre.

– Il a tiré sur un prêtre.

– Le prêtre va bien.

– Dis-moi que tu m'aimes.

– Je t'aime.

Elle n'avait pas l'air convaincu.

– C'est qui, mon tigre ?

– Moi.

Rally se tut.

– C'est pour de bon, hein ? demanda-t-elle. Elle semblait

effrayée. Quoi qu'il arrive à Patrick, toi et moi, on... c'est du solide ?

– Dis-moi que tu m'aimes, dit James.

Ce qu'elle fit.

James passa quatorze jours et la plupart des nuits au chevet de Patrick. Quand il restait la nuit, les infirmières le faisaient coucher sur un lit de camp dans le couloir devant la chambre de Patrick. C'était contraire au règlement mais elles l'aimaient bien et ne l'auraient pas mis à la porte.

Il voyait Patrick devenir plus maigre de jour en jour. Il assistait à sa toilette par les infirmières, les regardait faire jouer ses membres du côté gauche. Il essayait de s'asseoir et de rester totalement immobile pendant dix minutes pour voir à quoi cela ressemblait d'être paralysé. Il se demandait si l'on peut réfléchir, ou prier, quand on est dans le coma. Il se nourrissait des sandwiches du distributeur automatique et pensait à Rally. Un soir, après avoir regardé la pancarte de Patrick et constaté qu'il avait perdu neuf kilos, il parla avec son médecin et lui demanda un pronostic. C'était un petit Haïtien qui ne se montra pas très optimiste. James téléphona à Rally.

– J'aimerais que tu viennes, s'il te plaît, dit-il, que tu viennes ici ce soir, il faut que je te parle.

Alors Rally vint. Elle retrouva James à la cafétéria du rez-de-chaussée, ne pouvant se résoudre à être plus près de Patrick. James s'assit avec elle à une table de formica blanc. Ils burent des jus de fruits.

– Patrick maigrit très vite, dit James.

Il avait des cernes bleus sous les yeux à cause du manque de sommeil. Rally fit doucement oui de la tête. Elle s'était habillée pour James, pour lui rappeler son existence. Elle portait une robe noire et des escarpins noirs à talons hauts.

– T'as les yeux battus, dit-elle.

– Je crois qu'il va mourir, dit James.

Elle poussa un soupir.

– C'est de ça qu'il fallait que tu me parles ?

Il regarda autour de lui. Quatre enfants chauves étaient assis à une table voisine et, plus loin, près d'un distributeur d'eau, il y avait un type tout tordu qui bavait dans un fauteuil roulant. Et aussi, seul à une autre table, en dehors de toute compagnie humaine, un ballon de baudruche vert. Il contenait encore juste assez de gaz – ou de magie – pour flotter au-dessus de la table.

– Tout le monde va mourir, dit James.

Rally lui toucha le genou.

– James, mon cœur, qu'est-ce qu'il y a ?

Tout à coup, il n'avait plus peur.

– J'ai quelque chose à te dire. Sur moi. Quelque chose de très important.

– Très bien.

– C'est quelque chose que je fais.

– Très bien.

Il regarda les petits cancéreux. Il savait qu'il y avait des forces voraces, invincibles, à l'œuvre dans leur corps, dans leur sang. Il savait aussi que Rally s'attendait probablement de sa part à ce qu'il avoue un truc criminel, pervers, ou difficile. Mais les enfants jouaient aux cartes, ç'aurait pu être des quadruplés, satisfaits de leur sort. Et aussi, poussé par un courant d'air, ou de sa propre volonté, le ballon vert passait lentement maintenant en flottant au-dessus de la tête de ces enfants, comme un ballon d'observation. Et, pour couronner le tout, Rally lui tenait la main.

– Je parle à mon ascenseur.

– Plaît-il ?

– Je parle à l'ascenseur Otis de mon immeuble. Je lui parle toutes les nuits pendant presque une heure. Je m'enferme dans l'ascenseur et je l'arrête entre deux étages. Je m'assieds en tailleur, je me balance d'avant en arrière et je parle à Otis, l'ascenseur, d'à peu près tout ce qui existe sous le soleil.

– Attends... fit Rally en se penchant pour se rapprocher. Qu'est-ce que tu fais ?

Il la regarda. Il y avait de la surprise dans ses yeux, de la tendresse, un certain ébahissement et la volonté d'entendre la suite. Il lui sourit simplement, haussa les épaules et lui posa un baiser sur les lèvres. Puis, espérant qu'elle aurait toujours l'air aussi forte et fragile qu'à cet instant, il tira la paire de boucles d'oreilles d'opale de sa poche et les lui posa dans la main.

– Et aussi, dit-il, j'ai ça pour toi.

Rally baissa les yeux sur son cadeau. Elle prit une brusque inspiration. Tous les éclaircissements dont elle avait besoin, toutes les questions qu'elle avait à lui poser pouvaient attendre.

– Oh, mon cher amour, dit-elle.

James passa encore trois jours et trois nuits à monter la garde dans la chambre d'hôpital de Patrick. Pendant la journée, il lui lisait à haute voix certains de ses livres préférés mais il évitait désormais de parler avec le médecin haïtien et s'efforça de ne pas remarquer que Patrick n'avait plus que la peau sur les os. Chaque nuit, il s'endormait sur sa couchette, certain que son colocataire mourrait avant le matin.

Pourtant, pendant la troisième nuit, il releva lourdement la tête de la couchette. Il était deux heures du matin, autour de lui le couloir était vide et plongé dans l'obscurité. Ce qui l'avait réveillé était une espèce de psalmodie et il crut d'abord avoir rêvé. Mais quand il leva les yeux pour regarder dans la chambre de Patrick, il distingua confusément trois silhouettes vêtues de blanc penchées sur son colocataire dans la pénombre. Les trois apparitions avaient semblait-il posé les mains sur la tête et la jambe droite de Patrick, et James se demanda si c'étaient elles qui psalmodiaient. Une des silhouettes ressemblait à Sender, le portier. Une autre à Thomas Merchant. La troisième était celle d'un homme aux cheveux blancs qu'il ne reconnut pas à coup sûr mais il aurait juré que c'était John Castle, l'inconnu du sous-sol qui lui avait un jour fait un cadeau précieux. Quand cet homme tourna son regard vers le couloir, James, saisi d'une fatigue irrépressible, retomba sur l'oreiller.

Le matin de cette vision, une infirmière aux yeux verts vint le secouer pour le réveiller.

– Votre ami, dit-elle. Il est conscient.

Bâillant, abasourdi, James alla au chevet de Patrick. Thomas Merchant était dans la chambre, debout au pied du lit, le visage calme, les yeux larmoyants. L'infirmière partit.

Patrick avait les yeux ouverts mais le regard vague. Ses joues étaient moins pâles que la veille.

– Salut, Patrick.

James s'assit à côté du lit. Les yeux de Patrick le cherchèrent puis le trouvèrent.

– James, dit-il faiblement.

– Ton œil, dit James. Il est ouvert. Il fonctionne.

Patrick fit oui de la tête. Au prix d'un effort prodigieux, il souleva légèrement son genou droit. James écarquilla les yeux. Lui toucha doucement le genou.

– T'es guéri ?

Patrick reposa le genou.

– Pas entièrement, coassa-t-il.

– Votre ami a encore le bras droit paralysé, dit Thomas Merchant. Et le quatrième orteil du pied droit.

– Mais ils peuvent guérir aussi, hein, Patrick ? dit James.

– Non, mon enfant, dit le prêtre d'une voix ferme. Ces blessures-là sont définitives.

James se tourna vers le curé. Il le dévisagea, considéra ses larmes sans signification.

– Qu'en savez-vous ? demanda-t-il.

– Ne vous occupez pas de ça, dit le prêtre.

– Vieille Branch. James.

James tourna son regard vers le lit. Le pansement de Patrick était deux fois plus épais que celui du prêtre. Il se demanda si Patrick serait contraint de consulter des psys. S'il serait interné.

– Oui, Patrick, répondit-il.

Patrick toussa. Il avait les yeux rouges comme s'il les avait frottés, du rouge de l'infection ou du chagrin.

– Je suis content que tu sois là, chuchota Patrick.

James tapota la jambe de Patrick.

– Pardon, James.

James ne savait que faire. Il ne dit rien. Tapota de nouveau la jambe de Patrick. Du couloir lui parvenaient les bruits du matin, des chariots qu'on roulait, des draps qui claquaient, comme si Patrick n'était pas à l'hôpital mais dans un hôtel somptueux au personnel efficace. Il songea à l'haleine de Rally au petit déjeuner, à Dolly Parton, aux quatre petits joueurs de cartes chauves qui s'éveillaient. Il se balança un peu d'avant en arrière sur sa chaise.

– Je vous... je vous le dis à tous les deux, murmura Patrick. Pardon.

James soupira.

– Au lieu de parler, si t'essayais de te reposer pour aller mieux ?

Patrick baissa les yeux sur son propre corps. Il contempla son bras droit inerte. Il ferma les paupières, se mit à rire faiblement.

– Je me suis bien foutu en l'air, hein, vieille Branch ?

James regarda le prêtre pour voir s'il n'allait pas prendre le relais. Il se dit qu'il devait exister des paroles officielles de réconfort, des paroles qu'il ignorait. Mais le père Merchant attendait qu'il parle.

– Écoute, Patrick, dit-il, je crois... hum. Peut-être que tu devrais, hum, te taire pour l'instant. Te reposer et guérir.

– Je ne veux pas me taire, coassa Patrick. Je viens de sortir du coma.

– Je sais, dit James.

– Combien de temps je suis resté... tu sais. Combien de temps je suis resté inconscient ?

– Deux semaines, dit le prêtre.

– Une quinzaine, dit James.

Patrick tendit la main gauche, sa bonne main, désormais. Il referma les doigts autour du pouce de James. Il lui fallut longtemps pour y arriver.

– Tu sais ce que c'est ? demanda-t-il, le visage tiré par la peur, l'air terrorisé. Tu sais ce que c'est, de rester si longtemps sans parler ? D'être conscient à l'intérieur, mais de ne pas parler ?

James inclina la tête en signe d'assentiment. Il laissa son pouce entre les doigts de Patrick.

– Oui, je sais, dit James.

REMERCIEMENTS

Les paroles de Morality John sont extraites de chansons de Chris Tengi, auteur-compositeur-interprète new-yorkais ; elles sont reproduites avec son autorisation.

Je n'exprimerai jamais assez ma gratitude envers les maîtres et les anges qui m'ont prodigué leurs encouragements :

Larry Wroblewski, Bill O'Malley, Bob Bradley, Tom King, John Breslin, John Dolan, Mary Gordon, Susannah Meadows, Susan Kamil, ma directrice littéraire Carla Riccio et tout particulièrement mon agent Jennifer Carlson et mon ami Cliff Green.

Table

Réalisation : PAO Éditions du Seuil
Achevé d'imprimer sur Roto-Page
par l'Imprimerie Floch à Mayenne
Dépôt légal : avril 2002. N° 299 (53942)